Knaus

K

Ahmadou Kourouma

Allah muss nicht gerecht sein

ROMAN

Aus dem afrikanischen Französisch von Sabine Herting

Albrecht Knaus

Originaltitel: Allah n'est pas obligé
Originalverlag: Éditions du Seuil

Umwelthinweis:
Dieses Buch und sein Schutzumschlag wurden auf chlorfrei gebleichtem Papier gedruckt. Die vor Verschmutzung schützende Einschrumpffolie ist aus umweltschonender und recyclingfähiger PE-Folie.

Der Albrecht Knaus Verlag ist ein Unternehmen der
Verlagsgruppe Random House GmbH

1. Auflage

Umschlaggestaltung:
groothuis, lohfert, consorten, Hamburg
Gesetzt aus 10.5/15 pt. Berling
Satz: Filmsatz Schröter GmbH, München
Druck und Bindung: GGP Media, Pößneck
Printed in Germany
ISBN 3-8135-0196-5
www.knaus-verlag.de

Für die Kinder von Djibouti:
Auf eure Bitte hin wurde dieses Buch
geschrieben

Und für meine Frau,
für ihre Geduld

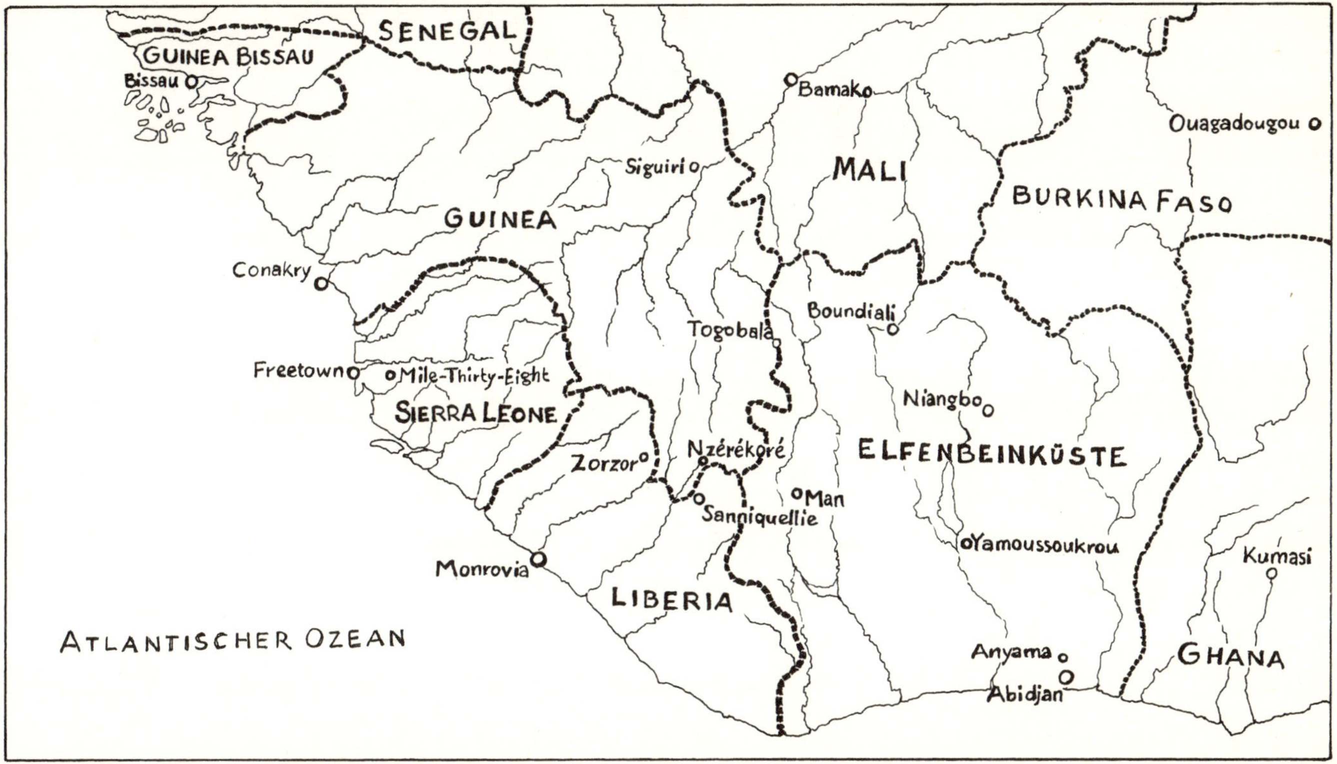
SENEGAL
GUINEA BISSAU
Bissau
Bamako
Ouagadougou
MALI
BURKINA FASO
Siguiri
GUINEA
Conakry
Boundiali
Togobala
Freetown
Mile-Thirty-Eight
SIERRA LEONE
Niangbo
ELFENBEINKÜSTE
Nzérékoré
Zorzor
Man
Sanniquellie
Yamoussoukrou
Kumasi
Monrovia
LIBERIA
ATLANTISCHER OZEAN
Anyama
Abidjan
GHANA

I

ICH WEISS JETZT, wie der endgültige und vollständige Titel meines Blablas lauten wird: *Allah muss nicht gerecht sein in allen Dingen auf Erden.* So. Nun kann ich anfangen, meine chaotische Geschichte zu erzählen.

Zuerst einmal ... und erstens ... ich heiße Birahima. Bin ein kleiner Neger. Nicht etwa, weil ich schwarz und ein Kind bin. Nein! Ich bin ein kleiner Neger, weil ich schlecht Französisch spreche. Egal, ob man erwachsen ist oder nicht, ob man Araber, Chinese, Weißer, Russe oder sogar Amerikaner ist, wenn du schlecht Französisch sprichst, heißt es gleich, du radebrechst wie ein kleiner Neger, dann ist man ein kleiner Neger. So ist das nun mal mit dem Französischen.

... Und zweitens ... in der Schule habe ich es nicht weit gebracht; nach der zweiten Grundschulklasse habe ich aufgehört. Ich bin einfach nicht mehr hingegangen, weil alle sagten, dass die Schule keinen Wert mehr habe, nicht einmal den eines Furzes einer alten Großmutter. (So sagt man als schwarzafrikanischer Eingeborener, wenn etwas nichts taugt. Denn der Furz der elenden, schwächlichen Großmutter macht kein Geräusch und riecht nicht einmal besonders schlecht.) Die Schule ist nicht den Furz der Großmutter wert, denn selbst mit einem Universitätsabschluss kann man in diesen korrupten Bananenrepubliken des französischsprachigen Afrikas nicht mal Krankenpfleger oder Lehrer werden.

(Bananenrepublik klingt demokratisch, tatsächlich aber wird sie von privaten Interessen, von Korruption regiert.) Nur bis zur zweiten Klasse zur Schule zu gehen zeugt nicht gerade von Selbständigkeit und ist nichts Tolles. Man weiß ein bisschen was, aber bei weitem nicht genug; man hat Ähnlichkeit mit dem, was die schwarzafrikanischen Eingeborenen einen beidseitig gebackenen Fladen nennen. Man ist nicht mehr so ungebildet, so wild wie die anderen schwarzafrikanischen Eingeborenen: Man versteht zwar die zivilisierten Schwarzen und die *toubabs*, aber nicht die Engländer, ebenso wenig die schwarzen Amerikaner aus Liberia. Und über Erdkunde, Grammatik, Konjugationen, Dividieren und über das Aufsatzschreiben weiß man nichts; und man kann damit auch nicht einer dieser Staatsbeamten werden, die in einer kaputten und korrupten Republik wie Guinea oder Elfenbeinküste leicht ans Geld herankommen.

... Und drittens ... bin ich frech. Ja, ich bin unhöflich wie ein Spitzbart und rede wie ein Dreckskerl. Statt wie die Schwarzafrikaner mit den feinen Krawatten «Scheiße!», «Meine Fresse!» oder «Mistkerl!» zu sagen, benutze ich Malinké-Ausdrücke wie *faforo!* (*Faforo!* bedeutet: der Schwanz meines Vaters oder des Vaters oder deines Vaters.) Oder wie *gnamokodé!* (*Gnamokodé!* bedeutet: Bastard.) Wie *Walahé!* (*Walahé!* bedeutet: im Namen Allahs.)

Ich gehöre zum Volk der Malinké. Das ist ein Stamm von Schwarzafrikanern, von denen viele im Norden der Elfenbeinküste, in Guinea und in anderen kaputten Bananenrepubliken wie Gambia, Sierra Leone oder Senegal leben.

... Und viertens ... sollte ich mich wohl besser dafür entschuldigen, dass ich so mit euch quatsche. Schließlich bin ich ja nur ein Kind. Zehn oder zwölf Jahre bin ich alt (vor zwei Jahren sagte Großmutter acht und Mama zehn), und ich rede viel. Ein höfliches Kind aber hört zu und palavert nicht selbst … Es plappert nicht drauflos wie ein Gendarmenvogel in den Ästen des Feigenbaums. Das bleibt den Alten mit den langen, weißen Bärten vorbehalten, oder wie es das Sprichwort sagt: Das Knie trägt niemals den Hut, wenn der Kopf auf dem Hals sitzt. So sind die Sitten im Dorf, auf die ich allerdings schon seit langem pfeife. Denn ich war in Liberia und habe viele Menschen mit der Kalaschnikow getötet und habe Hasch geraucht und auch harte Drogen genommen.

… Und fünftens … Um mein chaotisches verdammtes Leben in einer einigermaßen angemessenen Sprache zu erzählen, um mich nicht bei den schwierigen Wörtern zu verheddern, benutze ich vier Wörterbücher. Erstens den *Larousse* und den *Petit Robert*, zweitens das *Verzeichnis der lexikalischen Besonderheiten des Französischen in Schwarzafrika* und drittens den *Harrap's*. Diese Wörterbücher brauche ich, um schwierige Wörter nachzuschlagen, sie zu überprüfen und vor allem um sie erklären zu können. Ich muss sie erklären, denn mein Blabla soll von allen möglichen Leuten gelesen werden: von den *toubabs* (*toubab* bedeutet: weiß), also den weißen Kolonisten, von den schwarzen afrikanischen Ureinwohnern und von den Französischsprechenden aller Art. Mit dem *Larousse* und dem *Petit Robert* kann ich die schwierigen Wörter aus Frankreich nachschlagen, überprüfen und sie den afrikanischen Eingeborenen erklären. Das *Verzeichnis der lexikalischen Besonderheiten des Französischen in Schwarzafrika* erklärt den *toubabs* die schwierigen afrikanischen Wörter. Der *Harrap's* erklärt all denen, die absolut keine Ahnung haben vom Pidgin Englisch, die schwierigen Wörter dieser Sprache. Wie ich an diese Wörterbücher herangekommen bin? Das ist eine lange Geschichte; sie zu erzählen, habe ich jetzt nicht die geringste Lust. Mir ist jetzt einfach nicht danach. Das ist alles. Faforo (Hintern meines Papas)!

... Und sechstens ... es stimmt ... bin ich nicht nett und niedlich, sondern verflucht, denn ich habe meiner Mutter wehgetan. Wenn du als schwarzafrikanischer Eingeborener deine Mama wütend gemacht hast und sie mit dieser Wut im Herzen stirbt, dann verflucht sie dich und du trägst für immer diesen Fluch. Dann geht alles schief in deinem Leben.

Ich bin nicht nett und niedlich, denn die *gnamas* verschiedener Leute verfolgen mich (*gnama* ist ein Wort der schwarzafrikanischen Eingeborenen, das man den Weißen erklären muss. Laut *Verzeichnis der lexikalischen Besonderheiten* bedeutet es: der Schatten, der nach dem Tod eines Menschen zurückbleibt. Der Schatten, der zu einer bösen Kraft wird, die den verfolgt, der eine unschuldige Person getötet hat.) Und ich habe viele Unschuldige getötet, in Liberia und in Sierra Leone, wo ich Kindersoldat war, wo ich am Stammeskrieg teilgenommen und harte Drogen genommen habe. Die *gnamas* verfolgen mich, daher geht in meinem Leben alles schief. Gnamokodé (Bastard)!

Ich habe mich also in sechs Punkten – und nicht einem mehr – höchstpersönlich vorgestellt, fehlerhaft und vorlaut, wie es nun einmal meine Art ist.

So bin ich also; nicht gerade ein erfreuliches Bild. Nachdem ich mich vorgestellt habe, kann ich nun endlich mein verdammt beschissenes Leben erzählen.

Setzt euch hin und hört mir zu. Und schreibt bloß alles auf. *Allah muss nicht gerecht sein in allen Dingen auf Erden.* Faforo (Schwanz meines Vaters)!

Ehe ich nach Liberia kam, war ich ein Kind ohne Furcht und Tadel. Ich schlief überall, klaute alles und jedes, damit ich zu essen hatte. Großmutter suchte mich tagelang: Ich war ein Straßenkind. Bevor ich Straßenkind wurde, war ich zur Schule gegangen. Davor war ich ein *bilakoro* im Dorf Togobala. (*Bilakoro* bedeutet laut *Verzeichnis der lexikalischen Besonderheiten:* nicht beschnittener Junge.) Ich lief durch die Rinnsale, stromerte über die Felder und jagte im Busch Mäuse und Vögel. Ein richtiges schwarzafrikanisches Buschnegerkind. Und davor war ich ein Blag gewesen, das mit Mama in der Hütte lebte und ständig zwischen den Hütten der Mama und der Großmutter hin und her lief. Vor alledem war ich auf allen vieren durch Mamas Hütte gekrabbelt. Ehe ich auf allen vieren krabbelte, war ich im Bauch meiner Mutter. Und davor war ich vielleicht im Wind, vielleicht eine Schlange oder vielleicht im Wasser. Man ist immer so etwas wie eine Schlange, ein Baum, Rind oder Mann oder Frau, ehe man in den Bauch seiner Mutter kommt. Das nennt man das Leben vor dem Leben. Ich habe das Leben vor dem Leben gelebt. Gnamokodé (Bastard)!

Das Erste, was mir in den Sinn kommt, wenn ich an die Hütte meiner Mutter denke, ist das Feuer, die brennende Glut, ein glimmendes Holzscheit. Ich weiß nicht, wie viele Monate ich damals alt war, als ich mir den Unterarm verbrannte. Meine Mutter hatte meine Jahre und Monate nicht gezählt; dafür hatte sie keine Zeit, denn sie litt und weinte unentwegt.

Ich habe vergessen, euch etwas Grundlegendes zu erzählen, etwas das sehr, sehr wichtig ist. Meine Mutter lief auf dem Hintern. Walahé (im Namen Allahs)! Auf ihren beiden Pobacken. Sie stützte sich mit den Händen und dem linken Bein ab. Ihr linkes Bein war so dürr wie der Stock eines Schäfers. Das rechte Bein, das sie ihren zerquetschten Schlangenkopf nannte, war kürzer, durch einen Ulkus verstümmelt, eine Wunde am Bein, die niemals heilte. (Ein Ulkus ist, nach meinem *Larousse*, ein hartnäckiges Geschwür mit Eiterfluss.) Mamas Geschwür war in Blätter gehüllt und mit einem alten Tuch umwickelt. Das rechte Bein schwebte immer in der Luft. Mama bewegte sich ruckartig, auf den Pobacken, wie eine Raupe. Ich selbst konnte damals erst krabbeln.

Ich erinnere mich noch genau an mein Missgeschick. Aber ich wage es kaum, euch allen davon zu erzählen; denn es ist ein Geheimnis; sobald ich davon rede, zittere ich vor Schmerz wie ein Angsthase. Ich kroch auf allen vieren umher, geradeaus, zur Seite, meine Mutter hinter mir her. Ich war schneller als sie. Aber sie gab nicht auf, setzte nach, das rechte Bein in der Luft, sie rutschte ruckartig auf ihren Pobacken voran und stützte sich mit den Armen ab. Ich war sehr schnell und sehr weit gekrabbelt, denn ich wollte mich nicht fangen lassen. Ich legte noch einen Zahn zu, und da fiel ich in die brennende Glut. Und die hat ganze Arbeit geleistet und meinen Arm ordentlich gegrillt. Sie hat mir armes Blag den Arm geröstet, denn Allah ist nicht verpflichtet, in allen Dingen, die er auf Erden tut, gerecht zu sein. Die Brandwunde vernarbte mit der Zeit, aber die Narbe bleibt für immer auf meinem Arm; sie bleibt für immer in meinem Kopf, in meinem Bauch, wie die Schwarzafrikaner sagen, und in meinem Herzen. Sie wird immer in meinem ganzen Wesen sein, wie die Gerüche meiner Mutter. Die abscheulichen Gerüche meiner Mutter haben meinen Körper durchdrungen. Gnamokodé (Bastard)!

Als ich ein niedliches Kind war, mitten in meiner Kindheit, gab es also da dieses Geschwür. Es zerfraß das rechte Bein meiner Mutter und ließ es verfaulen. Das Geschwür lotste meine Mutter. (Lotsen heißt: jemanden durch unbekanntes Gebiet oder schwierig zu befahrendes Gewässer führen.) Das Geschwür lotste meine Mutter und uns alle. Um meine Mutter und ihr Geschwür herum war die Feuerstelle. Die Feuerstelle, die mir den Arm verbrannt hatte. Dort rauchte es ständig oder es wurde gerade ein Feuer geschürt.

Um die Feuerstelle herum standen die *canaris*. (*Canari* bedeutet nach dem *Verzeichnis der lexikalischen Besonderheiten*: ein handwerklich gefertigtes Gefäß aus gebranntem Ton.) Und noch mehr *canaris*, noch viel mehr *canaris* voller Absude, mit denen Mamas Geschwüre ausgewaschen wurden. (Absud ist die Flüssigkeit, die man durch das Abkochen von Pflanzen mit Wasser erhält.)

Hinten in der Hütte standen weitere Tongefäße an der Wand aufgereiht. Zwischen ihnen und der Feuerstelle lag meine Mutter mit ihrem Geschwür auf der Matte. Ich war da, und auch der Fetischpriester, Jäger und Heiler Balla.

Balla war der Heiler meiner Mutter. Das war ein toller Typ. Er kannte viele Länder und hatte allerhand erlebt. Allah hatte ihm hundert Fähigkeiten und unglaubliche Möglichkeiten gegeben. Er war ein Freigelassener, so nennt man laut Wörterbuch einen Sklaven, der in die Freiheit entlassen wurde. Er war ein *donson ba*, so heißt laut *Verzeichnis der lexikalischen Besonderheiten* ein Meisterjäger, der bereits eine schwarze Raubkatze und einen bösen Geist getötet hat. Er war ein Kaffer, so nennt man einen Mann, der die islamische Religion ablehnt und mit Fetischen behangen ist. Er hat sich geweigert, seine Kultfiguren zu verbrennen, er ist also kein Muslim, er betet nicht fünfmal am Tag und fastet nicht einen

Monat im Jahr. Am Tage seines Todes darf kein Muslim zu seiner Beerdigung gehen, und er darf nicht auf dem islamischen Friedhof beerdigt werden. Und niemand, strikt niemand darf die Tiere essen, die er erlegt und denen er die Kehle durchgeschnitten hat.

Balla war der einzige *Bambara* (*Bambara* bedeutet: der verweigert hat), der einzige Kaffer im Dorf. Alle hatten Angst vor ihm. Sein Hals, die Arme, die Haare und seine Taschen waren voll mit Grigris. (Grigris sind Amulette, kleine magische Gegenstände, Fetische, Glücksbringer.) Kein Dorfbewohner durfte zu ihm gehen. Doch in Wahrheit schlichen sie alle in seine Hütte, sobald es dunkel wurde, und manchmal sogar am helllichten Tag, denn er kannte sich mit der Hexerei und der Magie aus, wandte alte medizinische Bräuche und tausend andere extravagante Techniken an. (Extravagant meint: etwas, das aus dem Rahmen des Üblichen herausfällt.)

Alles, was ich so daherquatsche und was ich noch von mir geben werde, hat er mir beigebracht. Man soll immer dem Karitébaum danken, unter dem man in der guten Jahreszeit viele gute Früchte gesammelt hat. Ich werde Balla gegenüber niemals undankbar sein. Faforo (Schwanz seines Vaters)! Gnamokodé (Bastard)!

Die Hütte meiner Mutter hatte zwei Türen: Die große Tür ging auf das Familiengrundstück und die kleine auf den Hof. Auf allen vieren krabbelte ich dort herum; hielt mich überall fest. Manchmal fiel ich auf das Geschwür, und Mama heulte vor Schmerz. Das Geschwür fing wieder an zu bluten, und Mama schrie wie eine Hyäne, deren Pfoten in den Zähnen einer großen Wolfsfalle eingeklemmt sind. Sie weinte. Sie hatte einfach zu viele Tränen, immer Tränen in den

Augenwinkeln und die Kehle voller Schluchzer, die ihr die Luft nahmen.

«Hör auf mit dem Heulen und Jammern», sagte Großmutter dann. «Wir alle werden von Allah erschaffen, mit unserer Gestalt, unseren Augen, unserm Glück und unserm Leiden. Dich hat er mit dem schmerzenden Geschwür geschaffen. Dir ist es nun einmal auf dieser Erde gegeben, deine Zeit auf der Strohmatte in einer Hütte in der Nähe einer Feuerstelle zu verbringen. Du musst immer wieder sagen, *Allah koubarou! Allah koubarou! Allah koubarou!* (Allah ist mächtig.) Allah mutet dir diese Strapazen nicht ohne Grund zu. Er lässt dich auf Erden leiden, um dich zu läutern und dir morgen das Paradies zu gewähren, das ewige Glück.»

Mama trocknete ihre Tränen, schluckte die Schluchzer hinunter. Wir nahmen unsere Spiele wieder auf, fingen wieder an, uns in der Hütte gegenseitig zu verfolgen. Aber eines Morgens hörte sie auf zu spielen, weinte vor Schmerzen und bekam keine Luft mehr, so sehr war sie am Schluchzen.

«Statt dich zu beklagen, solltest du zu Allah beten! *Allah koubarou!* Du solltest ihm für seine Güte danken. Er hat dir hier auf Erden für eine begrenzte Zeit Schmerzen auferlegt. Schmerzen, die tausendmal geringer sind als die in der Hölle. Die Schmerzen der Hölle, die andere Verdammte, Ungläubige und Böse die ganze Ewigkeit lang erleiden.» Großmutter sagte das und forderte meine Mutter auf zu beten. Meine Mama trocknete wieder ihre Tränen und betete mit Großmutter.

Als ich mir den Arm verbrannte, hat Mama mächtig geweint, da waren ihre Kehle und ihre Brust mit Schluchzern gefüllt. Meine Großmutter und mein Vater sind gekommen. Beide sind wütend geworden, beide haben Mutter zurechtgewiesen. «Das ist eine weitere Prüfung Allahs (Prüfung bedeutet hier: eine schicksalhafte Belastung, die es erlaubt, den Wert einer Person zu beurteilen). Da Allah dir ein zusätzliches Glück in seinem Paradies bestimmt, erlegt er dir hier auf Erden auch noch ein zusätzliches Unglück auf.»

Meine Mama hat sich die Tränen getrocknet, die Schluchzer hinuntergeschluckt und zusammen mit Großmutter Gebete gesprochen. Und Mama und ich fingen wieder an zu spielen.

Balla hat einmal gesagt, ein Kind würde nicht weglaufen und nicht die Hütte seiner Mama wegen der Gerüche eines Furzes verlassen. Ich habe Mamas Gerüche nie gefürchtet. In unserer Hütte hat es nach allem Möglichen gestunken. Nach Fürzen, Scheiße, Pipi, nach eitriger Wunde, nach beißendem Rauch. Und nach den Gerüchen des Heilers Balla. Doch ich habe sie kaum wahrgenommen, deshalb musste ich auch nicht kotzen. Außerdem hatten alle Ausdünstungen von Balla und meiner Mutter für mich ihr Gutes: Sie waren mir vertraut. Inmitten dieser Gerüche habe ich gegessen und geschlafen. Sie sind das, was man natürliche Lebenswelt nennt, in der jede Art lebt. Mamas Hütte mit ihrem Gestank ist meine natürliche Lebenswelt gewesen.

Schade, dass man nicht weiß, wie die Welt vor der eigenen Geburt gewesen ist. Manchmal versuche ich mir morgens beim Aufwachen vorzustellen, wie Mama vor ihrer Beschneidung war, wie sie vor ihrer Beschneidung, als sie noch ein unberührtes Mädchen war, sang, tanzte und herumtollte. Großmutter und Balla haben mir erzählt, dass sie schön wie eine Gazelle, wie eine Gouro-Maske gewesen ist. Ich selbst habe sie immer nur liegend oder auf den Pobacken gesehen, niemals auf den Beinen. Bestimmt ist sie früher aufregend und unwiderstehlich gewesen. Denn nach dreißig Jahren in der Scheiße und in ihrem Gestank, nach dreißig Jahren in Schmerz und Tränen hatte ihr hohlwangiges Gesicht immer noch etwas Bezauberndes. Wenn ihr hohlwangiges Gesicht nicht tränenüberströmt war, bekam es einen strahlenden Lüster. Dann war es so etwas wie eine einsame, schartige Perle (schartig bedeutet: tief eingeschnitten, am Rand beschädigt). Eine Schönheit, die verfaulte wie ihr rechtes Bein, ein Leuchten, das im Rauch und in den Gerüchen der Hütte nicht mehr zu erkennen war. Faforo! Walahé!

Als Mama hübsch, appetitlich und unberührt war, hieß sie Bafitini. Selbst als sie krank und schon völlig verfault war, nannten Balla und Großmutter sie noch Bafitini. Ich, der ich sie nur in diesem jämmerlichen Zustand der Zersetzung, der die verschiedensten Formen und Farben annahm, gesehen habe, nannte sie immer kurzerhand Ma. Einfach Ma, das kam aus dem Bauch, sagen die Afrikaner, aus dem Herzen, sagen die Franzosen aus Frankreich.

Großmutter sagt, Mama sei in Siguiri, im Osten Guineas, zur Welt gekommen. Das war einer dieser zahlreichen heruntergekommenen Orte, von denen es in Guinea, an der Elfenbeinküste und in Sierra Leone so viele gibt und an denen Hackenschwinger und Steineklopfer Gold suchen. Großvater war ein bedeutender Goldhändler. Wie alle reichen Händler kaufte er viele Frauen, Pferde, Kühe und große gestärkte Boubous. Die Frauen und Kühe haben für zahlreichen Nachwuchs gesorgt. Um die Frauen, die Kinder, die Kälber, die Familie, das Vieh und das Gold unterzubringen, kaufte er viele Grundstücke und baute Hütten darauf. Großvater besaß Grundstücke in allen Barackendörfern, in denen abenteuerlustige Goldhändler ganz gut zurechtkamen. Meine Großmutter war die erste Frau des Großvaters, die Mutter seiner ersten Kinder. Darum hatte er sie ins Dorf geschickt, wo sie sich um das Familiengrundstück kümmern sollte. Er hätte sie niemals in den Goldgräberdörfern gelassen, wo sich jede Menge Diebe, Mörder, Lügner und Schleichhändler herumtrieben.

Großmutter blieb noch aus einem anderen Grund im Dorf, nämlich, um zu verhindern, dass Mama am Herzstillstand und an ihrem total fauligen Geschwür starb. Mama sagte, der Schmerz würde sie ganz bestimmt in der Nacht töten, in der Großmutter sie verließe und zu den Frauenmördern in den Goldgräberbaracken ginge, wo Großvater seinen Schwarzhandel trieb.

Großmutter liebte Mama sehr. Doch ihr Geburtsdatum wusste sie nicht, nicht einmal den Wochentag. In der Nacht, in der sie meine Mutter zur Welt brachte, war sie zu sehr in Anspruch genommen. Balla erklärte mir, es habe keine Bedeutung, niemand lege Wert darauf, das Datum und den Tag seiner Geburt zu kennen, da wir doch alle an dem einen oder anderen Tag, an dem einen oder anderen Ort geboren seien und wir alle an dem einen oder anderen Tag und an dem einen oder anderen Ort sterben und dann im selben Boden verscharrt werden, wo wir unsere Ahnen treffen und vor Allahs höchstem Gericht stünden.

Als meine Mutter geboren wurde, war meine Großmutter auch wegen der schlechten Omen unruhig, die sich fast überall im Universum zeigten. In jener Nacht gab es sehr viele schlechte Zeichen, am Himmel und auf der Erde, wie Hyänengejaule in den Bergen und Eulenrufe auf den Dächern der Hütten. Lauter Vorhersagen, dass meine Mutter ein unglückliches und schreckliches Leben führen würde. Ein beschissenes Leben voller Leiden einer Verdammten und so weiter. Balla hat versichert, dass sie zahlreiche Opfer dargebracht hätten, doch wohl nicht genug, um Bafitinis schlechte Vorherbestimmung vollständig auszulöschen. Allah und die Manen der Ahnen nehmen nicht immer unbedingt alle Opfer an. (Manen bedeutet: gute Geister, Seelen der Verstorbenen.) Allah macht, was er will; er muss nicht unbedingt den armen Menschen alle Bitten gewähren. Auch die Manen machen, was sie wollen; sie müssen nicht unbedingt den Betenden alle dringenden Wünsche erfüllen.

Großmutter liebte mich, Birahima, mehr als alle ihre anderen Enkel. Ich war ihr Liebling. Jedes Mal, wenn ihr jemand Zuckerstücke, reife, süße Mangos, Papayas und Milch schenkte, gab sie die Sachen an mich weiter, an mich ganz allein: Nie behielt sie etwas für sich. Sie versteckte die Vorräte in einer Ecke ihrer Hütte und gab mir davon, wenn ich verschwitzt, müde, durstig, ausgehungert wie ein richtiges böses Straßenkind zu ihr kam.

Als meine Mutter jung, unberührt und hübsch wie ein Schmuckstück war, lebte sie in einem Dorf, in dem Großvater mit Gold handelte und wo es viele Goldverkäufer gab, die so niederträchtig waren, dass sie noch nicht beschnittene Mädchen vergewaltigten und ihnen die Kehle durchschnitten. Aus diesem Grund wartete Bafitini nicht lange. Beim ersten Harmattan kehrte sie in ihr Heimatdorf zurück, um bei der Beschneidung und der Initiation der Mädchen dabei zu sein, die einmal im Jahr, wenn der Wind aus Norden weht, stattfindet. (Initiation bedeutet: durch bestimmte Gebräuche geregelte Aufnahme von Jugendlichen in den Kreis der Männer und Frauen.)

Niemand in Togobala wusste im Voraus, in welcher Savanne die Beschneidung durchgeführt werden sollte.

Beim ersten Hahnenschrei treten die Mädchen aus den

Hütten. Eine hinter der anderen marschieren sie schweigend in den Busch. Sie erreichen den Beschneidungsplatz genau in dem Moment, in dem die Sonne aufgeht. Man muss nicht auf diesem Platz gewesen sein, um zu wissen, dass den Mädchen da unten etwas weggeschnitten wird.

Meiner Mutter wurde etwas weggeschnitten, leider hat ihr Blut nicht aufgehört zu fließen. Ihr Blut strömte wie ein Fluss, der bei einem Unwetter über die Ufer tritt. Alle ihre Freundinnen hatten aufgehört zu bluten. Mama nicht, sie sollte also auf dem Beschneidungsplatz sterben. Das ist nun einmal der Preis, der jedes Jahr bei jeder Beschneidungszeremonie zu zahlen ist; der Buschgeist nimmt sich ein Mädchen aus der Gruppe der Beschnittenen. Der Geist tötet es, behält es als Opfer. Es wird an Ort und Stelle begraben, dort im Busch, am Beschneidungsplatz. Nie ist es eine Häßliche, es ist immer eine der Schönsten, die schönste Beschnittene. Meine Mutter war die Schönste ihrer Altersklasse; daher hatte der Buschgeist sie zum Sterben auserwählt.

Die Beschneiderin gehörte zum Stamm der Bambaras. In unserer Gegend, in Horodougou, gibt es zwei Stämme, die Bambaras und die Malinké. Wir, die Familien Kourouma, Cissoko, Diarra, Konaté etc., sind Malinké, Dioulas, Muslime. Die Malinké sind Fremde; sie sind vor langer, langer Zeit aus dem Nigertal gekommen. Sie sind gute und gläubige Menschen, die auf die Worte Allahs gehört haben. Sie beten fünfmal am Tag; sie trinken keinen Palmwein und essen weder Schweinefleisch noch Wild, dem ein Kaffer und Fetischpriester wie Balla die Kehle durchgeschnitten hat. In anderen Dörfern leben Bambaras, Götzenanbeter, Kaffer, Ungläubige, Fetischverehrer, Wilde, Hexen. Die Bambaras heißen manchmal auch Lobis, Senufos, Kabiès etc. Vor der Kolonisierung waren sie nackt. Man nannte sie die nackten Menschen. Die Bambaras sind die wahren Ureinwohner, ursprünglich gehörte das Land ihnen. Die Beschneiderin gehörte zum Stamm der Bambara und hieß Moussokoroni. Und als Moussokoroni meine blutende, sterbende Mutter sah, hatte sie Erbarmen, denn Bafitini war damals sehr schön. Viele Götzenanbeter kennen Allah nicht und sind immer sehr böse, doch einige sind gut. Die Beschneiderin hatte ein gutes Herz, und sie hat gehandelt. Mit ihrer Hexerei, ihren Beschwörungen, ihren Gebeten hat sie meine Mutter dem bösen mörderischen Buschgeist entreißen können. Der Geist hat die Beschwörungen und Gebete der Beschneiderin erhört, und meine Mutter hat aufgehört zu bluten. Sie war gerettet. Großvater und Großmutter, alle im Dorf waren glücklich, und alle wollten die Beschneiderin belohnen, sie großzügig bezahlen; sie hat es abgelehnt. Glatt abgelehnt.

Moussokoroni wollte kein Geld, kein Vieh, keine Kolanüsse, keine Hirse, keinen Wein, keine Kleidung oder Kauris. (Kauri ist eine Muschel aus dem Indischen Ozean, die im traditionellen Leben eine bedeutende Rolle spielt und vor allem als Tauschobjekt dient) Denn sie fand meine Mutter sehr schön; sie wollte Bafitini mit ihrem Sohn verheiraten. Ihr Sohn war ein Jäger, ein Hexenmeister, ein Götzenanbeter, ein Fetischpriester, ein Kaffer, dem man niemals eine fromme Muslimin, die wie Mama den Koran liest, zur Frau geben darf. Das ganze Dorf hat Nein gesagt.

Mama wurde stattdessen mit meinem Vater verheiratet. Denn mein Vater war Mamas Cousin; denn er war der Sohn des Imams des Dorfes. Deshalb sind die hexenhafte Beschneiderin und ihr Sohn, der ebenfalls Magier war, sehr wütend geworden, zu wütend. Sie haben einen Fluch auf das rechte Bein meiner Mutter gelegt, einen *koroté* (das bedeutet nach dem *Verzeichnis der lexikalischen Besonderheiten:* ein Gift, das aus der Entfernung auf die anvisierte Person wirkt), einen *djibo* (das bedeutet: Fetisch mit unheilvoller Wirkung), der sehr, sehr stark, sehr, sehr mächtig war.

Als Mama heiratete und zum erstenmal schwanger wurde, sprießte auf ihrem rechten Bein ein schwarzer Punkt, ein ganz kleiner schwarzer Punkt. Er begann wehzutun und wurde angestochen. Unter ihm befand sich eine kleine Wunde; sie wurde behandelt, aber sie heilte nicht. Stattdessen begann sie erst den Fuß und dann die Wade aufzufressen.

Unverzüglich sind sie zu Balla gegangen, zu den Magiern, den Sehern, den Marabut; alle haben gesagt, die Beschneiderin und ihr Sohn hätten einen Fluch ausgestoßen. Sie sind in das Dorf gegangen, wo Moussokoroni und ihr Sohn lebten. Es war zu spät. Mittlerweile war die Beschneiderin tot, ordentlich an Altersschwäche gestorben und sogar ordentlich beerdigt. Ihr Sohn, der Jäger, war böse; er wollte nichts hören, nichts verstehen, nichts akzeptieren. Er war wirklich böse wie ein richtiger Götzenanbeter, ein Feind Allahs.

Kurz darauf brachte Mama meine ältere Schwester zur Welt. Als meine Schwester laufen konnte und zu rennen begann und die Wunde weiter eiterte, wurde Mama ins Krankenhaus gebracht. Das war noch vor der Unabhängigkeit. Im Krankenhaus gab es einen weißen Doktor, einen *toubab* mit drei Tressen auf der Schulter, einen afrikanischen Arzt, der keine Tressen hatte, einen Stabssanitäter, eine Hebamme und viele andere Schwarze, die alle weiße Kittel trugen. Alle Schwarzen in weißen Kitteln waren Beamte, die vom Kolonialgouverneur bezahlt wurden. Damit diese Beamten gut zum Kranken waren, brachte der Kranke ihnen ein Huhn mit. So war es immer Sitte in Afrika. Mama hat fünf Ärzten Hühner geschenkt. Alle waren gut zu Mama, alle haben sie gut gepflegt. Doch statt zu heilen, blutete Mamas Wunde mit dem Verband und dem Pergament heftig weiter und faulte immer mehr. Der Arzt, der zugleich Hauptmann war, sagte, er werde Mamas Bein operieren, es am Knie abschneiden und all das Verfaulte den streunenden Hunden vorwerfen. Wie gut, dass in der Nacht der Stabssanitäter, dem Mama ein Huhn geschenkt hatte, kam und sie warnte.

Er sagte ihr, dass ihre Krankheit keine Krankheit für Weiße sei, sondern eine Krankheit für schwarzafrikanische Ureinwohner. Mit der Medizin und der Wissenschaft der Weißen könnte sie niemals geheilt werden. «Nur die Hexenkunst eines afrikanischen Heilers kann deine Wunde schließen. Wenn der Hauptmann dein Bein operiert, wirst du sterben, komplett sterben, verenden wie ein Hund», sagte der Stabssanitäter. Er war Muslim und konnte nicht lügen.

Großvater hat einen Eselstreiber bezahlt. In der Nacht, bei Mondschein, sind der Eselstreiber und der Heiler Balla ins Krankenhaus gegangen und haben wie Gauner Mama entführt. Sie haben sie noch vor Tagesanbruch tief in den Busch gebracht und in einem dichten Wald unter einem Baum versteckt. Der Hauptmann ist wütend geworden, er kam in Uniform mit seinen Tressen, und Wachen zogen durchs Dorf. Sie haben Mama in allen Hütten des Dorfes gesucht, sie aber nicht gefunden, weil auch im Dorf niemand wusste, wo im Busch sie versteckt war.

Als der Arzt, der zugleich Hauptmann war, und die Wachen abgezogen waren, traten Balla und der Eselstreiber aus dem Wald hervor, und Mama konnte in ihre Hütte zurückkehren. Sie bewegte sich auch weiterhin ruckartig auf ihren Pobacken voran. Faforo (Hintern meines Vaters)!

Jetzt waren auch die letzten Zweifler überzeugt, dass Mamas Geschwür eine einheimische schwarzafrikanische Krankheit sei und dass kein weißer Europäer sie heilen könne, sondern nur die Kunst eines Fetischpriesters. Also trieben die Dorfbewohner zwei Hühner, ein weißes und ein schwarzes, und ein Rind zusammen und sammelten Kolanüsse. Diese Opfergaben wollte man dem Sohn der Beschneiderin bringen, der, gemeinsam mit seiner Mutter, aus Neid den Fluch, den *koroté,* auf das rechte Bein meiner Mutter ausgesprochen hatte. Sie wollten ihn um Verzeihung bitten und darum, dass er den bösen Zauber, den *djibo,* von ihr nehme. Sie hatten schon alles vorbereitet.

Doch siehe da, sehr früh am nächsten Morgen sah man zur allgemeinen Überraschung drei Alte aus dem Dorf der Beschneiderin näher kommen. Das waren richtige alte Fetischpriester, keine Muslime. Ihre Boubous waren abstoßend, hässlich und schmutzig wie der Hintern einer Hyäne. Die Alten bissen ständig auf Kolanüssen herum, so dass zwei von ihnen völlig blanke Kiefer hatten, wie die Pobacken eines Schimpansen. Auch der dritte hatte blanke Kiefer, nur unten waren ihm zwei Zähne geblieben, grünlich wie Fetische. Sie kauten so ausdauernd Tabak, dass ihre Bärte rötlich waren wie das Fell der großen Ratte in der Hütte meiner Mutter und nicht weiß wie die der muslimischen Alten, die sich fünfmal am Tag rituell waschen. Im Schneckentempo und auf Stöcke gestützt, traten sie näher. Sie hatten Kolanüsse, zwei Hühner, ein schwarzes und ein weißes, und ein Rind dabei. Sie waren gekommen, um meine Mutter um Verzeihung zu bitten. Weil nun auch der Sohn der Hexe, der böse Jäger, tot war. Er hatte im tiefen Busch mit seinem Gewehr einen Büffelgeist erlegen wollen. Der Büffel hatte ihn auf die Hörner genommen, erst hin und her gewiegt, ehe er ihn dann zu Boden schmetterte, auf ihm herumtrampelte und ihn ganz und gar tötete, bis die Gedärme und Innereien im Dreck lagen.

Das war so grausam und überraschend gewesen, dass sie zu den Wahrsagern und Sehern gegangen waren, auf deren Wort Verlass war. Und alle diese Wahrsager und Seher sagten, dass der böse Büffel nichts anderes sei als ein *avatar* (das bedeutet: Veränderung, Wandlung zum Schlechteren, Missgeschick) von Bafitini. Soll heißen, meine Mama hat sich in einen bösen Büffel verwandelt. Sie war es, die Moussokoroni und ihren Sohn getötet und deren Seelen verschlungen hat. Sie war eine Seelenfresserin. (Laut *Verzeichnis der Besonderheiten* verursacht ein Seelenfresser nicht nur den Tod seines Opfers, sondern verschlingt auch dessen vitales Prinzip.) Meine Mutter war die größte Hexe im ganzen Land: Ihre Hexenkunst war mächtiger als die der Beschneiderin und ihres Sohns. Sie war die Anführerin aller Hexen und Seelenfresser im Dorf. Jede Nacht verspeiste sie mit anderen Hexen die Seelen und aß vom Geschwür ihres eigenen Beins. Darum konnte ihre Wunde nicht heilen. Niemand auf der Welt konnte dieses faulende Geschwür heilen. Sie selbst, meine Mutter, wollte ihr ganzes Leben auf den Pobacken rutschen, mit dem rechten Bein in der Luft, weil sie es liebte, nachts die Seelen der anderen zu verschlingen und von ihrer fauligen Wunde zu essen. Walahé (im Namen Allahs)!

Als ich von der Hexerei meiner Mutter erfuhr, als ich erfuhr, dass sie von ihrem faulenden Bein aß, war ich so überrascht, so bestürzt, dass ich geweint habe, sehr viel geweint, vier Tage und vier Nächte lang. Am Morgen des fünften Tages habe ich die Hütte verlassen und war fest entschlossen, nie mehr gemeinsam mit Mama zu essen. So ekelhaft fand ich sie.

Ich bin ein Straßenkind geworden. Ein richtiges Straßenkind, das mit den Ziegen schläft und überall in den Höfen und Feldern ein bisschen klaut, um etwas zu essen zu haben.

Balla und Großmutter haben mich im Busch gesucht und nach Hause zurückgebracht. Sie haben mir die Tränen abgewischt; sie haben mich gebeten, mein Herz abzukühlen und meine Wut zu besänftigen. Und sie haben gesagt, dass Mama keine Hexe sei, gar nicht sein könne. Weil sie Muslimin sei. Die alten nicht muslimischen Bambaras seien ausgemachte Lügner.

Ballas und Großmutters Worte konnten mich nicht recht überzeugen; es war zu spät. Ein Furz, der einmal den Hintern verlassen hat, lässt sich niemals wieder einfangen. Noch immer betrachtete ich meine Mama aus den Augenwinkeln, voll Misstrauen im Bauch, sagen die Afrikaner, und im Herzen, sagen die Franzosen. Ich hatte Angst, eines Tages könnte Mama auch meine Seele verschlingen. Wenn deine Seele verschlungen wird, kannst du nicht mehr leben, dann stirbst du an einer Krankheit oder durch einen Unfall. Durch irgendein todbringendes Schicksal. Gnamokodé (Bastard)!

Als Mama tot war, hat Balla gesagt, sie wäre nicht von den Hexern verspeist worden. Weil er, Balla, ein Seher sei, ein Fetischpriester, der die Hexer kenne und aufspüre. Großmutter beteuerte, Allah ganz allein habe Bafitini mit ihrem Geschwür getötet und mit den zu vielen Tränen, die sie vergossen habe. Denn er, Allah im Himmel, mache, was er wolle; er sei keineswegs verpflichtet, hier auf Erden in allen Dingen gerecht zu sein.

Von diesem Tag an wusste ich, dass ich meiner Mutter wehgetan hatte, sehr weh. Einer Behinderten wehgetan. Meine Mama hat mir nichts gesagt, aber sie ist mit dem Schmerz im Herzen gestorben. Ihre Verwünschungen, ihre Verdammungen lasteten auf mir. Ich würde nichts Gutes auf Erden erreichen. Ich würde niemals etwas wert sein auf dieser

Erde. Vielleicht erzähle ich euch später von Mamas Tod. Doch wenn ich keine Lust dazu haben, kann ich es auch sein lassen. Faforo (Beim Schwanz meines Vaters)!

Ich habe euch noch nichts von meinem Vater erzählt. Er hieß Mory. Ich rede nicht gerne über ihn, denn es tut mir im Herzen und im Bauch weh. Mein Vater ist gestorben, ohne dass er den weißen Bart eines weisen Alten hatte. Ich spreche nicht viel über ihn, weil ich ihn nicht gut gekannt habe. Ich habe ihn nicht oft gesehen, weil er schon krepiert ist, als ich noch auf allen vieren krabbelte. Aber Balla, den Heiler, den habe ich ständig gesehen und auch gemocht. Zum Glück weiß er ganz viel. Er kennt die Hexenkunst, und als Jäger ist er sehr viel an der Elfenbeinküste und in Senegal gereist, sogar in Ghana und Liberia, wo die Schwarzen schwarze Amerikaner sind und die Eingeborenen Pidgin sprechen. So heißt dort das Englische.

Issa ist mein Onkel, so nennt man den Bruder des Vaters. Meinem Onkel Issa hätte meine Mutter nach dem Tod meines Vaters gehören müssen; er hätte automatisch (automatisch heißt laut Wörterbuch zwangsläufig oder unwillkürlich) meine Mutter heiraten müssen. Das ist bei den Malinké so Sitte. Doch niemand im Dorf war damit einverstanden, Bafitini dem Onkel Issa zur Frau zu geben. Weil er Mama nie in ihrer Hütte besuchte; weil er sich nie um mich kümmerte und weil er meinen Vater, meine Großmutter und meinen Großvater immer heftig kritisiert hatte. Onkel Issa war nicht sehr beliebt in Togobala. In diesem Fall wollte sich niemand an den alten Brauch halten. Und mein Onkel Issa seinerseits wollte auch keine Frau, die immer auf dem Hintern herumrutscht und dabei ein verfaultes Bein in die Luft streckt.

Das Gesetz des Korans verbietet es einer frommen Muslimin wie meiner Mutter, ein Jahr aus zwölf Monden außerhalb einer Ehe zu leben, die durch die Kolanuss-Bindung besiegelt ist. (Kolanüsse sind essbare Kerne des Kolabaums, die wegen ihrer stimulierenden Eigenschaften gegessen werden; die Kolanuss ist ein rituelles Geschenk in der traditionellen Gesellschaft.) Meine Mutter musste aber eine Entscheidung treffen und sagen, was sie wollte.

Sie hat Großmutter gesagt, dass es Balla sei, der Tag und Nacht in ihre Hütte komme; daher wolle sie mit ihrem Heiler und Fetischpriester Balla eine Kolanuss-Bindung eingehen. Alle haben aufgeschrien und gebellt wie wütende Hunde, alle waren dagegen, denn Balla war ein Bambara-Fetischpriester, der nicht fünfmal am Tag betete und nicht fastete. Daher könne er unmöglich eine fromme Muslimin wie meine Mutter heiraten, die jeden Tag pünktlich ihre fünf Gebete verrichtete.

Es wurde palavert und der Koran gelesen. Um dem langen Palaver ein Ende zu setzen, gingen die Dorfbewohner zum Imam. So nennt man den Alten mit dem weißen Bart, der allen Leuten fünfmal am Tag laut vorbetet. Der Imam forderte Balla auf, mehrmals hintereinander zu sagen: *Allah koubarou et bissimilaï*. Balla hat es aber nur ein einziges Mal nachgesprochen: «*Allah koubarou et bissimilaï*.» Dennoch waren alle im Dorf mit der Kolanuss-Bindung von Balla und Bafitini einverstanden.

Balla wurde also mein Stiefvater. So nennt man den zweiten Ehemann der Mutter. Balla und Mama sind eine weiße Ehe, eine Scheinehe, eingegangen.

Auch wenn die Frau und der Mann, die heiraten, schwarz sind und schwarze Kleidung tragen, spricht man, falls sie niemals miteinander ins Bett gehen, von einer weißen Ehe, einer Scheinehe. Diese Ehe war aus zwei Gründen eine Scheinehe. Balla hatte zu viele Grigris um den Hals, am Arm und am Gürtel, und er wollte sich nie vor einer Frau ausziehen. Und selbst wenn er bereit gewesen wäre, alle seine Fetische abzulegen, hätte er es nie geschafft, Kinder zu machen. Denn er kannte nicht die Technik meines Vaters. Mein Papa hatte nicht die Zeit gehabt, ihm die akrobatische Methode beizubringen, sich richtig über Mama zu krümmen, um Kinder zu zeugen, da doch Mama auf dem Hintern lief und dabei das rechte Bein mit dem fauligen Geschwür in die Luft streckte. (Akrobatisch bezeichnet laut Wörterbuch die überdurchschnittliche Beweglichkeit und Körperbeherrschung, die für bestimmte turnerische oder tänzerische Übungen erforderlich sind.)

Mein Vater hat mit meiner Mutter drei Kinder gemacht. Meine Schwester Mariam und meine Schwester Fatouma. Mein Vater war ein großer Bauer und ein guter Gläubiger, der meine Mutter prima ernährte. Großmutter hat gesagt, Mory sei trotz all der guten Dinge, die er auf Erden getan habe, gestorben, weil niemand die Gesetze Allahs kenne und weil der Allmächtige des Himmels doch so handle, wie er wolle, er sei nicht verpflichtet, immer gerecht zu sein bei allem, was er sich entschließe, hier unten auf Erden zu vollbringen.

Meine Mama ist gestorben, weil Allah es so wollte. Der gläubige Muslim darf Allah nichts vorwerfen, hat der Imam gesagt. Er fügte hinzu, dass meine Mama an ihrem Geschwür gestorben sei und nicht durch Hexerei. Ihr Bein sei immer weiter verfault, weil es nach dem Tod der Beschneiderin und ihres Sohnes niemanden mehr gab, der sie hätte heilen können, und weil ihre Krankheit keine Krankheit war, die in einer Krankenstation der Weißen behandelt werden konnte. Auch weil die Zeit, die Allah ihr auf Erden gewährt hatte, zu Ende gewesen sei.

Der Imam erklärte weiter, dass es nicht wahr sei, was die Alten mit den blanken Kiefern und den struppigen roten Bärten gesagt hatten. Es sei nicht wahr, dass Mama nachts aus Hexerei von ihrer eitrigen Wunde gegessen habe. Das hat mein Herz kühl werden lassen, und ich habe wieder angefangen, meine Mutter zu beweinen. Der Imam sagte mir auch, dass ich kein guter Junge gewesen sei. Der Imam im Dorf ist der Marabut mit weißem Bart, der jeden Freitagmittag um ein Uhr das große Gebet leitet. Nach meinem Gespräch mit ihm habe ich angefangen, mein Verhalten heftig zu bereuen.

Und noch heute tut es mir weh, noch heute brennt es in meinem Herzen, wenn ich an Mamas Tod denke. Weil ich mir manchmal sage, dass Mama vielleicht doch keine Hexe und Seelenfresserin war, und weil ich mich an die Nacht erinnere, in der sie starb.

Als Mama immer mehr verfaulte, im letzten Stadium verfaulte, hat sie mich zu sich gerufen und mit ihrer rechten Hand meinen linken Arm sehr fest gedrückt. Ich konnte nicht davonlaufen, um in dieser Nacht durch die Straßen zu streunen. Ich habe auf der Strohmatte geschlafen, und beim ersten Hahnenschrei hat Mama ihre Seele ausgehaucht. Am Morgen waren Mamas Finger so fest um meinen Arm gekrallt, dass es Balla, Großmutter und eine andere Frau kaum schafften, mich ihr zu entreißen. Walahé (im Namen Allahs)! Das ist wahr.

Alle haben sehr geweint, weil Mama auf dieser Erde so sehr gelitten hatte. Die Leute in Togobala sagten, Mama werde direkt dort oben in Allahs Paradies einziehen, weil sie hier unten auf Erden alles Unglück und alle Leiden durchlitten habe und Allah kein weiteres Unglück und keine weiteren Leiden mehr habe, die er ihr hätte auferlegen können.

Der Imam versicherte uns, ihre Seele sei eine gute Seele, eine Seele, die die Lebenden vor Unglück und bösem Schicksal bestens beschützen würde, eine Seele, die man bewundern und an die man sich erinnern müsse. Mama ist jetzt im Paradies; sie leidet nicht mehr, alle auf Erden sind zufrieden. Nur ich nicht. Mamas Tod tut mir weh, immer noch sehr weh. Weil die Erklärungen der alten Kaffer schlimme Lügen waren. Und weil ich böse und unartig zu ihr gewesen bin. Ich habe Mama verletzt, sie ist mit der Wunde im Herzen gestorben. Daher bin ich verflucht; überall, wo ich hingehe, schleppe ich den Fluch mit mir herum. Gnamokodé (Bastard)!

Zu der Trauerfeier für meine Mutter am siebten und am vierzigsten Tag (siebter Tag und vierzigster Tag bedeutet laut *Verzeichnis der lexikalischen Besonderheiten*: Zeremonien zur Erinnerung an einen Verstorbenen) kam meine Tante Mahan aus Liberia.

Mahan ist die Mutter von Doktor Mamadou. Darum sagt man, dass Mamadou mein Cousin ist. Er ist übrigens ein sehr gebildeter Mann, ihr werdet das später noch merken. Meine Tante Mahan lebte in Liberia weit entfernt von jeder Straße, im Wald hinter einem Fluss. Dorthin hatte sie sich mit ihrem zweiten Mann geflüchtet, da ihr erster Ehemann, der Vater meines Cousins, ein Meisterjäger war. Ein Meisterjäger, der schrie und schimpfte, mit dem Messer und dem Gewehr drohte. Das nennt man einen gewalttätigen Mann; dieser Meisterjäger muss wirklich schlimm gewalttätig gewesen sein. Er hieß Morifing. Mit ihm hat Mahan also Férima und Mamadou gezeugt. Doch Morifing hat meine Tante so sehr beschimpft, geschlagen und bedroht, dass sie ihm eines Tages durchgebrannt ist.

Nirgends auf der Welt darf eine Frau das Bett ihres Mannes für immer verlassen, selbst wenn dieser sie andauernd beschimpft, bedroht und verprügelt. Sie ist immer im Unrecht. Das nennt man die Rechte der Frauen.

Es war noch vor der Unabhängigkeit. Meine Tante wurde ins Büro eines weißen Kommandanten irgendeiner Unterabteilung vorgeladen. Im Namen der Rechte der Frauen wurden die beiden Kinder ihrer Mutter entrissen und ihrem Vater anvertraut. Um meine Tante daran zu hindern, ihre Kinder zu stehlen oder auch nur zu sehen, wurden sie von ihrem Vater an die Elfenbeinküste geschickt. Mein Cousin Mamadou kam in die Obhut seines Onkels, eines wohlhabenden Sanitäters. Er hat meinen Cousin dort an der Elfenbeinküste auf die Schule der Weißen geschickt. In jener Zeit gab es noch nicht so viele Schulen, und der Unterricht war noch sinnvoll. Daher konnte Mamadou etwas Großes werden. Sogar Doktor.

Obwohl der Kolonialverwalter die Scheidung in Übereinstimmung mit den Rechten der Frauen bewilligt und obwohl Morifing das Sorgerecht für seine beiden Kinder erhalten hatte, suchte der gewalttätige Jäger weiter nach meiner Tante und ihrem zweiten Mann. Manchmal wachte er in der Nacht auf, schoss mit dem Gewehr in die Luft und sagte, er werde beide umbringen wie Hirschkühe, sobald er sie erwische. Deshalb waren meine Tante und ihr Mann geflohen, weit weg von allen französischen Kolonien wie Guinea und der Elfenbeinküste, und haben sich in den Wäldern von Liberia versteckt, einer Kolonie schwarzer Amerikaner, wo die französischen Gesetze der Rechte der Frau nie gegolten haben. Das Englisch, das die Leute dort sprechen, heißt Pidgin.

Bei den Trauerzeremonien für meine Mutter war der gewalttätige Jäger also nicht dabei. Er hatte die Angewohnheit, das Dorf für mehrere Monate zu verlassen und in andere Länder zu reisen, wo er sich auch gewalttätig aufspielte und viele wilde Tiere erlegte, um ihr Fleisch zu verkaufen. Das war sein Geschäft, sein Beruf. Da er nicht da war, kam meine Tante nach Togobala, um uns allen, der Großmutter, Balla und mir, zu helfen, den Tod meiner Mutter zu beweinen.

Drei Wochen nach der Ankunft meiner Tante im Dorf fand in der Hütte meines Großvaters ein großes Familienpalaver statt. Solche Zusammenkünfte, bei denen dringende Fragen besprochen und Entscheidungen getroffen wurden, gab es regelmäßig. Zu diesem Palaver trafen sich Großvater, Großmutter, meine Tante, andere Tanten und andere Onkel. Sie haben im Sinne der Familiengesetze der Malinké entschieden, meine Tante solle nun nach Mamas Tod meine zweite Mutter sein. Die zweite Mutter nennt man auch Vormund. Meine Tante, mein Vormund, solle mich ernähren und kleiden, und sie habe als Einzige das Recht, mich zu schlagen, zu beschimpfen und zu erziehen.

Sie beschlossen, ich solle mit meiner Tante nach Liberia gehen, weil ich im Dorf weder in die französische Schule noch auf die Koranschule ging. Ich war ein herumstreunendes Straßenkind oder ging im Busch mit Balla auf die Jagd, der mir, statt mich in den Koranworten Allahs zu unterweisen, das Jagen, die Fetischkunst und die Hexerei beibrachte. Dagegen hatte Großmutter Einwände, sie wollte mich von ihm fernhalten, wollte, dass ich Balla verlasse, damit ich kein Bambara, kein ungläubiger Fetischpriester würde, sondern ein richtiger Malinké bliebe, der seine fünf Gebete am Tag verrichtet.

Um mir Mut zu machen, meinen Stiefvater zu verlassen, hat Großmutter mir gesagt, dass ich dort in Liberia bei meiner Tante jeden Tag Reis mit Fleisch und Soße essen würde. Ich freute mich wegzugehen, und ich habe gesungen, weil ich große Lust hatte, Reis mit Soße zu essen. Walahé (im Namen Allahs)!

Doch der Ältestenrat erklärte Großvater und Großmutter, ich dürfe das Dorf nicht verlassen, da ich ein *bilakoro* sei, also ein Junge, der noch nicht beschnitten und initiiert ist. Als *bilakoro* könne ich nicht in den Wald von Liberia zu den *bushmen*. (*Bushmen* ist laut *Verzeichnis* ein Begriff, mit dem die Menschen aus der Savanne verächtlich die Waldmenschen bezeichnen.) Die Buschmänner seien keine Malinké, und sie kennen weder die Beschneidung noch die Initiation.

Ich gehörte zu der ersten Gruppe von *bilakoros*, die in der guten Jahreszeit beschnitten und initiiert wurden.

Eines Nachts wurde ich geweckt, und wir sind weit gelaufen. Bei Sonnenaufgang waren wir am Beschneidungsplatz auf einer Ebene am Waldrand. Man muss nicht auf diesem Platz sein, um zu wissen, dass einem dort unten etwas weggeschnitten wird. Jeder *bilakoro* hat vor sich ein kleines Loch gegraben, vor das er sich hingesetzt hat. Der Beschneider ist aus dem Wald hervorgetreten und näher gekommen. Er hatte genauso viele grüne Zitronen dabei, wie es zu beschneidende Jungen gab. Er war ein hoch gewachsener Greis aus der Kaste der Schmiede. Und er war auch ein großer Magier und Hexenmeister. Jedes Mal wenn er eine grüne Zitrone anschnitt, fiel die Vorhaut eines Jungen. Er hat vor mir gestanden, ich habe die Augen geschlossen, und meine Vorhaut fiel in das Loch. Das tut sehr weh. Doch so will es das Gesetz bei den Malinké.

Wir wurden in einem Lager untergebracht, in einem dichten Wald außerhalb des Dorfs, wo wir zwei Monate lang miteinander lebten.

In diesen zwei Monaten hat man uns vieles beigebracht, sehr viel sogar, doch wir mussten schwören, diese Dinge niemals unter die Leute zu bringen. Das nennt man Initiation. Ich werde nie mit einem Nicht-Initiierten darüber sprechen, was ich bei der Initiation gelernt habe. An dem Tag, da wir den heiligen Wald verlassen haben, haben wir gut gegessen und viel getanzt. Wir waren nun keine *bilakoros* mehr, sondern Initiierte, richtige Männer. Und jetzt konnte ich aus dem Dorf weggehen, ohne dass die Leute komische Bemerkungen machten.

Meine Tante, die man auch meine zweite Mama oder meinen Vormund nennt, und ich, Birahima, ein Junge ohne Furcht und Tadel, waren bereit, nach Liberia aufzubrechen, als plötzlich eines Abends zur Stunde des vierten Gebets lautes Geschrei ertönte. Von dem Grundstück des ehemaligen Mannes meiner Tante, des gewalttätigen Jägers, hörten wir Gewehrschüsse. Das ganze Dorf hat geschrien, Morifing, der Jäger sei zurückgekehrt. Meine Tante hat so schreckliche Angst bekommen, dass sie auf der Stelle im nächtlichen Busch verschwand, ohne mich. Zwei Wochen später, als meine Tante bei ihrem Mann in Liberia angekommen war, haben Großmutter und die Dorfältesten angefangen, jemanden zu suchen, der mich zu meiner Tante nach Liberia bringen könnte.

Bei uns kennt jeder die Namen der großen Macker, die aus unserem Dorf stammen und heute in Abidjan, Dakar, Bamako, Conokry oder sogar in den fernen und kalten Ländern auf der anderen Seite des Ozeans, in Amerika und Frankreich, leben und viel Geld haben. Die großen Macker nennt man auch *hadjis*, weil sie jedes Jahr nach Mekka reisen, um dort in der Wüste ihren Schafen bei dem großen muslimischen Fest, welches Fest der Schafe oder *el-kabeir* heißt, die Kehle durchzuschneiden.

Alle in Togobala hatten daher schon viel von Yacouba gehört. Yacouba war ein großer, aus dem Dorf stammender Macker, der in Abidjan lebte und mit seinen gut gestärkten Boubous auch ein großer *hadji* war.

Eines frühen Morgens sprach sich im Dorf herum, dass Yacouba in der Nacht heimgekehrt sei. Doch alle mussten den Mund halten, und niemand durfte laut sagen, dass Yacouba da war. Die Dorfbewohner wussten nur zu gut, dass der Heimkehrer Yacouba hieß; doch sie mussten diesen Namen vergessen und Yacouba stattdessen Tiécoura nennen. Fünfmal am Tag sahen ihn alle zur Moschee gehen, und keiner durfte seinem Nachbarn oder Freund sagen, er habe ihn mit eigenen Augen vorbeigehen sehen. Yacouba alias Tiécoura (man sagt alias, wenn jemand einen Namen hat und man ihn mit einem anderen ansprechen muss) war seit zwei Monden im Dorf, und niemand sprach ihn mit seinem richtigen Namen an, und niemand fragte, warum dieser große Macker zurückgekehrt war.

Da sich im Dorf bisher noch niemand gefunden hatte, der mich zu meiner Tante nach Liberia bringen konnte, hat der große Macker *hadji* Yacouba alias Tiécoura eines Morgens nach dem Gebet gesagt, er bringe mich nach Liberia. Er wollte mich dorthin begleiten, weil er auch ein Geldscheinvervielfacher war. Ein Geldscheinvervielfacher ist ein Marabut, dem man an einem Tag eine kleine Hand voll Geld gibt und der einem an einem anderen Tag eine Menge CFA-Scheine (CFA bedeutet: *Communauté financière africaine* und bezeichnet die Währung der Afrikanischen Finanzgemeinschaft) oder sogar amerikanische Dollars zurückzahlt. Tiécoura war ein viel beschäftigter Mann mit mehreren Talenten: Er war ein Geldscheinvervielfacher, ein Marabut, der in die Zukunft sehen konnte, und ein Fetischpriester, der Amulette herstellte.

Tiécoura drängte zum Aufbruch, weil es hieß, dass in Liberia wegen des Kriegs jene Marabut, die Geldscheine vervielfachen, Kranke heilen und in die Zukunft sehen und Amulette herstellen, eine Menge amerikanische Dollar verdienten. Sie verdienten unglaublich viel Geld, weil es in Liberia nur noch Rebellenführer gab und Leute, die große Angst hatten zu sterben. Ein Rebellenführer ist ein großer Macker, der viele Menschen getötet hat und dem eine Region mit Dörfern gehört, über deren Bewohner er befiehlt und die er ohne einen Prozess töten kann. Bei den Rebellenführern und ihren Leuten war Tiécoura sicher, seinen Geschäften nachgehen zu können, ohne Ärger mit der Polizei zu bekommen wie in Abidjan. Die Polizei machte ihm nämlich ständig Ärger wegen all der Berufe, denen er in Abidjan, Yopougon, Port-Bouët und in anderen Städten der Elfenbeinküste wie Daloa, Bassam, Bouaké und selbst in Boundiali, im Senufo-Land dort im Norden, nachging. (Die Senufo sind ein Stamm, der im Norden der Elfenbeinküste, im Südwesten von Burkina Faso und im Süden Malis lebt.)

Yacouba alias Tiécoura war ein richtiger Macker, ein richtiger *hadji*. Kurz nach seiner Beschneidung hatte er das Dorf verlassen, um die Kolanüsse in vielen Städten des Waldes, im Land der Buschmänner, an der Elfenbeinküste zu verkaufen, wie in Agloville, Daloa, Gagnoa oder Anyama. In Anyama ließ er viele Körbe Kolanüsse per Schiff nach Dakar bringen. Und zwar durch das Anfeuchten der Bärte (das bedeutet:

Bakschisch geben). Nachdem er den Zollbeamten tüchtig die Bärte angefeuchtet hatte, wurden die Körbe mit den Kolanüssen im Hafen von Abidjan verladen; sie kamen in Senegal, im Hafen von Dakar, an und verließen ihn, ohne dass auch nur ein Sou Abgaben oder Zollgebühr bezahlt worden wäre. In Senegal und an der Elfenbeinküste muss der Exporteur von Kolanüssen, wenn er die Bärte der Zollbeamten nicht gut anfeuchtet, viele Gebühren und Steuern für die Regierung bezahlen, und dann verdient er überhaupt nichts. (Ein Exporteur ist laut Wörterbuch ein Mensch, der Waren im Ausland absetzt.) Yacouba konnte die Kolanüsse, für die er nicht einen Sou Abgaben zahlte, auf dem senegalesischen Markt zu Höchstpreisen verkaufen. Mit diesen großen Gewinnen ist Yacouba alias Tiécoura reich geworden.

Reich wie er war, hat er das Flugzeug genommen und ist nach Mekka geflogen, um ein *hadji* zu werden. Als er ein *hadji* geworden war, kehrte er nach Abidjan zurück und heiratete mehrere Frauen. Um die vielen Frauen unterbringen zu können, hat er mehrere Grundstücke und Häuser gekauft, in Anyama und in anderen abgelegenen Orten wie Abobo, wo sich viele Verbrecher aus Abidjan herumtrieben. Da in den Häusern viele Zimmer leer standen, sind seine Eltern, seine Freunde, die Freunde seiner Eltern und deren Freunde, die Eltern seiner Frauen von überall her gekommen und haben die Zimmer bezogen, haben sich gut verköstigen lassen und endlose Gespräche geführt. Um den ganzen Tag über Palaver abhalten zu können, diskutierte Yacouba alias Tiécoura, wenn er nicht betete, unter dem *appatam*. (Ein *appatam* ist eine leichte Pfahlkonstruktion mit einem Dach aus geflochtenen Palmblättern und dient als Sonnenschutz.) In seinem weiten gestärkten Boubou argumentierte er unterm *appatam* wie ein großer *hadji* mit Sprichwörtern und Suren.

In einem Monat war er so sehr mit Palavern beschäftigt gewesen und hatte sich so sehr über die Leute geärgert, mit denen er palaverte, dass er darüber vergaß, die Bärte der Zollbeamten für ein mit Kolanüssen beladenes Schiff anzufeuchten, das in Anyama wohlbehalten ausgelaufen und im Hafen von Dakar wohlbehalten angekommen war.

In Dakar hatten die Hafenarbeiter gerade einen Streik ausgerufen. Die Hafenarbeiter und Zollbeamten ließen die Kolanüsse in den Laderäumen verfaulen, während Yacouba alias Tiécoura noch immer unterm *appatam* palaverte. Die Kolanüsse, viele Körbe voll, eine ganze Schiffsladung, waren verdorben, und konnten nur noch ins Meer gekippt werden. Yacouba hatte sein ganzes Geld verloren, er war ruiniert, total abgebrannt. Wenn man pleite ist, fordern die Bankiers das Geld zurück, das sie einem zuvor großzügig geliehen haben. Kannst du nicht auf der Stelle die Schulden zurückzahlen, bringen sie dich vor Gericht. Und gelingt es dir nicht, die Bärte der Staatsbeamten, der Richter, der Gerichtsschreiber und Anwälte des Gerichts von Abidjan anzufeuchten, wirst du aufs Härteste verurteilt. Bist du verurteilt und kannst nicht die Bärte der Gerichtsvollzieher und Polizisten anfeuchten, nehmen sie dir deine Grundstücke mit deinen Häusern weg. Sie haben alle Grundstücke und Häuser von Yacouba alias Tiécoura beschlagnahmt. Um das nicht mit ansehen zu müssen und damit sie nicht auch noch den Schmuck seiner Frauen pfändeten, ist er nach Ghana geflohen.

Ghana grenzt an den Osten der Elfenbeinküste und ist ein Land, wo man gut Fußball spielt und wo Pidgin-Englisch gesprochen wird. In Ghana sind die Waren oft sehr viel billiger als in Abidjan. Yacouba feuchtete also die Bärte der Zollbeamten an der Grenze gut an und brachte seine Waren, ohne Abgaben zu bezahlen, an die Elfenbeinküste, wo er sie mit großen Gewinnen verkaufte. So kam er erneut zu Reichtum, kaufte ein großes Haus in Yopougon Port-Bouët, dazu Frauen, Turbane, gestärkte Boubous und schnelle Busse, mit denen er eilige Fahrgäste transportierte. Ja, viele schnelle Busse.

Da einer der Busfahrer alle Einnahmen unterschlug, stieg Yacouba alias Tiécoura eines Tages selbst in den Bus, um sein Geld zu kassieren. Der Busfahrer war beleidigt und baute mit voller Absicht einen schweren Unfall. Yacouba wurde mit Verletzungen ins Krankenhaus gebracht und von Allah geheilt, weil er sich jeden Tag zu seinen fünf Gebeten verbeugte und sehr viele Opfer darbrachte. Und weil seine Opfer angenommen wurden. (Bei den schwarzafrikanischen Eingeborenen gilt es als großes Glück, wenn die dargebrachten Opfer auch angenommen werden.)

Aus seinem Unfall und aus seinem Krankenhausaufenthalt ergaben sich für Yacouba zwei Veränderungen. Erstens, er humpelte fortan, man nannte ihn den humpelnden Banditen. Zweitens glaubte er jetzt, dass Allah in seiner Güte einen Mund, den er geschaffen hat, niemals leer lässt. Faforo (Schwanz meines Vaters)!

Als Yacouba alias Tiécoura im Krankenhaus lag, besuchte ihn einer seiner Freunde. Er hieß Sekou Doumbouya und war ein Kamerad aus derselben Altersgruppe, ein Kamerad, der mit ihm gemeinsam initiiert wurde, also ein sehr alter Freund. (In den schwarzafrikanischen Dörfern werden die Kinder in Altersgruppen eingeteilt. Innerhalb der Altersgruppen machen sie alles gemeinsam. Sie spielen zusammen und werden zusammen initiiert.) Sekou fuhr mit einem Mercedes Benz zu diesem Besuch vor. An der Elfenbeinküste können sich nur die Reichen ein solches Auto leisten. Sekou hat Yacouba den Beruf verraten, mit dem er ohne Risiken und ohne sich dabei ein Bein auszureißen, so viel Geld verdiente. Es war die Arbeit eines Marabut. Kaum war Yacouba alias Tiécoura aus der Universitätsklinik entlassen, hat er das Unfallwrack und die anderen Reisebusse verkauft und sich als Marabut niedergelassen, als Geldscheinvervielfacher, Hersteller von Amuletten, Erfinder von Erfolg verheißenden Gebetssprüchen und als Flüche abwendender Opferdeuter.

Seine Arbeit lief gut. Denn allmählich kamen viele Minister, Abgeordnete, hohe Staatsbeamte, Neureiche und andere große Macker zu ihm. Als die Banditen und Killer der Elfenbeinküste davon erfuhren, tauchten sie mit Koffern voller Geld bei ihm auf, um die Banknoten, die sie bei Überfällen erbeutet hatten, vervielfachen zu lassen.

Wenn Polizisten in Abidjan einen Banditen mit einer Waffe in der Hand sehen, diskutieren sie nicht lange mit ihm, sie strecken ihn ohne jeden Prozess gleich nieder, wie einen Hirschen, einen Hasen. Eines Tages haben die Polizisten auf drei Banditen geschossen; zwei waren auf der Stelle tot; der dritte konnte, ehe er starb, noch gerade sagen, dass ihr Geld bei Yacouba alias Tiécoura sei. Prompt sind die Polizisten beim Geldscheinvervielfacher aufgekreuzt.

Dank erhörter Opfergaben (laut *Verzeichnis* bedeutet dies: glücklicher Zufall. Die schwarzen Afrikaner bringen viele blutige Opfer gegen das Unglück dar. Werden ihre Opfer erhört, haben sie sehr viel Glück), also dank erhörter Opfergaben oder aufgrund eines glücklichen Zufalls war Yacouba alias Tiécoura gerade nicht da, als die Polizisten seine Wohnung auf den Kopf stellten und viele Koffer fanden, die randvoll mit Geldscheinen ausgeraubter Banken waren.

Yacouba ist nicht mehr nach Hause zurückgekehrt. Noch in derselben Nacht floh er aus Abidjan, nahm den Namen Tiécoura an und floh nach Togobala, wo alle, die ihn sahen, sagten, sie hätten ihn nicht gesehen. Yacouba dachte immer noch, und er sagte es auch, dass Allah in seiner unendlichen Güte einen Mund, den er geschaffen hat, niemals leer lasse.

Und dieser Mann bot sich an, mich zu meiner Tante nach Liberia zu bringen. Walahé (im Namen Allahs)!

Eines Morgens kam er mich besuchen. Er nahm mich beiseite und vertraute mir heimlich an, Liberia sei ein fantastisches Land. Sein Beruf eines Geldscheinvervielfachers habe dort goldenen Boden, man nenne ihn dort einen Grigrimann. Ein Grigrimann sei dort ein großer Macker. Und noch viele Dinge mehr hat er mir über Liberia erzählt, um mir Mut zu machen fortzugehen. Faforo (Schwanz meines Papas)!

Wunderbare Dinge. Dort herrsche Stammeskrieg. Dort würden Straßenkinder wie ich Kindersoldaten, die man laut meinem *Harrap's* auf Pidginenglisch *small soldiers* nennt. Die *small soldiers* hätten einfach alles. Zum Beispiel Kalaschnikows. Das seien Gewehre, die ein Russe erfunden habe und mit denen man pausenlos schießen könne. Mit den Kalaschnikows hätten die Kinder wirklich alles. Geld, sogar amerikanische Dollars, Schuhe, Tressen, Radios, Helme und sogar Geländewagen, die man auch 4 × 4 nenne. Ich habe Walahé! Walahé! gerufen! Ich wollte nach Liberia reisen. Schnell, schnell. Ich wollte ein Kindersoldat, ein *small soldier* werden. Ein Kindersoldat oder ein soldatisches Kind, das ist Jacke wie Hose. Ich hatte nur noch das Wort *small soldier* auf den Lippen. Wenn ich allein in meinem Bett lag, wenn ich Pipi oder Kaka machte, rief ich *small soldier*, Kindersoldat, soldatisches Kind!

Yacouba trat beim ersten Hahnenschrei in unsere Hütte. Es war noch dunkel; Großmutter weckte mich, gab mir Reis mit Erdnusssoße, und ich schlug mir den Bauch voll. Großmutter begleitete uns. Als wir am Dorfrand angelangt waren, wo sich die Müllkippe befindet, legte sie mir ein Geldstück in die Hand, vielleicht ihre gesamten Ersparnisse. Noch heute spüre ich die Wärme der Münze in meiner hohlen Hand. Dann hat sie geweint und kehrtgemacht. Ich sollte sie nie wiedersehen. Allah hat es so gewollt. Und Allah ist nicht gerecht in allem, was er hier unten tut.

Yacouba hat mich gebeten, voranzugehen. Er humpelte hinterher, man nannte ihn den humpelnden Banditen. Vor unserer Abreise versicherte er mir, dass wir unterwegs immer etwas zu essen haben würden, da Allah in seiner unendlichen Güte niemals einen Mund, den er geschaffen habe, leer ließe. Vor Sonnenaufgang sind Yacouba und ich mit unserem Gepäck auf dem Kopf zu Fuß in die Stadt aufgebrochen, wo der Markt stattfindet und die Busse in die Hauptstädte von Guinea, Liberia, der Elfenbeinküste und von Mali abfahren.

Wir waren noch nicht weit gelaufen, nicht einmal einen Kilometer: Plötzlich raschelte zu unserer Linken eine Eule, hüpfte aus dem Gras und entschwand in die Nacht. Vor Angst machte ich einen Satz, rief laut «Mama» und klammerte mich an Yacoubas Beine. Yacouba, ein Mann ohne Furcht und Tadel, hat eine der wirkungsvollsten Suren, die er auswendig kennt, gesprochen. Dann hat er gesagt, eine Eule, die links von einem Reisenden auftauche, sei ein schlechtes Omen für die Reise. (Omen bedeutet: Zeichen, das in die Zukunft weist.) Er setzte sich und sprach drei andere mächtige Suren aus dem Koran und drei derbe Gebete einheimischer Hexenkunst. Unweigerlich begann zur Rechten ein

Turako zu singen. (Turako, laut *Verzeichnis*: großer, sich von Früchten ernährender Vogel.) Nachdem der Turako zur Rechten gesungen hatte, stand Yacouba auf und sagte, der Gesang des Vogels sei eine gute Antwort. Das bedeute, wir hätten den Schutz der Seele meiner Mutter. Die Seele meiner Mama sei sehr stark, weil sie hier auf Erden sehr viel geweint habe. Die Seele meiner Mutter habe auf unserem Weg das verhängnisvolle, Unglück bringende Rascheln der Eule hinweggefegt. Obwohl ich von meiner Mutter verflucht sei, schütze mich ihre Seele.

Wir nahmen unseren Fußmarsch wieder auf, ohne ein Wort zu sagen, denn wir fühlten uns wieder sicher und stark. Wir waren noch nicht weit gelaufen, nicht einmal fünf Kilometer weit: Plötzlich raschelte zu unserer Linken wieder eine Eule im Gras und entschwand in die Nacht. Ich hatte Angst, so große Angst, dass ich zweimal laut «Mama» rief. Yacouba alias Tiécoura, ein Mann ohne Furcht und Tadel, ein Marabut und Hexenmeister, hat zwei der besten Suren, die er auswendig kennt, gesprochen. Dann hat er gesagt, Eulen, die zweimal zur Linken des Reisenden auftauchen, seien für Auguren sehr, sehr schlechte Vorzeichen. (Auguren sind Wahrsager, die aus dem Flug und Geschrei eines Vogels die Zukunft lesen.) Er setzte sich auf den Boden und sagte sechs starke Suren aus dem Koran auf und sechs derbe Gebete einheimischer Hexenkunst. Da begann zur Rechten ein Rebhuhn zu singen; er stand er auf, lächelte und meinte, der Gesang des Rebhuhns bedeute, dass wir unter dem Schutz der Seele meiner Mutter stünden. Die Seele meiner Mama sei gut und sehr stark, weil Bafitini sehr viel geweint habe und hier auf Erden sehr viel auf dem Hintern gerutscht sei. Ihre Seele habe auf unserer Reise auch das zweite verhängnisvolle Rascheln der Eule hinweggefegt. Meine Mutter sei sehr gut, sie beschütze mich gut, obwohl ich ihr großen Schmerz zugefügt habe. Und wir setzten unseren Fußmarsch sorglos fort, denn wir waren wirklich glücklich und stolz.

Wir waren noch nicht weit gelaufen, nicht einmal zehn Kilometer weit: Plötzlich raschelte ein drittes Mal zu unserer Linken eine Eule im Gras und entschwand in die Nacht. Ich hatte Angst, so große Angst, dass ich dreimal laut «Mama» rief. Yacouba, ein Mann ohne Furcht und Tadel, ein Marabut und Hexenmeister, hat drei der mächtigsten Suren, die er auswendig kennt, gesprochen. Dann hat er gesagt, Eulen, die dreimal zur Linken des Reisenden auftauchen, seien ein dreifach schlechtes Omen für die Reise. Er setzte sich auf den Boden und sagte neun weitere starke Suren aus dem Koran und neun derbe einheimische Hexengebete auf. Schon begann ein Perlhuhn zu unserer Rechten zu singen; er stand auf, lächelte und meinte, der Gesang des Perlhuhns bedeute, dass wir den Segen der Seele meiner Mutter hätten. Die Seele meiner Mama sei gut und sehr stark, weil Bafitini sehr viel geweint habe und sie hier auf Erden sehr viel auf ihrem Hintern gerutscht sei. Die Seele meiner Mutter habe ein weiteres Mal auf unserer Reise das verhängnisvolle Rascheln der Eule hinweggefegt. So nahmen wir unseren Fußmarsch wieder auf, ohne viel nachzudenken, denn wir fühlten uns glücklich und sicher.

Der Morgen brach an, und wir liefen immer weiter. Plötzlich begannen alle Vögel am Boden, in den Bäumen, am Himmel gemeinsam zu singen, weil sie alle so glücklich waren. Dies lockte die Sonne hervor, die vor uns über den Bäumen aufstieg. Auch wir waren sehr glücklich; wir betrachteten in der Ferne den Wipfel eines Kapokbaums des nächsten Dorfs, als wir zu unserer Linken einen Adler kommen sahen.

Der Adler war schwer, weil er etwas in seinen Krallen hielt. Als er auf unserer Höhe war, ließ er einen toten Hasen mitten auf den Weg fallen. Yacouba hat wild geflucht und lange, sehr lange Suren und viele Gebete eines Fetischpriesters und Kaffers aufgesagt. Er war voller Sorge, denn ein toter Hase mitten auf der Straße sei ein sehr schlechtes, ein zu schlechtes Omen.

Als wir die Stadt erreicht hatten, haben wir uns nicht auf direktem Wege zum Busbahnhof begeben. Wir hatten vielmehr vor, auf die Reise zu verzichten und nach Togobala zurückzukehren. Es gab zu viele schlechte Omen. Doch dann trafen wir eine elende alte Großmutter, die sich auf einen hohen Stock stützte. Yacouba schenkte ihr eine Kolanuss. Sie war glücklich und hat uns geraten, einen Mann aufzusuchen, der erst seit kurzem in der Stadt war. Dieser Mann sei der stärkste aller Marabuts, aller Medien, aller Magier des Städtchens und der ganzen Region geworden. (Medium bedeutet: Ein Mensch, dem man nachsagt, mit den Geistern sprechen zu können.) Wir sind an drei Häusern und zwei Hütten vorbei gegangen und standen haargenau vor dem Marabut. Wir haben im Eingang gewartet, da Leute vor uns da waren. Als wir in die Hütte traten, welch eine Überraschung! Wir kannten das Medium schon längst, es war niemand anderer als Sekou, Yacoubas alter Freund, der ihn mit einem Mercedes in der Universitätsklinik von Yopougon in Abidjan besucht hatte. Die beiden Männer sind sich in die Arme gefallen. Sekou Doumboya hatte Abidjan verlassen und seinen Mercedes und seine ganzen Besitztümer wegen einer dunklen Geldscheinvervielfachungsaffäre aufgeben müssen, so wie Yacouba damals. (Affäre bedeutet laut Wörterbuch peinlicher Vorfall, unangenehme Sache.) Kaum hatten wir in seiner Hütte Platz genommen, da zog Sekou mit einem meisterhaften Zaubertrick ein weißes Huhn aus dem Ärmel seines Boubous. Yacouba schrie vor Begeisterung. Mich packte das Entsetzen. Sekou hat uns zu vielen Opfern, zu großen Opfern geraten. Wir haben zwei Schafe und zwei Hühner auf dem Friedhof getötet. Das Huhn, das er aus seinem Ärmel gezogen hatte, und noch ein anderes.

Die Opfer wurden erhört. Allah und die Manen waren nicht verpflichtet, sie anzunehmen; sie haben es getan, weil sie es so wollten. Daraufhin beruhigten wir uns wieder. Sekou riet uns, nicht vor Freitag den Bus zu nehmen. Denn der Freitag sei der einzige Tag, den man Reisenden empfehlen könne, die einen toten Hasen auf ihrem Weg gesehen haben. Der Freitag ist der heilige Tag der Moslems, der Toten und auch der Fetischpriester.

Wir fühlten uns stark und waren optimistisch. (Optimistisch bedeutet laut Wörterbuch voller Vertrauen in die Zukunft, lebensbejahend), weil Allah in seiner unendlichen Güte einen Mund, den er geschaffen hat, niemals ohne Proviant lässt. (Proviant ist der auf einer Reise oder Wanderung mitgenommene Vorrat an Lebensmitteln.) Das war im Juni 1993.

Ich sollte nicht vergessen zu erwähnen, dass es Yacouba im Gespräch mit dem Medium Sekou gelungen war, diesen davon zu überzeugen, dass er nach Liberia und Sierra Leone gehen müsse. Weil die Menschen in diesen Ländern wie die Fliegen sterben, und in den Ländern, wo die Menschen wie die Fliegen sterben, verdiene ein Marabut, der fähig sei, ein Huhn aus dem Ärmel zu ziehen, viel Geld, viele Dollars. So etwas muss man einem wie Sekou nicht zweimal sagen. Tatsächlich sollten wir ihm im Laufe unserer Reise noch das eine oder andere Mal in den unwirtlichen Wäldern Liberias und von Sierra Leone begegnen (unwirtlich heißt: ungesellig, wild).

Das ist es, was ich für heute zu erzählen habe. Jetzt habe ich keine Lust mehr; für heute höre ich auf.

Walahé! Faforo (Beim Schwanz meines Vaters)! Gnamokodé (Bastard)!

II

WENN MAN SAGT, es herrsche Stammeskrieg in einem Land, so bedeutet das, dass die großen Straßenräuber das Land unter sich aufgeteilt haben. Sie haben den Reichtum unter sich aufgeteilt, das Territorium und die Menschen. Sie haben einfach alles unter sich aufgeteilt, und die ganze Welt lässt sie gewähren. Sie können vor den Augen der Öffentlichkeit Unschuldige, Kinder und Frauen töten. Und das ist noch nicht alles! Das Seltsame ist, dass jeder mit der Kraft der Verzweiflung seine Ausbeute verteidigt und gleichzeitig sein Gebiet vergrößern will.

In Liberia gab es vier große Straßenräuber: Doe, Taylor, Johnson, El Hadji Koroma. Dazu kamen noch andere Banditen, die aber kleine Fische waren. Die kleinen Fische setzten alles daran, große zu werden. Und das hieß, sie wollten das Land weiter aufteilen. Darum sagte man, in Liberia herrsche Stammeskrieg. Und ich reiste dorthin. Denn dort lebte meine Tante. Walahé (im Namen Allahs)!

In allen Stammeskriegen und in Liberia werden die Kindersoldaten nicht bezahlt. Die *small soldiers* oder *children soldiers* töten Bewohner und nehmen alles mit, was sich lohnt, mitgenommen zu werden. In allen Stammeskriegen und in Liberia werden auch die Soldaten nicht bezahlt. Sie massakrieren die Bewohner und behalten alles, was es wert ist, behalten zu werden. Die Kindersoldaten und die Soldaten verkaufen ihre Beute zu Spottpreisen, um sich zu ernähren und ihre natürlichen Bedürfnisse zu befriedigen.

Darum bekommt man in Liberia alles zu Spottpreisen. Gold, Diamanten, Fernseher zu Spottpreisen, Autos, Pistolen und Kalaschnikows oder Kalasch, einfach alles zu Spottpreisen.

Gibt es in einem Land alles zu Spottpreisen, so strömen die Händler in dieses Land. Alle Händler und Händlerinnen, die schnell reich werden wollen, reisen nach Liberia, um zu kaufen oder zu tauschen. Sie kommen mit einer Handvoll Reis, einem kleinen Stück Seife, einer Flasche Petrolium, ein paar Dollarscheinen oder mit CFA-Francs. An diesen Dingen herrscht dort schrecklicher Mangel. Sie kaufen oder tauschen sie ein gegen andere Waren, die sie später in Guinea und an der Elfenbeinküste teuer verkaufen. Das nennt man große Gewinne machen.

Weil sie große Gewinne machen wollen, drängeln sich die Händler und Händlerinnen in Nzérékoré um die *gbakas*, die nach Liberia abfahren. (*Gbakas* ist ein Wort, das man im *Verzeichnis der lexikalischen Besonderheiten des Französischen in Schwarzafrika* findet und bedeutet: Autobus, Automobil.) Herrscht in einem Land Stammeskrieg, so reist man im Konvoi in dieses Land ein. (Ein Konvoi entsteht, wenn mehrere *gbakas* hintereinander fahren.) Vor und hinter der Kolonne fahren Motorräder. Auf den Motorrädern sitzen bis an die Zähne bewaffnete Männer, die den Konvoi schützen sollen. Denn neben den vier großen Banditen gibt es zahlreiche kleine Banditen, die Straßen sperren, Reisende gefangen nehmen und Lösegeld erpressen.

Auch wir reisten im Konvoi in Liberia ein, und damit wir nicht erpresst würden, fuhr ein Motorrad vor uns her. Faforo (Beim Hintern meines Vaters)!

Der Kleine, ein Kid (bedeutet laut *Harrap's*: Junge, Kind), ein richtiger Pimpf, stand plötzlich mitten in der Kurve. Das Motorrad, das uns beschützen sollte, war vorausgefahren und konnte beim Signal des Pimpfs nicht sofort anhalten. Die Typen, die auf dem Motorrad saßen, dachten, da wäre eine Straßensperre. Sie haben geschossen. Und den Jungen, den Kindersoldaten, einfach umgemäht. Er fiel zu Boden, tot, total tot. Walahé! Faforo!

Ein Moment der Stille kündigte den Sturm an. Und der Wald drumherum hat zu spucken begonnen, tralala … tralala … tralala … aus dem Maschinengewehr. Die Vögel des Waldes haben gemerkt, dass es schlecht roch, sie haben sich in die Lüfte geschwungen und sind davon geflogen zu anderen ruhigeren Himmeln. Die Tralalas des Maschinengewehrs ergossen sich über das Motorrad und die Kerle, die drauf saßen, das heißt, über den Fahrer und den Typen hinter ihm, der mit der Kalaschnikow den *faro* spielte. (Das Wort *faro* gibt es nicht im Wörterbuch, aber es steht im *Verzeichnis* und bedeutet soviel wie Schlaumeier.) Der Fahrer und hinter ihm der Typ, der den *faro* spielte, waren alle beide tot, sofort, total tot. Und dennoch machte das Maschinengewehr immer noch tralala … ding! tralala … ding! Auf der Straße, auf der Erde, sah man bereits den Schlamassel: das in Flammen aufgegangene Motorrad und die durchsiebten Leichen und überall Blut, viel Blut, das nicht aufhören wollte zu fließen. A faforo! Es ging weiter, die unheimliche Tralala-Musik ging weiter.

Aber fangen wir mit dem Anfang an.

Normalerweise laufen die Dinge anders. Das Motorrad und der Bus halten ganz genau auf das Zeichen des kleinen Jungen an, ohne auch nur einen Zentimeter zu weit zu fahren. Das klappt immer prima. A faforo! Der kleine Junge, der Kindersoldat, nicht viel größer als der Stock eines Offiziers, spricht mit den Typen auf dem Motorrad, das zum Schutz des Konvois vorausfährt. Sie machen sich vertraut, das heißt, sie lachen miteinander, als tränken sie jeden Abend ein Bier zusammen. Der Pimpf pfeift, pfeift noch einmal. Dann sieht man einen Wagen aus dem Busch rollen. Der Wagen ist mit Blättern getarnt, und er ist gespickt mit Kindern, mit Kindersoldaten, mit *small soldiers*. Kindern, so groß wie … der Stock eines Offiziers. Kindersoldaten, mit umgehängten Kalaschnikows. Alle in Fallschirmspringeranzügen. Fallschirmspringeranzügen, die zu groß, zu lang für sie sind, die ihnen bis zu den Knien hängen, Fallschirmspringeranzügen, die an ihnen herumschlackern. Das Ulkigste ist, unter den Kindersoldaten sind Mädchen, ja, richtige Mädchen, die auch eine Kalasch haben und mit ihr herumfuchteln. Es sind nicht viele Mädchen. Aber sie sind von allen die grausamsten; sie können dir eine lebendige Biene in das offene Auge setzen. (Das sagen die Schwarzafrikaner, wenn jemand sehr bösartig ist.) Dann sieht man Kindersoldaten, die alle gleich gekleidet sind und die Waffen auf die gleiche Weise halten, zu Fuß aus dem Busch kommen, sich an den Bus hängen, mit den Fahrgästen reden, als wären sie alte Freunde, mit denen sie gemeinsam aus der Initiation heimgekehrt sind. (Im Dorf bedeutet gemeinsam aus der Initiation heimkehren: jemanden als wahren Freund betrachten.) Der Wagen setzt sich an die Spitze des Konvois und weist den Weg.

Die Fahrt endet im Lager des Colonels Papa le Bon. Die Anführer des Konvois steigen aus und gehen zum Colonel. Alles wird ausgepackt, gewogen oder geschätzt. Die Zollabgaben werden nach dem Wert der Waren berechnet. Großes Palaver setzt ein, es wird heftig diskutiert, und dann kommt es zu einer Einigung. Man zahlt und zahlt noch einmal, in Naturalien, mit Reis, Maniok oder mit amerikanischen Dollars. Ja, mit amerikanischen Dollars. Der Colonel Papa le Bon hält eine ökumenische Messe. (In meinem Wörterbuch heißt ökumenisch: allgemein, die ganze bewohnte Erde betreffend.) Eine Messe, in der man von Jesus Christus, Mohammed und Buddha spricht. Viele Segen werden erteilt. Und dann geht man wieder auseinander.

So läuft das. Denn der Colonel Papa le Bon ist der Repräsentant, der Prediger der NPFL. (NPFL ist die englische Abkürzung für die Nationale Patriotische Front Liberias.) Die NPFL ist die Bewegung des Banditen Taylor, der in der ganzen Region Angst und Schrecken verbreitet.

Doch bei uns ist es überhaupt nicht so gelaufen. Die Typen auf dem Motorrad, die uns beschützen sollten, dachten, man wollte ihnen den Weg abschneiden, und daher haben sie geschossen. Damit fing alles an.

Nach den Tralalas … aus dem Maschinengewehr hörte man nur noch weitere Tralalas aus dem Maschinengewehr. Die Kerle an den Waffen waren Verrückte, und sie haben immer weiter geschossen. Und erst als der Schlamassel da war, richtig da war, hat es endlich aufgehört.

Währenddessen drehten wir im Bus durch. Wir brüllten die Namen aller Manen, aller Schutzgeister des Himmels und der Erde wild durcheinander. Das war ein Mordslärm. Und all das, weil vor uns der Typ auf dem Motorrad den *faro* gespielt und auf den Kindersoldaten geschossen hatte. Yacouba hatte es schon in dem Augenblick gemerkt, als wir in den Bus stiegen. Er hatte gemerkt, dass der Typ auf dem Motorrad schlecht drauf war. Und der schoss ja auch als Erster. Der meinte, es wären kleine Banditen, stinknormale Banditen, die die Straße blockieren wollten. Er hat geschossen, und das hatte Folgen, und was für welche.

Und dann tauchte ein Kindersoldat auf. Ein *small soldier*, nicht viel größer als der Stock eines Offiziers. Die Fallschirmspringerkleidung war dem Kindersoldaten viel zu groß. Es war ein Mädchen. Sie kam zögerlichen Schrittes aus dem Busch. (So sagt man, wenn der Schritt Angst, Unruhe verrät.) Und dann hat sie die Arbeit, die das Maschinengewehr geleistet hatte, betrachtet und geprüft, als könnte da jemand wieder aufstehen, wo doch alle tot waren und selbst das Blut zu müde geworden war, um noch zu fließen. Sie ist stehen geblieben, dann hat sie gepfiffen und nochmals laut gepfiffen. Und von allen Seiten stürzten Kindersoldaten herbei, alle genauso gekleidet wie sie, und alle fuchtelten wild mit Kalaschnikows herum.

Erst haben sie uns umzingelt, dann haben sie geschrien: «Raus aus den Bussen, Hände hoch!» Und wir sind mit erhobenen Händen ausgestiegen.

Die Kindersoldaten waren wütend, rot vor Wut. (Bei den Schwarzen darf man nicht sagen, rot vor Wut. Schwarze werden nie rot: Sie ziehen ein mürrisches Gesicht.) Die *small soldiers* zogen also ein mürrisches Gesicht; sie heulten vor Wut. Sie beweinten ihren toten Kameraden.

Wir sind ausgestiegen. Einer nach dem anderen. Ein Soldat kümmerte sich um den Schmuck. Er riss uns die Ohrringe und Ketten ab und warf sie in einen Sack, den ein anderer hielt. Die Kindersoldaten nahmen jedem die Kopfbedeckung weg, zogen jedem die Kleider und die Schuhe aus. War die Unterhose schön, behielten sie diese. Die Kleider wurden zur Seite gelegt, auf einen Haufen, auf mehrere Haufen: einen für die Schuhe, einen für die Kopfbedeckungen, für Hosen, für Unterhosen. Der nackte Fahrgast versuchte, wenn es ein Mann war, seine Hand auf sein entblößtes *bangala* zu legen, wenn es eine Frau war, auf ihre *gnoussou-gnoussou*. (*Bangala* und *gnoussou-gnoussou* sind laut *Verzeichnis* die Namen für die Geschlechtsteile von Mann und Frau.) Aber selbst das erlaubten die Kindersoldaten ihnen nicht. Mit Waffengewalt befahlen sie den schamhaften Fahrgästen, in den Wald abzuhauen. Und jeder machte sich aus dem Staub und rannte in den Wald.

Yacouba wehrte sich, als er an die Reihe kam, und schrie laut: «Ich Fetischpriester, ich Grigrimann, Grigrimann ...» Die Kindersoldaten stießen ihn herum und zwangen ihn, sich auszuziehen. Er schrie weiter: «Ich Fetischpriester, Grigrimann. Ich Grigrimann ...» Auch als er nackt war und versuchte, sein *bangala* zu bedecken, schrie er weiter. Die Kindersoldaten jagten ihn in den Wald, aber er kam laut schreiend zurückgerannt. «Grigrimann, Fetischpriester.»

«Makou», befahlen ihm die Kindersoldaten und zielten mit der Kalasch auf seinen Hintern. (*Makou* steht im *Verzeichnis* und bedeutet: Ruhe.) Also war er still und blieb am Straßenrand mit der Hand vor seinem Geschlechtsteil stehen.

Dann kam ich dran. Auch ich habe sie nicht so einfach mit mir umspringen lassen. Erst mal habe ich geflennt wie ein verzogenes Kind: «Kindersoldat, *small soldier*, ich will Kindersoldat werden, ich will zu meiner Tante nach Niangbo.» Sie fingen an, mich auszuziehen, aber ich habe mit der Heulerei nicht aufgehört: «*Small soldier*, ich Kindersoldat.» Sie befahlen mir, in den Wald zu rennen. Aber ich habe mich geweigert und bin einfach stehen geblieben mit meinem nackten *bangala*. Ich pfeife auf den Anstand. (Anstand bedeutet, so der *Petit Robert*, schickliches Benehmen, Respekt vor den guten Sitten.) Ich bin ein Straßenkind, und ich pfeife auf die guten Sitten. Ich habe weiter geheult.

Einer der Kindersoldaten hat seine Kalaschnikow in meinen Hintern gedrückt und mir befohlen, «friss, friss». Ich war sofort *makou*. Meine Lippen zitterten wie der Hintern einer Ziege, die den Bock erwartet. Ich hatte den Drang, Pipi zu machen und Kaka, alles. Walahé!

Schließlich kam eine Frau an die Reihe, eine Mutter. Mit ihrem Baby auf dem Arm stieg sie aus dem Bus. Ein Querschläger hatte das arme Baby durchlöchert, abgemurkst. Die Frau ließ sich nichts gefallen. Auch sie dachte nicht daran, sich auszuziehen. Die Soldaten rissen ihr das Tuch vom Leib. Sie weigerte sich, in den Wald zu laufen, und blieb neben mir und Yacouba stehen. Am Straßenrand mit ihrem toten Baby auf dem Arm. Sie begann zu heulen: «Mein Baby, mein Baby, Walahé! Walahé!» Als ich das hörte, begann ich wieder zu schreien wie ein verzogenes Kind: «Ich will nach Niangbo, ich will Kindersoldat werden. Faforo! Walahé! Gnamokodé!»

Unser Konzert war sehr durchdringend geworden, sehr laut, also haben die Kindersoldaten sich um uns gekümmert. Sie haben uns befohlen: «Schnauze halten!» Und wir waren *makou*. «Rührt euch nicht!» Und wir haben uns nicht gerührt, wie Leichen. Da standen wir drei nun wie die letzten Blödmänner am Straßenrand und rührten uns nicht vom Fleck.

Plötzlich kam ein Geländewagen aus dem Wald. Voller Kindersoldaten. Ohne auf ein Zeichen zu warten, stiegen sie aus und begannen die Busse zu plündern.Sie haben alles an sich gerissen, was man irgendwie gebrauchen konnte. Sie stopften damit ihren Wagen voll. Der Wagen ist mehrmals ins Dorf gefahren und wieder zurück. Nachdem sie die Busse leer geräumt hatten, nahmen sie sich die Kleiderhaufen vor, die Schuhe und Kopfbedeckungen. Sie stopften es wieder in den Wagen, der noch mehrmals hin und her gefahren ist. Bei der letzten Fahrt kam der Wagen mit Colonel Papa le Bon zurück.

Walahé! Colonel Papa le Bon hatte sich sensationell herausgeputzt. Zuerst einmal hatte der Colonel Papa le Bon die Tressen eines Obersten. So will das der Stammeskrieg. Der Colonel Papa le Bon trug eine weiße Soutane, die in der Taille mit einem schwarzen Ledergürtel zusammengezurrt war, wobei der Gürtel von schwarzledernen Hosenträgern gehalten wurde, die im Rücken und auf der Brust über Kreuz liefen. Auf dem Kopf hatte der Oberst eine Kardinalsmütze, und er stützte sich auf einen päpstlichen Hirtenstab, auf dem oben ein Kreuz war. In der linken Hand hielt Colonel Papa le Bon die Bibel. Zur Krönung des Ganzen hatte er sich über der weißen Soutane eine Kalaschnikow umgehängt. Die unvermeidliche Kalaschnikow, die er Tag und Nacht mit sich herumschleppte und überall mit hin nahm. Der Stammeskrieg will das so.

Colonel Papa le Bon stieg weinend aus dem Wagen. Kein Witz, er weinte wie ein Kind! Er beugte sich über den toten Kindersoldaten, über die Leiche des Kleinen, der den Konvoi angehalten hatte. Colonel Papa le Bon hat gebetet und gebetet und ist auf uns zugekommen. Mit allem, was er anhatte, mit allem.

Ich habe angefangen zu flennen: «Ich will Kindersoldat werden, *small soldier, child soldier*. Ich will zu meiner Tante, meiner Tante in Niangbo!» Ein bewaffneter Kindersoldat wollte dafür sorgen, dass ich meine Schluchzer hinunterschluckte. Der Colonel Papa le Bon war dagegen; er streichelte mir den Kopf wie ein wahrer Vater. Ich war glücklich und stolz wie ein Meister im senegalesischen Kampf und hörte auf zu weinen. Der Colonel Papa le Bon hat ein würdevolles Zeichen gemacht. Das Zeichen besagte, man solle mich mitnehmen. Man gab mir einen Lendenschurz, den ich mir um die Hüften wickelte.

Dann ging er zu Yacouba, der gleich sein Lied anstimmte: «Ich bin ein Grigrimann, ein Fetischpriester.» Der Colonel machte ein Zeichen, und man brachte Yacouba einen Lendenschurz, womit er sein *bangala* bedeckte, das ganz klein geworden war.

Der Colonel Papa le Bon ist auf die Mutter zugegangen, auf die Mutter mit dem Baby. Er hat sie angeschaut und noch mal angeschaut. Sie war halb nackt, sie hatte kein Tuch mehr, und ihr Hemd bedeckte kaum ihre *gnoussou-gnoussou*. (*Gnoussou-gnoussou* bedeutet: Geschlechtsteil der Frau.) Sie hatte einen sinnlichen, wollüstigen Charme, sie hatte Sexappeal. (Der Sexappeal ist laut Wörterbuch eine starke erotische Anziehungskraft und vermittelt Lust auf Liebe.) Der Colonel Papa le Bon wollte schon weitergehen, doch dann kehrte er rasch um, weil die Frau eine wollüstige Ausstrahlung hatte. Er ist also zurückgekommen und hat das tote Baby gestreichelt. Er befahl, dass man es wegbringe. Die Soldaten kamen mit einer notdürftig zusammengezimmerten Trage zurück. Die Leiche des Babys und die des Pimpfs wurden mit der Bahre in den Wagen gehievt.

Der Colonel Papa le Bon stieg in das Auto, an seiner Seite vier bewaffnete Kindersoldaten, und fuhr los. Die anderen folgten ihm zu Fuß. Wir sind hinter ihnen hergegangen. Wir, das heißt, Yacouba, die Mutter des Babys und euer Diener, das heißt, ich, das leibhaftige Straßenkind. Der Wagen fuhr an der Küste entlang hoch zum Dorf, langsam und schweigend. Langsam und schweigend, weil Tote im Wagen waren. So ist das immer im Leben, wenn Tote im Wagen sind, geht man langsam und schweigend hinterher. Wir waren optimistisch, weil Allah in seiner unendlichen Güte einen Mund, den er geschaffen hat, niemals hungern lässt. Faforo!

Plötzlich ließ Colonel Papa le Bon den Wagen anhalten und stieg aus. Darauf stiegen auch alle anderen aus. Colonel Papa le Bon sang sehr laut ein klagendes Lied, und der Gesang wurde vom Echo des Waldes zurückgeworfen. Es war das Totenlied auf Gyo. Gyo ist die Sprache der schwarzen Einheimischen in diesem Kaff. Die Malinké nennen sie Buschmänner, Wilde, Menschenfresser … Weil sie keine Malinké sind und keine Muslime wie wir. Mit ihren weiten Boubous wirken die Malinké immer freundlich und liebenswürdig, aber sie sind rassistische Dreckskerle.

Die bewaffneten Kindersoldaten fielen in den Gesang ein. Das Lied war so unglaublich schön, dass ich zu weinen anfing. Ich habe heiße Tränen vergossen, als würde ich zum ersten Mal ein großes Unglück erleben. Als würde ich nicht an Allah glauben. Das hättet ihr sehen müssen. Faforo (Beim Hintern meines Vaters)!

Alle Dorfbewohner traten aus ihren Hütten. Aus Neugierde, um zuzusehen. Die Leute sind hinter dem Wagen mit den Leichen hergegangen. Aus Gewohnheit, und weil die Leute alle dämliche Mitläufer sind. Das ergab eine richtige Prozession. Der tote Kindersoldat hieß Kid, Hauptmann Kid. In seinem klagenden Lied skandierte der Colonel Papa le Bon immer wieder «Hauptmann Kid», und der ganze Trauerzug brüllte ihm nach, «Kid, Kid». Das hättet ihr hören müssen. Eine Horde von Durchgeknallten, hättet ihr gesagt.

Endlich sahen wir das Lager vor uns. Wie alle Lager im Liberia des Stammeskrieges waren seine Grenzen durch Totenschädel markiert, die auf Stäben steckten. Colonel Papa le Bon hob die Kalaschnikow und feuerte in die Luft. Alle Soldatenkinder hielten inne und schossen wie er in die Luft. Das war schon fast wie eine *fantasia*. (*Fantasia* bedeutet laut Wörterbuch: arabische Reiterspiele, bei denen im Galopp Reiterkunststücke unter lautem Geschrei und mit Gewehrschüssen vorgeführt werden.) Das hättet ihr sehen müssen. Gnamokodé!

Kids Leiche wurde für den Rest des Tages unter das *appatam* gelegt. (*Appatam* ist ein afrikanisches Wort. Ich habe es bereits erklärt.) Unentwegt kamen Menschen, die sich vor der Leiche verneigten und traurig taten, als würden in Liberia nicht alle Tage haufenweise Unschuldige und Kinder getötet.

Die Totenwache begann am Abend um neun Uhr, nach dem Gebet. Niemand wusste genau, welcher Religion Kid angehört hatte, da man seine Eltern nicht kannte. Katholisch oder muslimisch? Das war Jacke wie Hose. Zu der Totenwache versammelte sich das ganze Dorf, die Leute saßen auf Schemeln um die beiden Leichen herum. Mehrere Sturmlaternen gaben Licht. Es war wie im Märchen.

Zwei Frauen stimmten einen Gesang an, der bald zu einem Chor anschwoll. Ab und zu, um nicht einzuschlafen und nicht von den Mücken aufgefressen zu werden, standen die Sängerinnen auf und wedelten mit dem Elefantenschwanz. Denn die Frauen hatten Elefantenschwänze, und sie tanzten anstößig. Nein, nicht anstößig, sondern wild und leidenschaftlich. (Anstößig bedeutet laut Wörterbuch: was durch mangelnden Anstand oder durch Schlüpfrigkeit Unwillen erregt.)

Plötzlich ertönte ein Schrei, der aus unergründlicher Tiefe kam. Er war das Zeichen, dass der Colonel Papa le Bon mitzutanzen begann, dass er als das Oberhaupt der Zeremonie in den Kreis trat. Alle standen auf und nahmen ihre Mützen ab, weil er der Chef, der Herr des Lagers war. Und der Colonel Papa le Bon sah verändert aus. Aber völlig verändert. Walahé! Ein buntes Band schmückte seinen Kopf, sein Oberkörper war nackt. Er hatte die Muskeln eines Stiers, und ich war froh, in diesem Liberia der Hungersnöte einen so wohlgenährten und kräftigen Mann zu sehen. An seinem Hals, an den Schultern und selbst unter den Armen hingen zahlreiche Fetischschnüre. Und zwischen all den Schnüren baumelte die Kalaschnikow. Schließlich herrschte in Liberia Stammeskrieg, und man tötete die Menschen, als wären sie nicht einmal den Furz einer Großmutter wert. (Im Dorf sagt man, wenn etwas keine Bedeutung hat, es sei nicht den Furz einer Großmutter wert. Ich habe das bereits erklärt, hiermit erkläre ich es noch einmal.) Papa le Bon umkreiste dreimal die beiden Toten und setzte sich. Alle anderen folgten seinem Beispiel und hörten zu wie die letzten Blödmänner.

Er begann damit, die Umstände zu beschreiben, unter denen Hauptmann Kid getötet wurde. Junge Leute auf dem Motorrad, vom Geist des Bösen besessen, hätten ohne Vorwarnung auf ihn geschossen. Der Teufel habe von ihnen Besitz genommen. Die Seele des Hauptmanns sei davongeflogen. Wir würden sehr um ihn weinen. Wir hätten es nicht geschafft, den Teufel aus den Herzen aller Fahrgäste des Konvois und aus dem Geist derjenigen zu vertreiben, die für den Tod des Hauptmanns verantwortlich seien. Das sei nicht möglich gewesen. Wir hätten einige von ihnen getötet, doch da Gott uns auferlege, nicht so viele zu töten, weniger zu töten, hätten wir aufgehört und die anderen, so wie sie auf die Welt gekommen seien, zurückgelassen. Wir hätten sie nackt zurückgelassen. Gott habe gesagt: Wenn Menschen dir sehr wehtun, töte sie nicht, aber lasse sie so zurück, wie sie auf die Welt gekommen sind. Alle ihre Besitztümer, die in den Bussen waren, alles, was sie bei sich trugen, sei hierher gebracht worden. Es solle den Eltern des Hauptmanns übergeben werden. Da jedoch niemand die Eltern des Hauptmanns kenne, werde alles gerecht unter den Kindersoldaten, den Freunden des Hauptmanns Kid, verteilt. Die Kindersoldaten würden das, was man ihnen gebe, verkaufen und zu Dollars machen. Mit den Dollars könnten sie massig Haschisch kaufen. Gott würde jene bestrafen, die das Unrecht begangen haben, den Hauptmann Kid zu töten.

Der Oberst erklärte uns, was zu unternehmen sei. Walahé! Den Hexer und Seelenfresser suchen. Den Seelenfresser, der den Kindersoldaten, den Hauptmann Kid, *djoko-djoko*, gefressen habe. (*Djoko-djoko* bedeutet laut *Verzeichnis der Besonderheiten*: auf alle Fälle.) Egal in welchem Körper er sich verstecke, sie würden ihn aufstöbern. Sie würden die ganze Nacht tanzen, und falls nötig, noch einen weiteren ganzen Tag. Sie würden nicht aufgeben, ehe sie ihn gefunden hätten. Ehe er sich nicht total entlarvt, also durch ein Geständnis sein Verbrechen zugegeben habe. Um seriöser zu wirken und sich freier bewegen zu können, legte Colonel Papa le Bon seine Kalaschnikow ab. Er legte sie nicht weit von sich weg, sondern in Reichweite. Denn es herrschte Krieg, und die Menschen starben wie die Fliegen im Liberia des Stammeskriegs.

Das Tamtam lebte jetzt umso heftiger wieder auf, wurde leidenschaftlicher, fieberhafter. (Tamtam bedeutet: rhythmischer Tanz zu Trommelmusik.) Und dazu Gesänge, die melodischer waren als die der Nachtigall. Hin und wieder wurde Palmwein gereicht, hin und wieder trank der Colonel Papa le Bon vom Palmwein und gab sich dem Genuss hin. Aber der Palmwein bekam dem Colonel Papa le Bon nicht besonders gut. Überhaupt nicht gut. Die ganze Nacht hat er getrunken, so viel getrunken, dass er schließlich sturzbetrunken und völlig neben der Spur war.

Gegen vier Uhr morgens wankte er gut abgefüllt zum Kreis der Frauen und packte heftig eine Alte, die halb eingeschlafen war. Sie sei es und keine andere, die die Seele des tapferen Kindersoldaten Kid gefressen habe. Sie allein. Walahé! Sie und keine andere sei die Anführerin des Bacchanals. (Bacchanal ist laut meinem *Larousse* ein ausschweifendes Gelage oder ein Fest zu Ehren des Weingottes.)

Die Arme schrie wie ein Vogel in der Falle:

«Nein, ich bin es nicht! Wirklich nicht!»

«Doch, du bist es. Doch, du bist es», hielt Colonel Papa le Bon dagegen. «Kids Seele ist in der Nacht gekommen und hat dich angeklagt.»

«Walahé! Ich bin es nicht. Ich habe Kid geliebt. Er kam immer zu mir zum Essen.»

«Darum hast du ihn ja gefressen. Ich habe gesehen, wie du dich in der Nacht in eine Eule verwandelt hast. Ich schlief wie ein Kaiman, die Augen noch halb offen. Ich habe dich gesehen. Du hast die Seele in deine Klauen genommen. Du bist in die Büsche des großen Müllbergs gegangen. Deine Stellvertreterinnen, die sich auch in Eulen verwandelt haben, sind zu dir gekommen. Es war ein großes Bacchanal. Du hast den Schädel gefressen. Du warst es, die das Hirn gefressen und dann den Rest den anderen überlassen hat. Du bist es. Du bist es!», brüllte der Colonel Papa le Bon.

«Nein, ich bin es nicht!»

«Die Seele des Toten ist gestern Abend zu mir gekommen und hat gesagt, du bist es. Wenn du nicht gestehst, werde ich dir die Prüfung des weiß glühenden Eisens auferlegen. (Weiß glühend bedeutet: Zustand eines Körpers, der durch hohe Temperatur zum Leuchten gebracht worden ist.) Ich werde mit dem weiß glühenden Eisen über deine Zunge fahren. Ja, ja», sagte der Colonel Papa le Bon.

Angesichts dieser Beweislast blieb der Alten der Mund offen stehen. Sie war entlarvt und legte ein Geständnis ab, das heißt, sie sagte selbst, dass sie die Verbrechen, die man ihr vorwarf, begangen habe.

Die geständige Alte hieß Jeanne. Sie und drei ihrer Stellvertreterinnen wurden unter strenger Bewachung ins Gefängnis gebracht. Dort würde der Colonel Papa le Bon sie entzaubern. (Entzaubern, das heißt, jemanden aus der Verhexung oder von einem Bann befreien.) Walahé (im Namen Allahs)! Faforo!

Die Beerdigung von Hauptmann Kid fand am nächsten Tag um vier Uhr nachmittags statt. Es regnete in Strömen. Viele Tränen wurden vergossen. Die Leute krümmten sich vor Trauer und flennten, «Kid! Kid! Kid!», als hätten sie zum ersten Mal in ihrem Leben ein Unglück erlebt. Und dann haben sich die Kindersoldaten in einer Reihe aufgestellt und ihre Kalaschnikows abgefeuert. Was anderes fällt ihnen nicht ein. Schießen, schießen. Faforo (*bangala* meines Vaters)!

Colonel Papa le Bon war also der Repräsentant der Nationalen Patriotischen Front Liberias in Zorzor. Das war ihr Posten, der am weitesten im Norden Liberias lag. Von hier aus kontrollierte die NPFL (auf Englisch: National Patriotic Front of Liberia) die vielen Handelsgüter, die von Guinea aus ins Land kamen. Man erhob Zollgebühren und überwachte die Ein- und Ausfuhren an der Grenze zu Liberia.

Walahé! Der Colonel Papa le Bon war ein großer Macker in der Nationalen Front. Ein wichtiger Mann in Taylors Rebellengruppe. Wer war dieser Charles Taylor?

Zum ersten Mal hatte man von ihm gehört, als ihm der berühmte Coup glückte, mit dem er die liberianische Staatskasse leerte. Nachdem er die Kasse geplündert hatte, gelang es ihm durch Urkundenfälschung, die liberianische Regierung glauben zu machen, sie hätte einen Haufen Dollars in den USA. Als man den Rosentopf entdeckt (Rosentopf entdecken bedeutet: ein Geheimnis lüften) und begriffen hatte, dass alles nur ein großer Bluff war, verfolgte man ihn. Er war unter falschem Namen in die USA geflüchtet. Dank sorgfältiger Nachforschungen konnte man ihn aufspüren und am Schlafittchen packen. (Am Schlafittchen packen, das heißt: jemanden beim Versuch davonzulaufen, festhalten, zur Rede zu stellen und zu bestrafen.) Er wurde eingesperrt.

Aber er blieb nicht lange hinter Gittern, denn mit dem gestohlenen Geld feuchtete er den Gefängniswärtern die Bärte an. Er floh nach Libyen, wo er sich Gaddhafi als der unnachgiebige Anführer der Opposition des blutrünstigen und diktatorischen Regimes von Samuel Doe vorstellte. (Diktatorisch heißt: gebieterisch, unumschränkt; auf einen unumschränkten Herrscher an der Spitze des Staates bezogen.) Gaddhafi, der libysche Diktator, der schon seit langem Doe ins Wanken bringen wollte, küsste Taylor auf den Mund. Er hat ihn und seine Anhänger in das Camp geschickt, wo Libyen Terroristen ausbildet. Seit Gaddhafi an der Macht war, hatte Libyen ein solches Lager. Dort haben Taylor und seine Anhänger die Guerillatechnik erlernt.

Und das ist noch nicht alles: Gaddhafi hat Taylor dem Diktator von Burkina Faso, Compaoré, untergejubelt, mit Lobreden, als wäre er ein besonders verehrungswürdiger Mann. Compaoré, der Diktator von Burkina Faso, hat ihn wie einen Chorknaben, einen Heiligen, Houphouët-Boigny empfohlen, dem Diktator der Elfenbeinküste. Houphouët, der auf Doe böse war, weil der seinen Schwiegersohn umgebracht hatte, war glücklich, Taylor kennen zu lernen und küsste ihn auf den Mund. Houphouët und Compaoré haben sich schnell über die Hilfe verständigt, die dem Banditen zu verschaffen sei. Im Namen Burkina Fasos kümmerte sich Compaoré um die Ausbildung des Kaders, und im Namen der Elfenbeinküste übernahm es Houphouët, die Waffen und den Transport dieser Waffen zu bezahlen.

So also wurde aus dem Banditen ein großer Macker. Ein berühmter Kriegsherr, der einen weiten Teil Liberias regelrecht schröpft. (Schröpfen heißt: die Bevölkerung mit List und Geschick ausbeuten, ihr große Opfer abverlangen.) Taylor residiert in Gbarnea. (Residieren heißt: als Staatsoberhaupt, Fürst oder hoher Geistlicher seinen Wohnsitz haben.) Von Zeit zu Zeit unternimmt er mit seinen Kindersoldaten mörderische Feldzüge, um das Mansion House einzunehmen. Im Mansion House lebte, bevor die Banditen das Land unter sich aufgeteilt haben, der Präsident von Liberia.

Verglichen mit Taylor sind Compaoré, der Diktator von Burkina Faso, Houphouët-Boigny, der Diktator der Elfenbeinküste, und Gaddhafi, der Diktator von Libyen, gute Leute, scheinbar gute Leute. Warum gewähren sie einem ausgemachten Lügner, einem ausgemachten Dieb, einem Straßenräuber wie Taylor dann so große Unterstützung? Damit Taylor Staatsoberhaupt wird? Warum? Entweder sind sie genauso gemein wie Taylor oder aber es ist einfach das, was man im Afrika der barbarischen, freiheitsberaubenden Diktaturen große Politik nennt.

Jedenfalls hat Taylor einen langen Arm und verbreitet in Liberia Angst und Schrecken. Er hat das ganze Land in Geiselhaft genommen, so dass der Slogan seiner Anhänger «No Taylor, no Peace», im Jahr 1993, Realität zu werden begann. Gnamokodé! Walahé!

Auch Colonel Papa le Bon, Taylors Repräsentant in Zorzor, ist ein merkwürdiger Vogel.

Zuerst einmal, er hatte keinen Vater oder man kannte ihn zumindest nicht. Seine Mutter zog einfach so in der großen Stadt Monrovia von Bar zu Bar, dann brachte sie einfach so ein Kind zur Welt, das sie Robert's nannte. Ein Seemann wollte die Frau heiraten, als das Kind fünf Jahre alt war, doch das Kind wollte er nicht. Robert's kam in die Obhut seiner Tante, die sich auch in den Bars herumtrieb. Die Tante ließ ihn alleine zu Hause, wo er sich mit Kondomen vergnügte.

Eine Kinderhilfsorganisation bekam davon Wind und brachte Robert's in einem von Nonnen geführten Waisenhaus unter. Der Junge war ein hervorragender Schüler. Er wollte Priester werden, man schickte ihn in die USA. Nach seinem Studium kehrte er nach Liberia zurück, um die Priesterweihe zu empfangen. Es war zu spät, es herrschte schon Stammeskrieg in Liberia. Es gab nichts mehr, keine Kirche, keine Organisation, keine Archive. Er wollte in die USA zurückkehren und dort ganz gemächlich auf bessere Zeiten warten. Woher ich das weiß? Wie ich das alles überhaupt behalten kann? Vielleicht werde ich es euch später mal erzählen, im Moment steht mir nicht der Sinn danach.

Auf alle Fälle: Als Robert's überall die vielen Kinder auf der Straße sah und sich an seine eigene Kindheit erinnerte, war er tief erschüttert. Er wollte etwas tun und änderte seine Pläne. Er zog eine Soutane an, scharte die Kinder um sich und machte es sich zur Aufgabe, ihnen Essen zu beschaffen. Die Kinder nannten ihn Papa le Bon. Ja, der gute Papa, der den Straßenkindern etwas zu essen gibt.

Seine Aktion wurde auch in anderen Ländern beachtet, viele Menschen aus der ganzen Welt wollten ihm helfen, und man sprach nur von ihm. Das gefiel nicht allen und vor allem nicht dem Diktator Doe, der noch über Monrovia herrschte. Der Diktator schickte Papa le Bon Killer auf den Hals. Er entging ihnen um Haaresbreite und konnte sich gerade noch Taylor anschließen. Taylor, dem erklärten Feind Samuel Does. Taylor ernannte ihn zum Colonel und übertrug ihm große Verantwortung. Er erhielt die Befehlsgewalt über die ganze Region und die verantwortliche Aufgabe, in Zorzor Zollabgaben für seinen Chef Taylor zu kassieren.

Der Ort Zorzor bestand aus drei verschiedenen Vierteln. Dem oberen Viertel, wo sich die Hauptverwaltung des Colonels Papa le Bon befand, dem Strohhüttenviertel der *natives* (die *natives* sind laut *Harrap's* die Eingeborenen des Landes) und dem Flüchtlingsviertel.

Die Flüchtlinge hatten es am bequemsten. Alle gaben ihnen zu essen, das HCR (*Le Haut-Commissariat aux réfugiés*, das Hochkommissariat für Flüchtlingsfragen) und die vielen ONGs (die *Organisations non-gouvernementales*, die regierungsunabhängigen Hilfsorganisationen). Doch nur Frauen, Kinder unter fünf Jahren und Greise wurden dort aufgenommen. Für mich war das schlecht: Ich durfte nicht dorthin. Gnamokodé (Bastard)!

Das obere Viertel war eine Art Lager. Ein Lager, dessen Grenzen mit Totenschädeln auf Stäben abgesteckt waren, mit fünf, durch Sandsäcke geschützten Gefechtsständen. Jeder Gefechtsstand wurde von vier Kindersoldaten bewacht. Die Kindersoldaten aßen lauter gute Dinge. Denn wenn sie nicht gut zu essen bekamen, könnten sie abhauen, und das könnte sehr übel sein für den Colonel Papa le Bon. Das obere Viertel bestand zudem aus Büros, einem Waffenarsenal, einem Tempel, Baracken und Gefängnissen.

Das Wichtigste im oberen Viertel war das Waffenarsenal.

Das Arsenal war so etwas wie ein Bunker in der Mitte des Lagers. Am Gürtel unter seiner Soutane trug der Colonel Papa le Bon die Schlüssel zum Bunker. Von ihnen trennte er sich nie. Es gab noch andere Dinge, von denen Papa le Bon sich niemals trennte: seine ewige Kalaschnikow und der Grigri zum Schutz gegen Gewehrkugeln! Faforo! Er schlief, aß, betete und machte Liebe und hatte dabei all diese Dinge am Körper, die Kalasch, die Schlüssel zum Arsenal und den Grigri zum Schutz gegen die Kugeln.

Das Zweitwichtigste im oberen Viertel waren die Gefängnisse. Die Gefängnisse waren keine richtigen Gefängnisse. Sie waren ein Umerziehungszentrum. (Im Wörterbuch steht: Umerziehung ist die Aktion des Umerziehens, das heißt, Umerziehung. Walahé! Manchmal hält das Wörterbuch die Leute zum Narren.) In diesem Zentrum befreite der Colonel Papa le Bon die Seelenfresser vom Hexenzauber. Ein Enthexungszentrum.

Es gab zwei verschiedene Gefängnisse. Eines für die Männer, das mit seinen Gittern und Wärtern an ein richtiges Gefängnis erinnerte. Die Überwachung der Gefangenen wurde wie alle wichtigen Dinge beim Colonel Papa le Bon von Kindersoldaten, von noch unberührten Jungen, übernommen. (Unberührt heißt, die noch nicht Liebe gemacht haben, so wie ich zu jenem Zeitpunkt.)

Im Gefängnis waren alle möglichen Leute, Kriegsgefangene, politische Gefangene und Straftäter. Es gab auch eine Sorte von Gefangenen, die in keine der genannten Kategorien passte: Das waren die Ehemänner der Frauen, mit denen der Colonel Papa le Bon unbedingt schlafen wollte. (Kategorie bezeichnet die Gruppe, Klasse oder Gattung, in die jemand oder etwas eingeordnet wird. Laut Wörterbuch kann es aber auch philosophisch gemeint sein.)

Das Gebäude, wo die Frauen vom Hexenzauber befreit wurden, war eine Pension. Eine Luxuspension. Nur dass die Frauen nicht das Recht hatten, auch einmal hinauszugehen.

Die Frauen mussten Übungen zur Enthexung über sich ergehen lassen. Die Sitzungen fanden unter vier Augen mit dem Colonel Papa le Bon über viele Stunden statt. Es hieß, während dieser Sitzungen zöge der Colonel Papa le Bon sich nackt aus und die Frauen auch. Walahé!

Das dritte wichtige Gebäude im oberen Viertel war der Tempel. Der Tempel stand allen Religionen offen. Jeden Sonntag mussten alle Lagerbewohner an der Papstmesse teilnehmen. Colonel Papa le Bon nannte sie Papstmesse, weil er sie mit seinem päpstlichen Hirtenstab zelebrierte. Nach der Messe hielt der Colonel Papa le Bon die Strafpredigt.

Er sprach über die Hexerei und ihre schlimmen Folgen. Über Verrat und über die Fehler der anderen Kriegsführer: Johnson, Koroma, Robert Sikié, Samuel Doe. Es ging um das Martyrium, welches das liberianische Volk unter der ULIMO erlitt (United Liberian Movement of Liberia), der Vereinigten Bewegung zur Befreiung Liberias, und auch unter dem LPC (Liberian Peace Council).

In diesen Tempel kamen die Fahrgäste aus den Bussen und nahmen an der ökumenischen Messe teil. Nach der ökumenischen Messe gab es eine Strafpredigt. Die Strafpredigt glich der, die nach der Papstmesse gehalten wurde.

Schließlich die vierte wichtige Sache, es gab einige Behausungen aus Stroh und Wellblech. Etwa zehn, von denen immer fünf für den Colonel Papa le Bon reserviert waren. Man wusste nie, in welcher er die Nacht verbrachte. Denn Papa le Bon war ein großer Macker im Stammeskrieg. Bei einem großen Macker weiß man nie, wo er schläft. Der Stammeskrieg will das so.

Die fünf anderen Behausungen dienten den Kindersoldaten als Kasernen. Die Kasernen der Kindersoldaten. Faforo! Sie schliefen mit ihren Strohmatten auf dem nackten Boden. Und sie aßen irgendwas und überall.

Das Viertel der *natives*, der Eingeborenen, von Zorzor lag einen Kilometer vom Lager entfernt. Es bestand aus Häusern und Lehmhütten. Die Bewohner waren Yakous und Gyos, so heißen die schwarzafrikanischen Eingeborenenstämme in diesem Teil des Landes. Die Yakous und die Gyos waren Erbfeinde der Guérés und der Krahns. Guéré und Krahn sind die Namen anderer schwarzafrikanischer Eingeborenenstämme aus einer anderen Gegend dieses kaputten Liberias. Wenn ein Krahn oder ein Guéré nach Zorzor kam, wurde er gefoltert, ehe man ihn umbrachte, weil das Gesetz der Stammeskriege es so wollte. Im Stammeskrieg will man die Männer nicht, die einem anderen Stamm angehören und nicht dem eigenen.

In Zorzor hatte Colonel Papa le Bon das Recht, über Leben und Tod aller Bewohner zu entscheiden. Er war der Chef der Stadt und der ganzen Region und vor allem der Gockel der Stadt. A faforo! Walahé (im Namen Allahs)!

Kurz nach der Beerdigung des Kindersoldaten Hauptmann Kid wurden wir beim Colonel Papa le Bon aufgenommen. Ich ging zu den Kasernen der Kindersoldaten. Dort gab man mir einen alten Fallschirmspringeranzug für Erwachsene, der mir viel zu groß war und in dem ich mich verlor. Der Colonel Papa le Bon überreichte mir im Rahmen einer feierlichen Zeremonie eine Kalaschnikow und ernannte mich zum Leutnant.

Uns Kindersoldaten verlieh er militärische Ränge, um uns mutig zu machen. Es gab Hauptleute, Majore; der niedrigste

Rang war Leutnant. Meine Waffe war eine alte Kalaschnikow. Der Colonel selbst hat mir gezeigt, wie man mit ihr umgeht. Das war leicht, man brauchte nur auf den Abzug zu drücken, und sie machte tralala ... und die Lebenden fielen um wie die Fliegen.

Die Mutter des Babys wurde zu den Frauen gesteckt, die enthext wurden. (Jede Frau, die enthext werden musste, wurde nackt, total nackt, unter vier Augen mit dem Colonel Papa le Bon eingesperrt. Der Stammeskrieg will das so.)

Der Colonel Papa le Bon war sehr froh, Yacouba getroffen zu haben, war sehr froh, nun einen Grigrimann zu haben, einen guten muslimischen Grigrimann.

«Welche Art Grigris stellst du her?», fragte der Colonel.

«Für jeden Bedarf», antwortete Yacouba.

«Auch Grigris gegen Gewehrkugeln?»

«Ich bin sehr gut im Schutz gegen Kugeln. Darum bin ich ja nach Liberia gekommen, wo Stammeskrieg herrscht und überall Kugeln herumfliegen, die jeden treffen können.»

«Ausgezeichnet, ausgezeichnet!», rief der Colonel Papa le Bon. Er küsste ihn auf den Mund. Und er brachte ihn in einem Haus unter, das großen Mackern vorbehalten war. Yacouba war ein Glückspilz. Er hatte alles und vor allem aß er für vier. Yacouba machte sich sogleich an die Arbeit. Er fertigte nacheinander drei Fetische für den Colonel Papa le Bon. Sehr gute Fetische. Den ersten für morgens, den zweiten für nachmittags und den dritten für abends. Der Oberst befestigte sie unter seiner Soutane am Gürtel. Und bezahlte cash. Yacouba flüsterte ihm – ganz leise – die Verbote ins Ohr, die mit jedem Grigri verbunden waren. Yacouba wurde zum Wahrsager. Er weissagte. Er malte Zeichen in den Sand und enthüllte dem Colonel Papa le Bon die Zukunft. Der Oberst solle zwei Rinder opfern. Ja, zwei große Stiere ...

«Aber in Zorzor gibt es doch gar keine Rinder», entgegnete der Colonel Papa le Bon.

«Du musst es tun, dieses Opfer ist unumgänglich. Es entscheidet über deine Zukunft. Aber es eilt nicht so sehr», sagte Yacouba.

Der humpelnde Bandit fertigte für alle Kindersoldaten und Soldaten Fetische an, die man für viel Geld kaufen konnte. Ich bekam den mächtigsten Grigri. Und zwar gratis. Die Fetische mussten immer wieder erneuert werden. Yacouba mangelte es nicht an Arbeit. Nein, wirklich nicht. Er war reich wie ein *Moro-naba,* so nennt man den betuchten Anführer der Mosi in Burkina Faso. (Die Mosi sind ein Volk in der westlichen Sudanzone, in Burkina Faso stellen sie die Hälfte der Landesbevölkerung.) Er schickte Geld ins Dorf Togobala, an seine Eltern, an die Magier und an den *almany* (laut *Verzeichnis der Besonderheiten*: religiöser Führer), so viel Geld hatte er jetzt übrig.

Mehr als vierundzwanzig Stunden hat ein Tag nun einmal nicht. Für Colonel Papa le Bon war das bedauerlicherweise viel zu wenig. Immer blieb ein Rest Arbeit für den nächsten Tag. Es wäre sehr freundlich von Allah gewesen, hätte er für den Colonel Papa le Bon Tage mit fünfzig Stunden gemacht. Ja, fünfzig volle Stunden. Walahé!

Jeden Morgen wachte er mit dem ersten Hahnenschrei auf, es sei denn, er hatte am Vorabend vor dem Zubettgehen zu viel von dem guten Palmwein getrunken. Ich muss darauf hinweisen, dass der Oberst kein Hasch rauchte, nie, niemals. Er heftete sich ein neues Grigri an und zog eine weiße Soutane über die Kalasch. Und dann griff er nach dem päpstlichen Hirtenstab, auf dem oben ein Kreuz war, ein mit einem Rosenkranz geschmücktes Kreuz. Er begann damit, die

Wachposten zu inspizieren. Die Wachposten innerhalb des Lagers, die mit Kindersoldaten, und die Wachposten außerhalb, die mit Soldaten besetzt waren.

Er betrat den Tempel und zelebrierte. (Zelebrieren, das ist ein schwieriges Wort, es bedeutet laut Wörterbuch, eine Messe lesen.) Er zelebrierte mit den Chorkindern, die Kindersoldaten waren. Danach frühstückte er, aber ohne Alkohol. Alkohol am frühen Morgen bekam dem Colonel Papa le Bon nicht besonders gut. Das warf seinen ganzen Tag über den Haufen.

Anschließend verteilte er, immer noch in der Soutane, die tägliche Getreideration an die Frauen der Soldaten. Mit einer römischen Waage. Er sprach mit den Soldatenfrauen, und manchmal, wenn sie sehr schön waren, gab er ihnen laut lachend eins auf den Hintern. Das war sein Pflichtprogramm, das Programm, das er, was auch immer passierte, durchzog, sogar wenn er von dem guten Palmwein getrunken hatte oder wenn ihn das Sumpffieber befallen hatte. Erst nach dem Austeilen des Getreides an die Frauen und an die Köche der Kindersoldaten konnte das Programm je nach Lage geändert werden.

Wenn ein Urteil zu fällen war und ein Prozess stattfand, blieb er bis mittags im Tempel. Der Tempel diente als Gerichtsgebäude, denn die Angeklagten schworen vor Gott und den Fetischen. Die Beweise wurden durch ein Ordal erbracht. (Ordal ist ein Gottesurteil, ein barbarischer, mittelalterlicher Rechtsbeweis.) Einmal pro Woche war Urteilsverkündung. Meistens am Samstag.

Gab es kein Urteil zu fällen, kreuzte er kurz nach dem Austeilen des Getreides in der Krankenstation auf. Der Doktor hatte nach der Behandlung die Kranken, die Fußkranken und die Hinfälligen aller Art in einem Gemeinschaftsraum zusammengelegt. Der Colonel predigte, er predigte heftig; und nicht selten konnte man erleben, dass ein Kranker seine Krücke wegwarf, «ich bin geheilt» rief und normal gehen konnte. Walahé! Colonel Papa le Bon war ein tüchtiger und fähiger Prophet.

Wenn er mit der Krankenstation fertig war, kümmerte er sich um die militärische Ausbildung der Kindersoldaten und auch der Soldaten. Militärische Ausbildung war dasselbe wie Religionsunterricht und Staatsbürgerkunde, und das war dasselbe wie die Predigten. Liebst du den lieben Gott und Jesus Christus, so treffen dich die Kugeln nicht und töten die anderen, denn allein der liebe Gott tötet die Bösen, die Idioten, die Sünder und die Verdammten.

All das tat ein Einziger, der Colonel Papa le Bon tat all das ganz allein. Walahé (im Namen Allahs)! Das war sehr viel.

Ganz zu schweigen von den Bussen, die von denen, die im Hinterhalt lauerten, von Zeit zu Zeit ins Lager gebracht wurden. Manchmal wog Colonel Papa le Bon persönlich das Gepäck, diskutierte laut mit den Fahrgästen und steckte die Zollabgaben direkt in die Taschen seiner Soutane.

Ganz zu schweigen von den Enthexungssitzungen. Ganz zu schweigen von den geheimen Zusammenkünften … ganz zu schweigen … ganz zu schweigen von den zahlreichen Papieren, die der Colonel Papa le Bon als hoher Verantwortlicher der NPFL für den ganzen Osten der Republik Liberia zu unterschreiben hatte.

Ganz zu schweigen von den vielen Spionen.

Colonel Papa le Bon hätte einen Fünfzigstundentag verdient. Faforo! Einen ganzen Tag mit fünfzig Stunden.

Ja, man konnte es dem Colonel Papa le Bon nicht verdenken, dass er sich an manchen dieser vielen durch das Hundeleben in Zorzor verdorbenen Abende betrank. Doch er rauchte kein Haschisch. Das hob er für die Kindersoldaten auf, Haschisch machte sie genauso stark wie richtige Soldaten. Walahé!

Als ich im Lager ankam, hat man mich aufgeklärt, wer ich war. Ich war ein Mandingo, ein Muslim, ein Freund der Yacous und der Gyos. In der Pidginsprache der schwarzen Amerikaner waren Malinké und Mandingo dasselbe, Jacke wie Hose. Ich war gut, ich war kein Guéré, ich war kein Krahn. Die Guérés und die Krahns mochte der Colonel Papa le Bon nicht besonders. Die murkste er ab.

Weil ich Yacouba gut kannte, wurde ich ordentlich umsorgt und verwöhnt. Ich wurde zum Hauptmann ernannt, vom Colonel Papa le Bon dazu auserwählt, den unglücklichen Kid zu ersetzen. Weil ich der Kleine war, der Junge des Fetischherstellers, und weil man dachte, ich sei deswegen mit dem besten Schutz ausgestattet.

Der Colonel ernannte mich zum Hauptmann, und meine Aufgabe war es, mitten auf der Straße am Ende einer Kurve zu stehen und den Lastwagen Zeichen zu geben, dass sie anhalten sollten. Ich war der Junge der Leute im Hinterhalt. Dafür bekam ich gut zu essen. Und manchmal schenkte man mir Haschisch. Als ich das Zeug zum ersten Mal rauchte, musste ich kotzen wie ein kranker Hund. Aber mit der Zeit vertrug ich es besser, und schließlich gab es mir die Kraft eines Erwachsenen. Faforo (*bangala* des Vaters)!

Ich hatte einen Kindersoldaten, einen *small soldier*, zum Freund, der Kommandant Jean Taï oder auch Feuerkopf hieß. Feuerkopf war mit Waffen aus der ULIMO (United Liberian Movement) geflohen. Da er mit Waffen kam, wurde er zum Kommandanten ernannt. Dort bei der ULIMO hat er sich als ein Krahn ausgegeben, dabei war er ein vollblütiger Yacou. Er wurde bei der NPFL vom Colonel Papa le Bon gut aufgenommen, weil er mit einer Kalaschnikow, die er der ULIMO geklaut hatte, auftauchte und weil er kein Krahn war.

Der Kommandant Feuerkopf war ein starker Typ. Ein durch und durch guter Kerl. Walahé! Der log mehr, als er atmete. Und er konnte fabulieren. (Fabulieren ist ein schwieriges Wort, es bedeutet: Geschichten erzählen, die man phantasievoll erfunden und ausgeschmückt hat.) Der Kommandant Feuerkopf war ein großer Fabulierer. Er hatte alles schon mal gemacht. Und alles gesehen. Auch meine Tante hatte er gesehen, hatte mit ihr gesprochen. Das war Balsam für mein Herz. Ich musste so schnell wie möglich zur ULIMO.

Der kleine Fabulierer wusste viel über die ULIMO zu erzählen. So viele gute Dinge, dass wir alle Lust bekamen, gleich aufzubrechen. Bei dieser Befreiungsbewegung sei es wirklich klasse, dort schiebe man eine ruhige Kugel. Man esse für fünf, und es bleibe immer noch etwas übrig. Man schlafe den ganzen Tag, und am Ende des Monats erhalte man einen Sold. Ja, er wisse, was er sage, einen Sold! Einen Sold, der in voller Höhe am Ende des Monats ausgezahlt werde, und manchmal sogar ein paar Tage vorher. Denn die ULIMO habe viele amerikanische Dollar. Sie habe viele amerikanische Dollar, weil sie viele Minen ausbeute. (Ausbeuten bedeutet: Gewinn aus einer Sache ziehen.) Die Freiheitsbewegung beute Gold- und Diamantenminen aus und Minen mit anderen Edelmetallen. Die Soldaten überwachen die Leute, die in den Minen arbeiten, und sie können sich wie alle anderen amerikanische Dollar verdienen und haben dann gut zu futtern. Die Kindersoldaten haben es noch besser. Sie haben Betten, neue Fallschirmspringeranzüge und neue Kalaschnikows. Walahé!

Der Kommandant Feuerkopf bedauerte, die ULIMO verlassen zu haben. Er sei zu uns, zur NPFL, gekommen, weil er ein hundertprozentiger Yacou sei, doch dort habe er sich als Krahn ausgegeben. Weil er erfahren habe, dass sein Vater und seine Mutter nach Zorzor geflüchtet wären. Er habe sie aber nicht gefunden. Es sei ein Irrtum gewesen. Er warte auf die erstbeste Gelegenheit, um zur ULIMO zurückzukehren. Ja, bei der ULIMO sei es klasse ... Dort schiebe man eine ruhige Kugel.

Colonel Papa le Bon bekam Wind von den Reden, die Feuerkopf schwang. (Wind bekommen von etwas bedeutet: von einer Sache, die man eigentlich nicht erfahren sollte, auf irgendeine Weise doch Kenntnis erhalten.) Der Colonel Papa le Bon hat also Wind bekommen von den großen Lügen des Kommandanten Feuerkopf. Er wurde wütend, rief Feuerkopf zu sich und schimpfte ihn aus wie einen verdorbenen Fisch. Er drohte damit, ihn ins Gefängnis zu stecken, wenn er weiterhin gut über die ULIMO spräche, von ihr spräche, als wäre sie ein Paradies auf Erden.

Das hat nichts geholfen. Feuerkopf hat uns weiterhin auf die sanfte Tour indoktriniert. (Indoktrinieren ist ein schwieriges Wort und bedeutet: jemanden beeinflussen, bis er jeden kritischen Abstand verloren hat.)

Es gab ein Mädchenpensionat, das der Colonel Papa le Bon in seiner unendlichen Güte hatte bauen lassen. Für Mädchen, die ihre Eltern im Krieg verloren hatten. Für Mädchen unter sieben Jahren. Für Mädchen, die nichts zu essen hatten und noch nicht genügend Busen, um sich einen Mann zu nehmen oder Kindersoldat zu werden. Es war ein Werk großer Nächstenliebe für Mädchen unter sieben. Das Pensionat wurde von Nonnen geleitet, die sie im Schreiben, im Lesen und in Religion unterrichteten.

Die Nonnen trugen Flügelhauben, um die Welt zu täuschen; sie machten Liebe wie alle anderen Frauen, sie machten es mit Papa le Bon. Weil der Colonel Papa le Bon der erste Gockel im Hühnerstall war und weil es im Alltag einfach so war.

Eines Morgens fand man eines der Mädchen am Rande der Piste, die zum Fluss führt, vergewaltigt und ermordet. Eine kleine Siebenjährige, vergewaltigt und ermordet. Das war ein so niederschmetternder Anblick, dass der Colonel Papa le Bon heiße Tränen vergossen hat. Doch man musste das *ouya-ouya* sehen, wie der Colonel Papa le Bon heiße Tränen vergoss. (*Ouya-ouya* bedeutet laut *Verzeichnis*: Verwirrung, Aufruhr.) Auch das war ein Anblick, der eine Reise wert war.

Die Totenwache wurde von Colonel Papa le Bon persönlich in seiner Soutane geleitet, mit den Tressen, den Grigris darunter, mit der Kalaschnikow in der einen und dem päpstlichen Hirtenstab in der anderen Hand.

Colonel Papa le Bon hat viel getanzt und recht viel getrunken. Alkohol bekommt ihm nun einmal nicht so gut. Am Ende des Tanzes hat er sich dreimal gedreht und dann viermal in den Himmel geschaut, das hat bestens geklappt. Vor ihm befand sich ein Soldat, der Colonel hat ihn bei der Hand genommen und in die Mitte des Kreises gezogen. Der Soldat hieß Zemoko. Zemoko war nicht unschuldig; er war verantwortlich für den Tod des Mädchens oder kannte den, der verantwortlich war. Colonel Papa le Bon begann sich erneut zu drehen, trat einige Schritte nach vorn und hat auf einen zweiten Soldaten gedeutet. Der hieß Wourouda. Wourouda war verantwortlich für den Tod des Mädchens oder kannte den, der verantwortlich war. Und ein drittes Mal begann er sich zu drehen, trat einige Schritte nach vorn und ließ den Kommandanten Feuerkopf in die Mitte des Kreises treten. Feuerkopf war verantwortlich für den Tod des Mädchens oder kannte den Verantwortlichen. Feuerkopf und die zwei Soldaten hatten mit dem Tod zu tun. Trotz ihrer Unschuldsbeteuerungen wurden sie auf der Stelle festgenommen.

Am Tag darauf tagte das Tribunal, um über die Mörder des Mädchens zu richten.

Der Colonel Papa le Bon saß da in seiner Soutane mit den Tressen. Die Bibel und der Koran lagen in Reichweite. Und dann hat er geredet und geredet. Die Zuhörer saßen im Tempel wie bei einer Messe. Einer ökumenischen Messe. Obwohl dies keine Messe war, begann die Zeremonie mit einem Gebet. Der Colonel forderte die drei Angeklagten auf, auf die heiligen Bücher zu schwören. Die Angeklagten schworen.

Colonel Papa le Bon fragte:

«Zemoko, hast du Fati getötet?»

«Ich schwöre auf die Bibel, dass ich es nicht war. Ich war es nicht.»

«Wourouda, hast du Fati getötet?»

Wourouda antwortete, er sei es nicht gewesen.

Feuerkopf wurde dieselbe Frage gestellt, und auch er antwortete mit einem Nein.

Dann ging es zum Gottesurteil über. Ein Messer wurde in einen Ofen mit glühenden Kohlen gelegt. Die Klinge wurde weißglühend. Die Angeklagten öffneten den Mund, streckten die Zunge heraus. Der Colonel Papa le Bon rieb mit der weißglühenden Klinge über Zemokos Zunge. Zemoko schloss den Mund und setzte sich, ohne mit der Wimper zu zucken, wieder auf seinen Platz. Das Publikum klatschte Beifall. Dann kam Wourouda an die Reihe. Unter dem Applaus des Publikums schloss Wourouda den Mund, ohne die geringsten Beschwerden zu zeigen. Doch als Colonel Papa le Bon mit der Klinge auf Feuerkopf zuging, schreckte der zurück und rannte davon. Die Anwesenden ließen ein überraschtes «Ho!» ertönen. Der Kommandant Feuerkopf wurde schnell geschnappt und überwältigt.

Er war der Schuldige, niemand anders als er hatte die arme Fati getötet. Feuerkopf legte ein Geständnis ab, der Teufel war in ihn gefahren und hatte ihn geleitet.

Er wurde zu Enthexungssitzungen verurteilt. Zu Enthexungssitzungen über zwei Regenzeiten. Sollte sein Teufel zu stark sein, sollte es in den Sitzungen nicht gelingen, den Teufel aus seinem Körper zu vertreiben, so würde er hingerichtet. Öffentlich hingerichtet. Mit der Kalaschnikow. Im anderen Fall würde Colonel Papa le Bon ihm vergeben. Denn der Colonel Papa le Bon mit seinem päpstlichen Hirtenstab ist die Güte in Person. Doch … Feuerkopf würde seinen Status als Kindersoldat verlieren. Denn ein Kindersoldat, der vergewaltigt und gemordet hat, ist nicht mehr sexuell unberührt. Und wenn man nicht mehr unberührt ist, ist man bei Colonel Papa le Bon kein Kindersoldat mehr. So ist das eben; da gibt es keine Widerrede. Man wird dann Soldat. Ein richtiger Soldat, ein großer Soldat.

Die Soldaten bekommen nichts zu essen, haben kein Bett und erhalten überhaupt keinen Sold. Kindersoldat zu sein, Walahé! hatte Vorteile. Wir waren privilegiert. (Privilegiert sein, heißt, als Einzelner oder als Gruppe gewisse Vorrechte zu genießen oder eine Sonderstellung einzunehmen.) Sollte Feuerkopf der Hinrichtung entgehen, konnte er nicht mehr Kindersoldat bleiben, weil er nicht mehr unberührt war. Gnamokodé!

Faforo (beim *bangala* meines Vaters)! Wir waren jetzt weit entfernt von Zorzor, weit entfernt von der Festung des Colonel Papa le Bon. Die Sonne war wie eine Heuschrecke gehüpft und begann *doni-doni* am Himmel aufzusteigen. (*Doni-doni* bedeutet laut dem *Verzeichnis der lexikalischen Besonderheiten des Französischen in Schwarzafrika*: nach und nach.) Wir mussten Acht geben. Mussten kleine Schritte machen. Einige Meter im Wald. Den Soldaten der NPFL geschickt ausweichen. Die Soldaten könnten uns folgen. Wir haben das Mondlicht ausgenutzt und das Weite gesucht.

In der Nacht zuvor, gegen Mitternacht, waren wir aufgebrochen, um Zorzor zu verlassen. Gegen elf Uhr war Colonel Papa le Bon ermordet worden, erschossen. Er ist tot. Er hat das Zeitliche gesegnet, trotz Yacoubas Fetischen. Um die Wahrheit zu sagen, es tat mir ein bisschen im Herzen weh, den Colonel Papa le Bon tot zu sehen. Ich hatte ihn für unsterblich gehalten. Denn der Colonel Papa le Bon war gut zu mir. Und zu allen anderen. Und der Colonel war ein Naturphänomen. (Ein Phänomen ist etwas, was als Erscheinung auffällt, oder ein Mensch mit ungewöhnlichen Fähigkeiten.) Sein Tod hat wie ein Signal gewirkt und die Freiheitsglocke für alle Gefangenen läuten lassen. Für die Gefangenen, die enthext werden sollten, und für die Gefangenen der Liebe. Es war für alle, die fort wollten, die Soldaten und Kindersoldaten, das Signal zum Aufbruch. Viele Kindersoldaten hatten ihre Eltern bei der NPFL vergeblich gesucht und hofften, sie nun bei der ULIMO (Vereinigte Freiheitsbewegung) zu finden. Und außerdem aß man gut bei der ULIMO. Bei ihren Truppen aß man fetten Reis mit Soße. Und dort gab es einen Sold. Und er kam genau und pünktlich wie die Mangos im Monat April. A faforo (Hintern meines Vaters)!

Es war nicht leicht. Wir mussten die *ouya-ouyas* (hier laut *Verzeichnis*: die Vagabunden) besiegen, die der NPFL treu geblieben waren. All diese Oberblödmänner, die fanden, beim

Colonel Papa le Bon wäre es besser. Schließlich haben wir gesiegt. Und dann haben wir alles geplündert, alles zerstört und in Brand gesetzt. Und haben uns sofort auf den Weg gemacht. *Dare-dare*, schnell, schnell.

Wir waren alle schwer beladen mit der Ausbeute unserer Plünderungen. Manche trugen zwei oder sogar drei Kalaschnikows. Die Kalaschnikows dienten der ULIMO als Beweis für unseren Bruch mit der NPFL. Der Beweis, dass wir uns von der NPFL losgesagt hatten und entschlossen waren, uns endgültig der Vereinigten Befreiungsbewegung anzuschließen. Wir haben alles geplündert, ehe wir Feuer gelegt haben.

Kaum war der Colonel Papa le Bon erschossen worden, brüllten Soldaten in die Nacht hinaus: «Colonel Papa le Bon ist tot … Papa le Bon ist tot. Der Colonel ist ermordet worden … ermordet!»

Das führte zu gewaltiger Aufregung. Die Soldaten fingen an zu plündern. Sie haben das Geld geplündert; sie haben die Soutanen geplündert; sie haben das Getreide geplündert; sie haben die Haschischvorräte geplündert … sie haben das ganze Lager geplündert, einfach alles, bis die Soldaten, die dem Colonel treu geblieben waren, zu schießen anfingen.

Walahé! Aber fangen wir mit dem Anfang an.

Als der Colonel Papa le Bon eines Tages die Gepäckstücke eines Fahrgasts auspackte, stieß er auf viele Flaschen Whisky, Johnny Walker, in roten Schachteln, das sah gut aus. Und statt hohe Zollgebühren zu verlangen, hat sich der Colonel Papa le Bon drei Flaschen genommen. Alkohol bekam ihm nicht gut. Er wusste das selbst und gab sich dem Alkohol nur an wenigen Abenden hin, wenn er sehr, sehr müde war und ihm der Kopf schwirrte. Er trank erst, wenn er im Bett lag; und wenn er am nächsten Morgen ein wenig spät wach wurde, war er nicht ganz auf dem Damm. Doch das war nicht so schlimm. Denn der Colonel rauchte nie Hasch; das war für die Kindersoldaten; das tat ihnen gut, das machte sie genauso stark wie richtige Soldaten. An jenem Abend (an dem Abend, als er die Whiskyflaschen hatte) war der Colonel Papa le Bon sehr müde und wartete nicht, bis er im Bett lag, um Whisky, sehr viel Whisky, zu trinken. Der Alkohol machte den Colonel Papa le Bon ganz verrückt.

Betrunken torkelte der Colonel Papa le Bon ins Gefängnis. Er ging allein, ganz allein, in das Gefängnis, in das er sich tagsüber nur in Begleitung zweier bis an die Zähne bewaffneter Kindersoldaten wagte.

Im Gefängnis, allein, in der Nacht, hat er mit den Gefangenen gelacht, hat mit ihnen geredet und hat mit Feuerkopf viel gescherzt.

Plötzlich war es Essig mit den Scherzen und dem lockeren Gespräch. (Essig mit etwas sein, bedeutet laut Wörterbuch, dass etwas aus und vorbei ist oder nicht mehr zustande kommt.) Der Colonel Papa le Bon brüllte wie eines der Raubtiere, die er so gut nachmachen konnte. Er schwankte wie ein Irrsinniger hin und her und schrie mehrere Male: «Ich bring euch alle um. Ich bring euch alle um ...» Und er hat hämisch gegrinst wie eine Hyäne in der Nacht. «So ist es ... so ... ich bring euch um.» Er hakte seine Kalaschnikow unter der Soutane los und jagte zwei Feuerstöße in die Luft. Die erste Reaktion der Gefangenen war, dass sie sich in die Ecken gestürzt und hingekauert haben. Immer noch auf den Beinen, immer noch schwankend, ließ der Colonel zwei weitere Feuerstöße los. Und dann ist er einen Augenblick still geworden, er schlief halb. Im Halbdunkel hat sich ein Gefangener leise um den Colonel Papa le Bon herumgeschlichen, ist ihm von hinten in die Beine gesprungen und hat ihn umgeworfen. Dabei ist dem Oberst die Kalasch entglitten, sie fiel weit, sehr weit von ihm zu Boden. Feuerkopf hat sich die Waffe geschnappt, und da der Kerl wahnsinnig ist, hat er auf den Colonel Papa le Bon, der flach am Boden lag, geschossen. Er hat das ganze Magazin geleert.

Faforo! Die Kugeln durchbohrten den Colonel Papa le Bon, trotz Yacoubas Fetische. Yacouba hat erklärt: Der Colonel habe gegen die Verbote verstoßen, die mit den Fetischen verbunden sind. Erstens, man macht nicht Liebe, wenn man Grigris trägt. Zweitens, nach dem Liebesakt wäscht man sich, erst dann heftet man sich die Grigris wieder an. Der Colonel Papa le Bon jedoch machte Liebe kreuz und quer und hatte keine Zeit, sich zu waschen. Und es gab noch einen anderen Grund. Der Colonel hatte nicht die zwei Stiere geopfert, so wie es in den Sternen stand. Wenn er die zwei Stiere geopfert hätte, dann hätte er sich niemals allein ins Gefängnis gewagt. Das Stieropfer hätte das Unglück verhindert. Faforo!

Kaum war der Oberst gestorben, schlecht gestorben, hat ein Gefangener die Leiche umgedreht und sich den Schlüssel zum Waffenarsenal geschnappt. Der Colonel Papa le Bon trennte sich nie von diesem Schlüssel. Für die Gefangenen und die Soldaten, die zur ULIMO überlaufen wollten, war dies das befreiende Signal. Andere wollten jedoch nicht weg, sie blieben der NPFL und Papa le Bon treu. Es kam zu einem Kampf zwischen den beiden Gruppen. Wer sich an dieser Schießerei nicht beteiligen wollte, machte sich aus dem Staub.

Wir, Yacouba und ich, wollten zur ULIMO, denn im Gebiet der ULIMO lag Niangbo, und in Niangbo wohnte die Tante. Die Tante hatte Kontakt mit Yacouba aufnehmen und ihm mitteilen können, sie sei dort, und der Kommandant Feuerkopf hatte sehr wohl meine Tante dort gesehen. Es stimmt, dass der Kommandant Feuerkopf ein Fabulierer war, und den Worten eines Fabulierers darf man nicht trauen.

Wir gingen hinter Feuerkopf her, er kannte den nächst gelegenen Posten der ULIMO. Wir waren siebenunddreißig Leute, sechzehn Kindersoldaten, zwanzig Soldaten und Yacouba. Jeder hatte Munition und Waffen bei sich, aber kaum Nahrung. Feuerkopf hatte uns vorgemacht, die ULIMO wäre ganz nah, an der nächsten Ecke. Das stimmte nicht. Der Kleine war ein Fabulierer. Man brauchte mindestens zwei, drei Tage, um den nächst gelegenen Posten der Befreiungsbewegung zu erreichen. Und die anderen waren uns auf den Fersen. Zu unserem Glück gab es verschiedene Wege zur ULIMO, und unsere Verfolger wussten nicht, welchen Weg wir eingeschlagen hatten. Wir gehörten verschiedenen Stämmen an, und wir wussten, dass man bei der ULIMO ein Krahn oder ein Guéré sein musste. Nur Krahns und Guérés wurden von der ihr aufgenommen. Jeder von uns hat einen Krahn-Namen angenommen. Ich musste meinen Namen nicht ändern, ich war ein Malinké, ein Mandingo, wie die schwarzen Amerikaner in Liberia sagen. Die Malinké oder Mandingos sind überall willkommen, denn sie sind gerissene Schlawiner. Sie gehören allen Lagern an, sie essen von allen Tellern.

Der Weg war lang, und wir hatten zu viel Munition und zu viele Waffen dabei, wir konnten nicht alles tragen. Also ließen wir einige Kalaschnikows und einen Teil der Munition zurück. Vom ständigen Kiffen bekamen wir immer mehr Hunger. Haschisch stillt den Hunger nicht. Wir haben angefangen, Früchte zu essen, dann Wurzeln, dann Blätter. Dennoch hat Yacouba gesagt, dass Allah in seiner unendlichen Güte einen Mund, den er geschaffen hat, niemals leer lasse.

Unter den Kindersoldaten befand sich auch ein Mädchen. Sie hieß Sarah, war einzigartig und schön für vier, rauchte

Marihuana und kaute Gras für zehn. Schon seit langem war sie Feuerkopfs heimliche Freundin. Und darum ging sie mit auf diese Reise. Seit wir außerhalb von Zorzor waren, blieben sie und Feuerkopf immer wieder stehen und küssten sich. Und jedes Mal nutzte Sarah die Gelegenheit, Haschisch zu rauchen und Gras zu kauen. Hasch und Gras hatten wir in Hülle und Fülle, weil wir die Vorräte von Papa le Bon eingesteckt hatten. (In Hülle und Fülle heißt in großer Menge, im Überfluss.) Und Sarah rauchte und kaute unablässig. Sie war schon völlig durchgedreht. Sie fingerte, während wir dabei standen, an ihrer *gnoussou-gnoussou* herum. Wir waren auch dabei, als sie von Feuerkopf verlangte, er solle vor aller Augen mit ihr schlafen. Feuerkopf sträubte sich heftig, wir seien schließlich in Eile und hätten Hunger. Sie wollte sich ausruhen, sich an einen Stamm lehnen und ausruhen. Feuerkopf war echt in Sarah verliebt. Er konnte sie nicht so einfach zurücklassen. Doch wir wurden verfolgt. Wir hatten keine Zeit zu verlieren. Feuerkopf wollte sie hochziehen und zwingen, mit uns weiterzugehen. Daraufhin schoss sie ihr Magazin in Feuerkopfs Richtung leer. Zum Glück war sie total bekifft und sah nichts mehr. Die Kugeln trafen nicht. In einem Anfall von Wut hat Feuerkopf zurückgeschossen. Er hat ihr einen Feuerstoß auf die Beine verpasst und sie entwaffnet. Sie hat geschrien wie ein Kalb, wie ein Schwein, dem die Kehle durchgeschnitten wird. Und Feuerkopf war unglücklich, sehr unglücklich.

Uns blieb keine Wahl, wir mussten sie allein ihrem traurigen Schicksal überlassen. Aber dazu konnte Feuerkopf sich nicht entschließen. Sie brüllte den Namen ihrer Mama, den Namen Gottes und alles Mögliche. Feuerkopf ist zu ihr gegangen, hat sie geküsst und angefangen zu weinen. Wir haben uns umgedreht und unseren Weg wieder aufgenommen, während die beiden weinten und sich küssten. Wir waren noch nicht weit gegangen, da sahen wir Feuerkopf allein und mit verheulten Augen näher kommen. Er hatte Sarah neben dem Baumstamm zurückgelassen, allein in ihrem Blut, mit ihren Verletzungen. Das Luder (eine liederliche, durchtriebene oder kokette Person, heißt es in meinem Wörterbuch) konnte nicht mehr laufen. Die Magnan-Ameisen, die Geier würden sich einen Festschmaus aus ihr machen.

Laut meinem Wörterbuch ist die Trauerrede eine Rede zu Ehren einer berühmten verstorbenen Persönlichkeit. Der Kindersoldat ist die berühmteste Persönlichkeit am Ende dieses 20. Jahrhunderts. Wenn ein Kindersoldat stirbt, muss man also eine Trauerrede auf ihn halten; das bedeutet, man muss sagen, wie er in dieser großen beschissenen Welt ein Kindersoldat werden konnte. Ich tue es nur, wenn ich es will, ich muss es nicht tun. Ich tue es für Sarah, weil es mir gefällt, ich habe die Zeit dazu, und es ist komisch.

Sarahs Vater hieß Bouaké und war Seemann. Er war ständig auf Reisen, und man fragt sich, wie er überhaupt die Zeit dazu fand, Sarah in den Bauch ihrer Mutter zu pflanzen. Ihre Mutter verkaufte verdorbenen Fisch auf dem großen Markt in Monrovia und kümmerte sich ab und zu um ihre Tochter. Sarah war fünf, als ihre Mutter von einem betrunkenen Autofahrer umgefahren und getötet wurde. Da ihr Vater nicht wusste, was er mit dem Mädchen anfangen sollte, vertraute er sie einer Cousine im Dorf an, die sie zu Madame Kokui gab. Madame Kokui war Händlerin und Mutter von fünf Kindern. Sie machte aus Sarah ein Hausmädchen und eine Bananenverkäuferin. Jeden Morgen nach dem Geschirrspülen und Wäschewaschen verkaufte Sarah in den Straßen Monrovias Bananen und kehrte um Punkt sechs zurück, um den Kessel aufs Feuer zu stellen und das Baby zu waschen. Madame Kokui war äußerst pingelig, wenn es um die Abrechnung ging, und sehr streng, was die Zeit von Sarahs Heimkehr betraf.

Eines Morgens klaute ein kleiner Strolch, ein Straßenkind, Sarah eine Bananenstaude und rannte davon. Sie lief dem kleinen Strolch nach, konnte ihn aber nicht einholen. Als sie nach Hause kam und erzählte, was ihr zugestoßen war, war Madame Kokui nicht erfreut, also ganz und gar nicht. Sie schrie und beschuldigte Sarah, sie habe sehr wohl die Bananen verkauft und sich von den Kröten Süßigkeiten gekauft. Das Mädchen konnte ihr noch so sehr beteuern, es sei der kleine Strolch gewesen, Madame Kokui blieb zornig und wollte nichts davon hören. Sie verprügelte Sarah, sperrte sie ein und gab ihr kein Abendessen. Sie drohte: «Das nächste Mal schlag ich dich noch heftiger und sperre dich einen ganzen Tag lang ohne Essen ein.»

Das nächste Mal war am folgenden Tag. Wie an jedem Morgen ging Sarah mit ihrer Ladung Bananen auf die Straße. Der kleine Strolch vom Vortag kam diesmal mit einer Bande von Kumpanen, er schnappte sich wieder eine Bananenstaude und rannte davon. Sarah stürzte ihm hinterher. Genau darauf hatten seine Kumpanen gewartet, die vom gleichen Schlag waren wie er. Kaum dass das Mädchen fort war, rissen sie sich alle Bananen unter den Nagel. (Unter den Nagel reißen bedeutet laut Wörterbuch: sich etwas auf nicht ganz korrekte Weise aneignen.)

Sarah war unglücklich. Sie weinte den ganzen Tag, und als sie sah, dass die Sonne schon tief stand und es bald Zeit sein würde, das Baby zu waschen, beschloss sie zu betteln. Zu betteln, um Geld zu sammeln, damit sie Madame Kokui etwas geben könnte. Doch leider waren die Autofahrer nicht sehr großzügig, und sie hatte nicht genügend Geld beisammen, um mit Madame Kokui die Abrechnung machen zu können. In der Nacht fand sie einen Platz zwischen den Paketen auf der Veranda von Farahs Laden.

Am nächsten Tag ging sie wieder betteln, und erst am Tag darauf hatte sie genügend Geld gesammelt, um mit Madame Kokui abrechnen zu können. Es war zu spät, sie hatte zwei Nächte draußen verbracht, sie konnte nicht mehr nach Hause gehen, Madame Kokui würde sie umbringen, würde sie ganz bestimmt umbringen. Sie ging weiter betteln und begann sich an die Situation zu gewöhnen und sich besser zu fühlen als bei Madame Kokui. Sie gewöhnte sich daran, einen Ort zu haben, wo sie sich wusch, einen anderen, wo sie ihre Ersparnisse versteckte; der Ort, wo sie schlief, blieb die Veranda von Farahs Laden inmitten der Bündel und Pakete.

Einem Herrn war dies aufgefallen und er besuchte sie dort eines Tages. Er stellte sich vor, freundlich und voller Mitgefühl. Er bot Sarah Bonbons und andere Süßigkeiten an, und sie folgte ihm gutgläubig zu den Markthallen, weit weg von allen Häusern. Dort erklärte er Sarah, dass er ganz sanft mit ihr schlafen werde, ohne ihr wehzutun. Sarah bekam Angst, begann zu schreien und wollte davonlaufen. Der Mann, der viel schneller und stärker war als Sarah, packte sie, warf sie zu Boden, überwältigte und vergewaltigte sie. Er ging dabei so brutal vor, dass Sarah wie tot liegen blieb.

Man brachte sie ins Krankenhaus, wo man sie nach ihren Eltern fragte, als sie zu sich kam. Sie sprach von ihrem Vater, aber nicht von Madame Kokui: Man suchte ihren Vater, fand ihn aber nicht. Er war auf Reisen, immer auf Reisen. Sarah wurde zu den Nonnen in ein Waisenhaus am westlichen Stadtrand von Monrovia geschickt. Dort lebte sie noch, als der Stammeskrieg in Liberia ausbrach. Fünf Nonnen dieses Waisenhauses wurden massakriert, die anderen konnten sich *dare-dare* aus dem Staub machen. Um nicht zu verhungern, arbeiteten Sarah und vier ihrer Kameradinnen als Prostituierte, ehe sie Kindersoldaten wurden.

Das also war Sarah, die wir den Magnan-Ameisen und den Geiern überlassen haben. (Magnan-Ameisen sind laut *Verzeichnis der Besonderheiten* sehr gefräßige schwarze Ameisen.) Sie würden sich einen üppigen Festschmaus aus ihr machen. Gnamokodé (Bastard)!

Alle Dörfer, durch die unser Weg führte, waren menschenleer. In den Stammeskriegen ist das so: Die Leute verlassen die Dörfer, in denen die Menschen leben, und flüchten in den Wald, wo die wilden Tiere leben. Die wilden Tiere leben also besser als die Menschen. Faforo!

Am Rande eines verlassenen Dorfs haben wir zwei Typen gesehen, die wie Diebe sofort abgehauen und verschwunden sind. Wir haben gleich die Verfolgung aufgenommen. Der Stammeskrieg will das so. Wenn man jemanden sieht, der wegläuft, bedeutet das, er will dir was Böses. Man muss ihn schnappen. Schießend sind wir hinter ihnen hergerannt. Sie waren im Wald verschwunden. Wir haben lange und wild geschossen. Das hat einen Höllenlärm gemacht, man hätte glauben können, die samorischen Kriege wären wieder ausgebrochen. (Samory war ein Malinké-Oberhaupt, der sich den französischen Eroberern, als sie 1882 ins Land drangen, widersetzte und dessen *sofas* – Soldaten – viel schossen.) Walahé (im Namen Allahs)!

Unter den Kindersoldaten gab es einen einzigartigen Jungen, den wir alle Hauptmann Kik den Pfiffigen nannten. Hauptmann Kik der Pfiffige war ein lustiger Kerl. Während wir am Straßenrand warteten, rannte er schnell tief in den Wald hinein, bog links ab und wollte den Flüchtenden den Weg abschneiden. Das war pfiffig. Doch plötzlich haben wir eine Explosion gehört, dann Kiks Schrei. Wir sind alle hingerannt. Kik war auf eine Mine getreten. Der Anblick war niederschmetternd. Kik brüllte wie ein Kalb, wie ein Schwein, dem man die Kehle durchschneidet. Er rief nach seiner Mutter, seinem Vater, nach allem, immer wieder. Sein rechtes Bein war zerfetzt. Es hing nur noch an einem Faden. Es war grausam anzusehen. Dicke Schweißperlen liefen ihm übers Gesicht, und er flennte: «Ich krepiere! Ich krepiere wie eine Fliege!» Einen Jungen, der so seine Seele aushaucht, das war nicht schön anzusehen. Wir haben notdürftig eine Trage zusammengezimmert. Auf der wurde Kik ins Dorf gebracht. Unter den Soldaten war ein ehemaliger Krankenpfleger. Er meinte, man müsse das Bein sofort amputieren, und wir legten Kik in eine Hütte. Drei kräftige Kerle reichten nicht aus, ihn festzuhalten. Er brüllte, schlug um sich, schrie den Namen seiner Mutter, und trotz alledem sägten sie sein Bein genau am Knie ab. Genau am Knie. Das Bein warfen sie einem Hund vor, der gerade vorbeilief. Kik lehnten sie mit dem Rücken gegen die Wand einer Hütte.

Und wir fingen an, die Hütten des Dorfes zu durchsuchen. Eine nach der anderen. Sehr gründlich. Die Bewohner waren davongelaufen, als sie unser anhaltendes Maschinengewehrfeuer hörten. Wir hatten Hunger, wir mussten etwas essen. Schließlich entdeckten wir Hühner. Wir haben sie gejagt, gefangen, ihnen den Hals umgedreht, und dann haben wir sie geschmort. Zicklein spazierten herum. Die haben wir erschlagen und auch geschmort. Wir nahmen alles, was es zu futtern gab. Allah lässt niemals einen Mund leer, den er geschaffen hat.

Wir durchwühlten alle Winkel und Ecken. Obwohl wir glaubten, es wäre niemand, absolut niemand da, entdeckten wir zu unserer Überraschung hinter Zweigen zwei süße Kinder. Ihre Mutter hatte sie bei ihrer überstürzten Flucht nicht mitnehmen können. Sie hatte sie einfach zurückgelassen, und die Kinder hatten sich auf dem Grundstück hinter Zweigen versteckt.

Unter den Kindersoldaten befand sich nur ein Mädchen. Es hieß Fati. Fati war wie alle Mädchensoldaten grausam, sehr grausam. Und wie alle Mädchensoldaten kiffte Fati zu oft, weswegen sie ständig benebelt war. Fati hat die beiden Kinder aus ihrem Loch unter den Zweigen hervorgezerrt und sie aufgefordert, ihr zu zeigen, wo die Dorfbewohner ihre Nahrung versteckten. Die Kinder verstanden nichts, rein gar nichts, weil sie so klein waren. Es waren Zwillinge, sechs Jahre alt, und sie hatten Angst. Sie konnten einfach gar nichts verstehen. Fati wollte ihnen einen Schrecken einjagen. Sie wollte in die Luft schießen, doch da sie völlig bekifft war, hat sie die beiden Jungen mit ihrer Kalaschnikow genau getroffen. Der eine war tot, der andere verletzt. Man hat ihr die Waffe weggenommen. Und Fati war in Tränen aufgelöst. Zwillingen, kleinen Zwillingen, tut man nichts zuleide. Die *gnamas* von Zwillingen, vor allem von kleinen Zwillingen, sind grausam und verzeihen nichts. (Die *gnamas* sind die Seelen, die rachsüchtigen Schatten der Toten.) Es war traurig, sehr traurig. Nun würde Fati von den *gnamas*, den *gnamas* kleiner Zwillinge verfolgt, in diesem Liberia, das der Stammeskrieg kaputt gemacht hat. Auch Fati war kaputt; sie würde einen schlechten Tod sterben. Yacouba hat zu Fati gesagt, dass ihre Grigris sie nun wegen der *gnamas* der kleinen Zwillinge nicht mehr schützen könnten. Fati hat geweint, heiße Tränen geweint, geweint wie eine rotzige Göre; sie wollte wirksame Grigris haben. Trotz ihrer Tränen war Fati geliefert, ohne Grigris. So ist das. Nach dem unsinnigen Mord an den beiden unschuldigen Kindern konnten wir nicht länger im Dorf bleiben. Wir mussten schnell aufbrechen, *gnona-gnona*. (Das bedeutet laut *Verzeichnis*: *dare-dare*, schnell.) Wir haben Kik an die Wand einer Hütte gelehnt und uns rasch auf den Weg gemacht.

So lieferten wir Kik den Menschen des Dorfs aus, während wir Sarah den wilden Tieren, den Insekten ausgeliefert hatten. Wer von den beiden war mehr um sein Schicksal zu beneiden? Hauptmann Kik sicherlich nicht. Der Stammeskrieg will das so. Tiere gehen mit Verletzten besser um als Menschen.

Da Kik sterben musste, schon tot war, braucht er eine Trauerrede. Ich will sie gerne halten, weil Kik ein netter Kerl und sein Lebensweg nur kurz war.

Der Stammeskrieg hatte Kiks Dorf gegen zehn Uhr morgens erreicht. Kik war in der Schule, seine Eltern hielten sich zu Hause auf. Schon bei den ersten Feuerstößen liefen die Kinder in den Wald. Kik war unter ihnen. Und solange Lärm im Dorf war, blieben die Kinder im Wald. Kik auch. Erst am nächsten Morgen, als keine Geräusche mehr zu hören waren, wagten sich die Kinder auf die Grundstücke ihrer Familien. Kik lief zur elterlichen Hütte und fand seinen Vater mit durchschnittener Kehle, seinen Bruder mit durchschnittener Kehle, seine Mutter und seine Schwester vergewaltigt und mit eingeschlagenen Schädeln. Alle seine nächsten und entfernteren Verwandten waren tot. Und wenn man niemanden mehr auf Erden hat, weder Vater noch Mutter noch Bruder noch Schwester und wenn man klein ist, ein süßer kleiner Kerl, in einem kaputten und barbarischen Land, wo allen die Kehle durchgeschnitten wird, was soll man dann tun? Natürlich, man wird Kindersoldat, ein *small soldier*, ein *child soldier*, um etwas zu essen zu bekommen und seinerseits anderen die Kehle durchzuschneiden. Das ist das Einzige, was einem übrig bleibt.

Nach und nach ist Kik ein soldatisches Kind geworden. Der kindliche Soldat war pfiffig. Der pfiffige *small soldier* hat eine Abkürzung genommen. Dabei ist er auf eine Mine getreten. Wir haben ihn auf einer notdürftigen Trage transportiert. Wir haben den Sterbenden an eine Wand gelehnt. Dort haben wir ihn allein zurückgelassen. Wir haben ihn an einem Nachmittag sterbend zurückgelassen, in einem verdammten Dorf, der Rache der Dorfbewohner ausgeliefert. Der Rache der Bevölkerung ausgeliefert, weil Allah gewollt hat, dass der arme Junge auf diese Weise sein Leben auf Erden beendet. Und Allah ist zu nichts verpflichtet, muss nicht gerecht sein in allen Dingen, in all seinen Schöpfungen, in all seinen Taten hier auf Erden.

Auch ich bin nicht verpflichtet zu reden, mein Hundeleben zu erzählen, ein Wörterbuch nach dem anderen durchzublättern. Ich habe keine Lust mehr; für heute höre ich auf. Die können mich alle mal! Walahé (im Namen Allahs)! A fafaro (Hintern meines Vaters)! Gnamokodé (Bastard)!

III

DIE ULIMO (United Liberian Movement) oder die Vereinigte Freiheitsbewegung ist eine Bande so genannter Loyalisten, Erben des großen Straßenräubers, des Präsidenten und Diktators Samuel Doe, der einen grausamen Tod starb. Er wurde an einem diesigen Nachmittag im schrecklichen Monrovia, der Hauptstadt der Republik Liberia, die seit 1860 unabhängig ist, in Stücke gerissen. Walahé (im Namen Allahs)!

Samuel Doe begann seine Karriere als Sergeant der liberianischen Armee. Er und einige seiner Kameraden hatten die Nase voll von der Arroganz der afro-amerikanischen Schwarzen, Congos genannt, die den liberianischen *natives* nur Verachtung entgegenbrachten. Die *natives* sind die schwarzafrikanischen Eingeborenen des Landes. Dagegen sind die afro-amerikanischen Schwarzen Abkömmlinge freigelassener Sklaven und verhalten sich in der liberianischen Gesellschaft wie Kolonialherren. So definiert mein Wörterbuch, der *Harrap's*, die Begriffe *natives* und Afro-Amerikaner. Samuel Doe und einige seiner Kameraden hatten also die Nase voll von der Ungerechtigkeit, mit der die *natives* im unabhängigen Liberia behandelt wurden. Aus diesen Gründen lehnten sich die *natives* auf, und zwei von ihnen schmiedeten ein Komplott der Eingeborenen gegen die kolonialistischen arroganten Afro-Amerikaner. (Das Komplott ist eine Verschwörung, eine Verabredung zu einer gemeinsamen Straftat.)

Die beiden schwarzafrikanischen *natives*, die dieses Komplott schmiedeten, hießen Samuel Doe, ein Krahn, und Thomas Quionkpa, ein Gyo. Die Krahns und die Gyos sind die beiden größten schwarzafrikanischen Stämme in Liberia. Daher heißt es, es sei das ganze unabhängige Liberia gewesen, das sich gegen die kolonialistischen Afro-Amerikaner und die arroganten Kolonisten aufgelehnt habe.

Weil sie, die Aufrührer, Glück hatten oder auch durch die erhörten Opfer, wurde das Komplott ein voller Erfolg. (Erhörtes Opfer bedeutet laut *Verzeichnis*: Die Schwarzafrikaner bringen viele blutige Opfer dar, um Glück zu haben. Werden ihre Opfer erhört bzw. angenommen, haben sie Glück.) Nachdem also das Komplott erfolgreich gelaufen war, zerrten die beiden Aufrührer und ihre Anhänger beim ersten Morgenlicht alle Personen von Rang, alle afro-amerikanischen Senatoren aus dem Bett und brachten sie zum Strand. Dort zogen sie die Gefangenen bis auf die Unterhose aus und fesselten sie an Pfähle. Bei Tagesanbruch erschossen die Verschwörer diese Afro-Amerikaner wie Hasen, obwohl Journalisten aus allen möglichen Ländern da waren. Dann kehrten sie in die Stadt zurück, massakrierten die Frauen und Kinder der Erschossenen und feierten ein großes Fest mit viel Lärm, mit viel *fantasia*, mit viel Sauferei usw.

Anschließend küssten sich die beiden Verschwörer auf den Mund, wie anständige Leute, und beglückwünschten sich gegenseitig. Der Sergeant Samuel Doe beförderte den Sergeanten Thomas Quionkpa zum General, und der Sergeant Thomas Quionkpa beförderte den Sergeanten Samuel Doe zum General. Und da man nur einen einzigen Staatschef brauchte, ernannte sich Samuel Doe zum Präsidenten und zum alleinigen und unantastbaren Staatsoberhaupt der einheitlichen und demokratischen Republik Liberia, die seit 1860 unabhängig war.

Es traf sich gut, traf sich sogar sehr gut, dass gerade ein Gipfeltreffen der Staatschefs der Communauté des États de l'Afrique de l'Ouest, der Staatengemeinschaft Westafrikas, abgekürzt CDEAO, stattfand. Liberia ist ein wichtiges Mitglied dieser Gemeinschaft. Mit dem Rang eines Generals und dem Titel eines Staatsoberhaupts bestieg Samuel Doe in seinem Fallschirmspringeranzug, einen Revolver am Gürtel, ein Flugzeug, um wie alle Staatsoberhäupter am Gipfel der CDEAO teilzunehmen. Der fand in Lomé statt. Als er gut bewaffnet dort eintraf, fuhr den übrigen Staatschefs der Schreck in die Glieder. Sie hielten ihn für einen Verrückten und stimmten seiner Teilnahme am Gipfel nicht zu. Im Gegenteil, sie sperrten ihn in einem Hotel ein. Während des ganzen Gipfels saß er dort mit dem strikten Verbot, einen Fuß auf die Straße zu setzen und Alkohol zu trinken. Und als das Treffen der Staatsmänner vorbei war, schickten sie ihn mit seinem Flugzeug zurück nach Monrovia, in seine Hauptstadt. Wie einen *ouya-ouya*. (*Ouya-ouya* bedeutet laut *Verzeichnis der lexikalischen Besonderheiten des Französischen in Schwarzafrika*: Bettler, Aussätziger.)

In seiner Hauptstadt Monrovia regierte Samuel Doe in aller Ruhe fünf ganze Regenzeiten lang. Überall erschien er in seinem Fallschirmspringeranzug und mit dem Revolver am Gürtel, wie ein richtiger Revolutionär. Doch eines Tages dachte er an Thomas Quionkpa … er dachte an ihn und bekam schlechte Laune, fühlte sich unbehaglich in seinem Fallschirmspringeranzug. Man darf nicht vergessen, dass Samuel Doe das Komplott mit Thomas Quionkpa gemeinsam gelungen war, und Thomas Quionkpa war immer noch da. Selbst die Hühnerdiebe vom Geflügelhof wissen es und sagen sich: Ist einem mit Hilfe eines anderen ein sagenhafter Coup gelungen, kann man die Diebesbeute erst dann voll und ganz genießen, wenn man diesen anderen ausgeschaltet hat. Nach fünf Jahren Regierungszeit stellte die Existenz von Thomas Quionkpa für den Präsidenten noch immer ein schwerwiegendes Problem dar. Um dieses Problem zu lösen, dachte er sich eine todsichere List aus.

Es war einfach; man musste nur darauf kommen. Auf den Streich der Demokratie. Die Demokratie, die Stimme der Öffentlichkeit, der Wille des souveränen Volkes. Und überhaupt.

Eines Samstagmorgens ordnete Samuel Doe ein Fest an. Er ließ alle höheren Offiziere der liberianischen Armee kommen, alle Verwaltungsdirektoren, die Bezirkschefs der ganzen Republik, alle religiösen Oberhäupter. Vor diesem ehrwürdigen Gremium (Gremium bedeutet: Versammlung von Fachkundigen, beratende oder Beschluss fassende Körperschaft) hielt er folgende Ansprache:

«Ich war gezwungen, mit Waffengewalt die Macht zu übernehmen, weil es zu viel Ungerechtigkeit in diesem Land gab. Da inzwischen die Gleichheit aller durchgesetzt und die Gerechtigkeit wieder eingekehrt ist, wird die Armee aufhören, dieses Land zu befehligen. Die Armee übergibt die Führung des Landes an die Zivilisten, an das souveräne Volk. Und um einen Anfang zu setzen, verzichte ich feierlich auf meine militärische Stellung, ich verzichte auf meine militärische Kleidung und auf meinen Revolver. Ich werde Zivilist.»

Er legte seinen Revolver ab, seine Fallschirmspringerkleidung, das rote Béret, das Hemd mit den Tressen, die Hose, die Schuhe und die Socken. Er zog sich bis auf die Unterhose aus. Dann schnippte er mit den Fingern, und sein Laufbursche erschien. Dieser brachte ihm einen dreiteiligen Anzug, ein Hemd, eine Krawatte, Socken, Schuhe und einen Filzhut. Und unter dem Applaus aller Anwesenden kleidete der Staatschef sich als Zivilist. Er wurde ein Zivilist wie der letzte *ouya-ouya* der Gegend.

Von nun an ging alles sehr schnell. Innerhalb von drei Wochen ließ Samuel Doe sich eine Verfassung auf den Leib schneidern. Zwei Monate lang reiste er durch alle Bezirke und erklärte den Leuten, wie gut sie sei. Eines Sonntagmorgens im Jahre 1985 wurde die Verfassung von 99,99 Prozent der Wähler gewählt. Von 99,99 Prozent, denn 100 Prozent hätten nicht sehr seriös gewirkt. Das hätte *ouya-ouya* gewirkt. Mit der neuen Verfassung brauchte das Land einen zivilen Präsidenten. Sechs Wochen lang reiste er durch alle Bezirke und bekundete, er sei nun durch und durch Zivilist geworden. Und an einem anderen Sonntagmorgen wurde er in Gegenwart internationaler Beobachter mit 99,99 Prozent der Stimmen gewählt. Mit 99,99 Prozent, denn 100 Prozent hätten *ouya-ouya* gewirkt; das hätte Anlass für Gerede gegeben.

Nun war er also ein guter, überzeugter, achtbarer und geachteter Präsident. Seine erste konkrete Amtshandlung als Präsident bestand darin, den General Thomas Quionkpa eines Komplotts zu verdächtigen und ihn kaltzustellen. (Kaltstellen bedeutet, jemanden durch bestimmte Maßnahmen seines Einflusses zu berauben.) Doch diese Finte ging nicht auf. Thomas Quionkpa ließ sich das nicht gefallen. Nein, überhaupt nicht!

Mit Offizieren, mit Kadern, die wie er Gyos waren, schmiedete er nun tatsächlich ein Komplott. Um Haaresbreite wäre der Putschversuch geglückt. Und um Haaresbreite wäre Samuel Doe ermordet worden. Also, darauf hat Samuel Doe böse reagiert. Er hatte jetzt Beweise, eine Gelegenheit, auf die er lange gewartet hatte. Er folterte Thomas Quionkpa grausam, bevor er ihn erschoss. Seine Prätorianergarde (bedeutet: Leibwache) schwärmte in der ganzen

Stadt aus und ermordete beinahe alle Kader der Republik Liberia, die Gyos waren. Auch ihre Frauen und Kinder.

Samuel Doe war nun glücklich und triumphierte, er, der einzige Chef, nur umgeben von Funktionären seines Krahn-Stammes. Die Republik Liberia wurde ein Krahn-Staat, total Krahn. Das dauerte nicht lange. Denn zum Glück waren etwa dreißig Gyos-Militärs ihren Schergen entkommen. Sie flohen an die Elfenbeinküste und weinten dort dem Diktator des Landes, Houphouët-Boigny, etwas vor. Houphouët-Boigny tröstete sie und schickte sie zum Diktator von Libyen, dem Herrn Gaddhafi, der immer noch ein Lager hatte, in dem Terroristen ausgebildet wurden. Gaddhafi bildete die etwa dreißig Gyos-Kader zwei ganze Jahre lang im Umgang mit der Waffe und im Terrorismus aus. Dann schickte er sie an die Elfenbeinküste zurück. Dort versteckten sich die gut ausgebildeten Kader in den Dörfern an der Grenze zu Liberia. Bis zu jenem schicksalhaften 24. Dezember 1989 verhielten sie sich unauffällig. Aber Weihnachten 1989 warteten sie nachts, bis alle Grenzbeamten des Posten Boutoro sturzbetrunken waren, um sie dann anzugreifen. Im Handumdrehen hatten sie die Grenzposten von Boutoro überwältigt, um sie dann niederzumetzeln und ihre Waffen einzusammeln. Nachdem sie alle Grenzbeamten getötet hatten, gaben sie sich selbst als Grenzbeamte aus, griffen zum Telefon und riefen den Führungsstab in Monrovia an. Sie teilten den Generälen mit, dass die Grenzbeamten einen Angriff abgewehrt hätten, und baten um Verstärkung. Der Führungsstab beeilte sich, die Verstärkung zu schicken. Die Verstärkung fiel in einen Hinterhalt, alle Soldaten wurden niedergemetzelt, getötet, entmannt, und ihre Waffen wurden eingesammelt. Die Gyos-Kader, die Aufrührer, hatten Waffen, viele Waffen. Daher sagt man, daher sagen die Historiker, der Stammeskrieg in Liberia sei am Weihnachtsabend 1989 ausgebrochen.

Seit jenem 24. Dezember 1989 nahmen die Schwierigkeiten für Samuel Doe bis zu seinem Tod in einem stetigen Crescendo zu. (Crescendo bedeutet: anschwellend, allmählich lauter werdend.) Ein Crescendo bis zu seinem Tod. Oder auch scheibchenweise. Davon sprechen wir ein bisschen später. Im Augenblick habe ich nicht die Zeit dazu. Gnamokodé (Bastard)!

Fremde waren bei der ULIMO nicht willkommen. Der Stammeskrieg will das so. Kaum waren wir angekommen, haben wir die kleine Geschichte erzählt, die wir uns über Samuel Doe zurechtgelegt hatten. Über seinen Patriotismus, seine Großzügigkeit. Über die Wohltaten, die er ganz Liberia zugute kommen ließ. Über seine Opfer für das Vaterland. Und so weiter. Sie haben diesen Worten aufmerksam zugehört, lange und andächtig. Danach haben sie uns die Waffen abverlangt. Voller Vertrauen haben wir unsere Kalaschnikows abgegeben. Sie haben einen Koran, eine Bibel und Fetische herbeigebracht und uns auf die heiligen Bücher und die Fetische schwören lassen. Wir haben feierlich geschworen, dass wir keine Diebe seien, dass wir niemals etwas stehlen würden. Denn von Dieben hatten sie genug, sie wollten keine mehr; von denen hatten sie wirklich die Nase voll. Und dann haben sie uns ins Gefängnis gesperrt. Krik-krak.

In den Gefängnissen der ULIMO war das Essen widerlich und viel zu knapp. Yacouba hat sich als Erster über die schlechten Bedingungen beklagt. Er hat laut geschimpft: «Ich bin ein Grigrimann, ein Grigrimann, der außerordentliche Fähigkeiten hat, was den Schutz gegen sirrende Kugeln angeht.» Sie haben ihn nicht gehört. Er hat noch lauter geschimpft: «Lasst mich hier raus. Wenn nicht, verhexe ich euch. Euch alle!» Da sind sie gekommen, haben ihn rausgelassen, und er hat gesagt, er ginge nicht ohne mich; er hat verlangt, dass ich mit ihm gehen könne.

Sie haben uns zum Führungsstab geschickt, zu General Baclay: Der General Baclay war eine Frau. (Man müsste eigentlich «Generalin» sagen. Aber laut meinem Lexikon darf man so nur die Frau eines Generals nennen und nie den General selbst.) Sie haben uns also Onika Baclay Doe vorgestellt. Der General Baclay freute sich, Yacouba nun bei sich zu haben. Sie hatte zwar schon einen Grigrimann und Fetischpriester, doch der war kein muslimischer Grigrimann. Bei bestimmten Gelegenheiten zweifelte sie an den Künsten und Praktiken ihres Grigrimanns. Mit Yacouba habe sie nun zwei, und das sei umso besser.

Ich wurde zu den Kindersoldaten geschickt. Dort hat man mir eine Kalaschnikow gezeigt. Fünf Kinder teilten sich jeweils eine Waffe, und die man mir zeigte, war ein neueres Modell als die, die ich bei der NPFL hatte.

Die Kindersoldaten wurden bei der ULIMO gut behandelt. Es gab ordentliches Essen, und man konnte Geld, Dollars, verdienen, wenn man den Leibwächter für die Goldgräber spielte. Ich wollte sparen. Ich wollte nicht alles, was ich verdiente, für Drogen verschleudern, wie es die anderen Kindersoldaten taten. Von meinen Ersparnissen habe ich Gold gekauft, und dieses Gold verwahrte ich in einem Fetisch, den ich bei mir trug. Ich wollte meiner Tante etwas mitbringen an dem Tag, an dem ich sie wiedersehen würde. Faforo (Schwanz meines Vaters)!

Der General Baclay, das war schon eine ulkige Wehrnummer. Eine ulkige Frau, sehr gerecht auf ihre Art. Sie erschoss, ohne Unterschiede zu machen, Frauen und Männer, alle

Diebe, egal ob sie eine Nadel oder ein Rind gestohlen hatten. Ein Dieb ist ein Dieb, und sie erschoss sie alle. Das war gerecht.

Sanniquellie, die Hauptstadt des Generals, war der Schlupfwinkel für Diebe. Alle Räuber der Republik Liberia schienen sich in Sanniquellie verabredet zu haben. Die Kindersoldaten wussten davon ein Lied zu singen. Sie schliefen im Drogenrausch ein, und sehr oft wachten sie nackt, total nackt, auf. Die Schurken hatten ihnen alles gestohlen, selbst die Unterhose. Nackt saßen sie neben ihrer Kalaschnikow.

Die Diebe, die in flagranti (in flagranti heißt: auf frischer Tat) im Laufe einer Woche erwischt worden waren, wurden verhaftet und im Gefängnis in Ketten gelegt. Sie mochten Hunger haben, wie es nun einmal der menschlichen Natur entspricht. Nichts zu machen, in Baclays Gefängnissen hatten die Beschuldigten kein Recht auf Nahrung.

Am Samstag gegen neun Uhr werden die Gefangenen in Ketten auf den Marktplatz geführt, wo die gesamte Bevölkerung zusammenkommt. Die Gerichtsverhandlung findet an Ort und Stelle und vor aller Augen statt. Sie besteht darin, den Tatverdächtigen zu fragen, ob er gestohlen habe, ja oder nein. Antwortet er mit Ja, wird er zum Tode verurteilt. Antwortet er mit Nein, wird er von Zeugen überführt und ebenfalls zum Tode verurteilt. (Überführen bedeutet laut Wörterbuch: jemanden zum Schweigen bringen, indem man beweist, dass er die Tat begangen hat.) Es ist also gehupft wie gesprungen, der Beschuldigte wird immer zum Tode verurteilt. Und die Verurteilten gehen unverzüglich zum Exekutionsplatz.

Dort bringt man ihnen dampfenden Reis mit Soße und großen Fleischstücken. Wie die Raubkatzen stürzen sie sich darauf, weil sie so hungrig, so wahnsinnig hungrig sind. Das

Essen ist gut, so unglaublich gut, dass viele Zuschauer Lust verspüren, mit den Verurteilten zu tauschen. Die Verurteilten essen viel und schnell. Sie schaufeln sich randvoll. Dann nehmen sie Abschied von ihren Freunden. Egal, ob der Verurteilte katholisch ist oder nicht, ein Pfarrer kommt und erteilt ihnen die Letzte Ölung. Sie werden an Pfähle gefesselt, und man verbindet ihnen die Augen. Manche weinen wie verzogene Gören. Das ist die Minderheit. Die meisten, die große Mehrheit, lecken sich die Lippen, lachen laut auf, so froh, so unglaublich froh sind sie, einmal gut gegessen zu haben. Unter dem Applaus der fröhlichen, glücklichen Menge werden sie dann erschossen.

Und trotzdem, ja trotzdem, stellen manche Zuschauer mit Überraschung fest, dass sie, während sie Beifall klatschten, von Dieben um ihr Portemonnaie erleichtert worden sind. Sie werden um ihr Geld erleichtert, weil es unwahrscheinlich viele Diebe in der Gegend von Sanniquellie gibt und die Exekution der einen den anderen keine Lehre ist. Faforo (Hintern meines Papas)!

Von ihrer Herkunft und Abstammung her war Onika Samuel Does Zwillingsschwester. Als die *natives* gegen die Afro-Amerikaner putschten, schlug sie sich ganz gut durch. (Sich gut durchschlagen heißt für eine junge Frau: von einem Punkt zum anderen gehen, sich prostituieren.) Damals hieß sie Onika Dokui. Nachdem das Komplott ihres Zwillingsbruders geglückt war, ernannte er sie zum Sergeanten der liberianischen Armee, und sie änderte ihren Namen und hieß nun Baclay. Baclay deshalb, weil es afro-amerikanisch klang, und man kann sagen, was man will, Afro-Amerikaner in Liberia zu sein, vermittelte ein gewisses Ansehen, das ist besser als ein schwarzafrikanischer *native* zu sein.

Kaum dass Samuel Doe aus Lomé von der Konferenz der Staatsoberhäupter der CDEAO zurückgekehrt war, ernannte er den Sergeanten Baclay zum Leutnant und übertrug ihr die Aufgabe, für seine persönliche Sicherheit zu sorgen. Nach dem Putsch der Gyos ernannte Samuel Doe sie zum Kommandanten der Präsidentengarde. Beim Tode von Samuel Doe, als er in Stücke gerissen wurde, ernannte sich Baclay selbst zum General und zum Oberhaupt der Gegend um Sanniquellie. Das heißt, der General war eine mit allen Wassern gewaschene Frau, die die Soße unten im Topf nicht von den *ouya-ouya* Männern aufschlecken ließ. Walahé!

Der General Onika war eine kleine Frau, energisch wie eine Ziege, der man das Zicklein weggenommen hat. Sie überwachte alles, mit ihren Tressen eines Generals und ihrer Kalaschnikow. Überall tauchte sie mit ihrem Geländewagen auf, der gespickt war mit bis an die Zähne bewaffneten Leibwächtern. Baclays Amtsführung war familiär. Die laufende Geschäftsführung überließ sie ihrem Sohn, Johnny Baclay Doe. Er war Oberst und befehligte das kampferprobteste Regiment. Dieser Sohn war mit drei Frauen verheiratet. Diese drei Frauen waren Kommandanten und leiteten die drei wichtigsten Bereiche: die Finanzen, das Gefängnis und die Kindersoldaten.

Sita hieß die, die sich um die Finanzen kümmerte. Sie war eine Malinké oder in der afro-amerikanischen Pidginsprache eine Mandingo. Sie kassierte die Pachtgelder, die die Goldgräber vierteljährlich für ihr Stück Boden zahlen mussten. Sie war Muslimin, aber nicht einen Deut menschenfreundlich. Goldgräber, die ohne Genehmigung arbeiteten, waren in ihren Augen Diebe, und die wurden samstagmorgens zum Tode verurteilt. Sie schaute zu, wie die Goldgräber erschossen wurden, und lachte schallend.

Monita war der Name des Kommandanten, der sich um die Gefängnisse kümmerte. Sie war evangelisch, menschenfreundlich und hatte ein goldenes Herz. Sie gab den Beschuldigten, die nicht das Recht auf den kleinsten Bissen hatten, zu essen. Sie machte denjenigen, denen nur noch wenige Stunden Lebenszeit blieb, Freude. Gesten wie diese sieht Allah und belohnt sie im Himmel.

Die sich um die Kindersoldaten kümmerte, hieß Rita und liebte mich mehr, als erlaubt war. Sie nannte mich den Filius des Grigrimanns Yacouba, und der Filius des Grigrimanns durfte sich alles erlauben. Manchmal, vor allem wenn General Onika nicht da war, nahm sie mich mit zu sich und bekochte mich liebevoll. Ich aß gut, und während der ganzen Mahlzeit sagte sie mir unentwegt: «Kleiner Birahima, du bist schön, du bist hübsch. Weißt du, dass du hübsch bist? Weißt du, dass du schön bist?» Nach dem Essen bat sie mich jedes Mal, ich möge mich ausziehen. Und ich gehorchte. Rita streichelte meinen *bangala*, sanft, ganz sanft. Ich bekam einen Ständer wie ein Esel und unaufhörlich murmelte ich: «Wenn General Baclay uns so sieht ...!»

«Hab keine Angst, der General ist nicht da», murmelte sie.

Immer wieder küsste Rita meinen *bangala*, und schließlich verschlang sie ihn, wie eine Schlange eine Ratte verschlingt. Sie machte aus meinem *bangala* einen großen Zahnstocher. Vor mich hin pfeifend, mit vollem Bauch und zufrieden verließ ich ihr Haus. Gnamokodé (Bastard)!

Sanniquellie war eine große Stadt an der Grenze, wo Gold und Diamanten aus der Erde geholt wurden. Trotz des Stammeskriegs wagten sich ausländische Händler, die der spottbillige Goldpreis anlockte, nach Sanniquellie. Die ganze Stadt stand unter dem Befehl des Generals. Onika Baclay hatte das

Recht, über Leben und Tod aller Menschen in Sanniquellie zu entscheiden, und sie machte Gebrauch davon. Und sie missbrauchte es.

Sanniquellie bestand aus vier Stadtteilen. Dem Viertel der *natives* und dem der Fremden, dazwischen lag der Markt. Das war der Markt, wo samstags die Diebe hingerichtet wurden. Am anderen Ende, am Fuß der Anhöhe, waren das Viertel der Flüchtlinge und oben auf der Anhöhe das Militärlager, in dem wir lebten. Die Grenzen des Militärlagers waren mit Pfählen markiert, auf denen Totenschädel steckten. Der Stammeskrieg will das so. Ein Stück weit hinter den Hügeln, in der Ebene, befanden sich der Fluss und die Minen. Sie wurden von Kindersoldaten überwacht. Die Minen und der Fluss, in dem das Erz gewaschen wurde, waren das absolute Chaos. Ich weigere mich, darüber zu sprechen, denn ich bin ein Straßenkind und ich mache, was ich will, alles andere ist mir scheißegal. Ich werde von den Mitinhabern der Minen erzählen, die die wahren Herren der Minen und von allem sind.

Die Mitinhaber oder Anteilseigner sind die wahren Chefs, die eigentlichen Herren am Ort. Sie wohnen dort, wo sie arbeiten, und ihre Häuser, ihre Unterkünfte, bilden eine richtige Festung. Sie wird von schwer bewaffneten und immer bekifften Kindersoldaten bewacht. Wo Kindersoldaten sind, da gibt es auch auf Pfähle gesteckte Totenschädel. Die Mitinhaber haben Geld. Jeder Goldgräber ist abhängig von einem Anteilseigner.

Anfangs hat der Goldgräber nichts außer seiner Unterhose. Der Anteilseigner finanziert ihm alles. Er finanziert die Hacken, den Korb, die Fressalien, und er zahlt jeden Monat einen halben amerikanischen Dollar für das Recht, den Boden auszubeuten.

Hat der Goldgräber sagenhaftes Glück, das heißt, findet

er einen Goldklumpen, so zahlt er dem Anteilseigner alles zurück, was er ihm schuldet. Was sehr selten geschieht, denn das sagenhafte Glück ereignet sich meistens erst, nachdem der Goldgräber bei seinem Anteilseigner bis über die Ohren verschuldet ist. Das bedeutet, dass er immer und ewig dem Mitinhaber zur Verfügung stehen muss. Dieser ist oft ein Libanese, und es ist verständlich, dass er oft umgebracht wird. Ja, es ist gut, dass sie grausam umgebracht werden, denn es sind Vampire. (Vampire sind laut Wörterbuch Leute, die entweder gern Blut saugen oder sich an der Arbeit anderer bereichern.)

Man muss mal gesehen haben, wie ein Goldgräber auf einen Goldklumpen stößt. Das lohnt einen Umweg. Der Typ gerät in helle Aufregung, er schreit laut und bittet die Kindersoldaten um Schutz. Und die ständig bekifften Kindersoldaten rennen herbei, umringen ihn und bringen ihn zu seinem Anteilseigner. Der berechnet die Schulden, bezahlt die Steuern und die Kindersoldaten, die für seinen Schutz gesorgt haben. Und den Rest, falls etwas übrig bleibt, gibt er dem Goldgräber. Der aber ist nicht zu beneiden, er braucht nun unbedingt einen Leibwächter, bis er alles Geld ausgegeben hat, und dieser Leibwächter ist zwangsläufig ein total bekiffter Kindersoldat. Walahé! Der Kindersoldat braucht ständig Drogen, und Haschisch wird nicht verschenkt, sondern kostet einen Haufen Geld.

Eines Nachts sind bis an die Zähne bewaffnete Straßenräuber nach Sanniquellie gekommen. Im Schutz der Dunkelheit sind sie wie richtige Gauner zwischen den Hütten herumgeschlichen und in das Stadtviertel der Anteilseigner eingedrungen. Sie haben zwei ihrer Häuser umzingelt. Das war nicht sehr schwierig, die *small soldiers* waren im Drogenrausch, und die Soldaten waren es auch. Die Banditen überraschten die Mitinhaber im Schlaf. Sie bedrohten sie mit ihren Kalaschnikows und verlangten von ihnen die Tresorschlüssel. Die Anteilseigner haben ihnen die Schlüssel gegeben. Die Straßenräuber haben sich bedient, haben sich reichlich bedient. Als sie abhauen und die Anteilseigner mitnehmen wollten und sich einer von ihnen geweigert hat, gab es ein Getöse. Ein Kindersoldat ist aufgewacht und hat um sich geschossen. Sie kennen ja nichts anderes, schießen, immer nur schießen. Jetzt gab es natürlich Zoff und eine wilde Schießerei. Und das Ende vom Lied: Tote, viele Tote. Walahé! Fünf Kindersoldaten und drei Soldaten wurden abgemurkst. Die Tresore restlos ausgeräumt, alles weg, und die Straßenräuber auf der Flucht, mit zwei Anteilseignern. Das muss man gesehen haben! Der Anblick war niederschmetternd. Überall Tote, tote Soldaten, tote Kindersoldaten, aufgebrochene Tresore. Zwei Anteilseigner waren verschwunden. Die toten Kindersoldaten waren keine Freunde von mir. Ich kannte sie nicht, darum halte ich auch keine Trauerrede für sie. Dazu bin ich nicht verpflichtet. Gnamokodé!

Onika Baclay hat sich zum Ort des Geschehens begeben. Sie konnte die Tränen nicht zurückhalten. Das war schon sehenswert. Eine Kriminelle wie Onika beweint die Toten. Krokodilstränen! Sie weinte nicht wegen der Leichen, sondern wegen der Gefahr, ihre Macht zu verlieren.

Onikas Strategie beruhte auf der Sicherheit der Anteilseigner. Ohne Anteilseigner keine Goldgräber, keine Ausbeutung der Minen und folglich keine Dollars. Sie garantierte für die Sicherheit der Mitinhaber und brüstete sich damit. Und nun waren zwei von diesen Herrschaften entführt worden, mitten in der Nacht und mitten in Sanniquellie. Alle Anteilseigner wollten abreisen, alle haben ihre Läden geschlossen. Onikas System war kurz davor, zusammenzubrechen.

Onika führte sich auf wie eine Verrückte. Ich werde das nie vergessen. Diese winzige Frau mit allem, was sie anhatte, brüllte: «Bleibt! Bleibt! Ich werde sie finden, sie herbringen. Sie stecken in Niangbo. Ich weiß es. In Niangbo.»

Ich horchte auf, als ich den Namen Niangbo hörte; die Stadt, in der meine Tante lebte. Die Straßenräuber kamen also ausgerechnet aus dieser Stadt.

Zwei Tage nach der Entführung traf die Lösegeldforderung ein. Die Straßenräuber forderten zehntausend amerikanische Dollar, und nicht einen weniger, für jeden entführten Anteilseigner.

«Das ist zu viel, zu viel, zehntausend amerikanische Dollar. Wo sie hernehmen? Wo sie herholen?», brüllte der General Onika. Kurz darauf wurden die Verhandlungen aufgenommen. Baclay konnte zweitausend Dollar pro Anteilseigner bieten. Die Räuber zeigten sich entgegenkommend, sie verlangten achttausend Dollar, aber nicht einen Dollar weniger, sonst würden sie den beiden Anteilseignern die Kehle durchschneiden.

Die Verhandlungen waren schwierig und langwierig, da Niangbo zwei Tagesmärsche von Sanniquellie entfernt lag.

Niangbo war eine offene, freie Stadt, die keiner Gruppierung gehörte. Sie musste sich neutral verhalten. Sie durfte Aktionen wie die Geiselnahme nicht zulassen. Sie hat sie aber zugelassen. Das war ein Fehler, für den die Bewohner Niangbos bezahlen sollten. Sie würden es sehr teuer bezahlen, murmelte der General Onika unentwegt.

Während die Verhandlungen andauerten, bereitete der General Onika heimlich die gewaltsame Einnahme von Niangbo vor. Wir Kindersoldaten haben am vierten Tag nach der Entführung den Marsch auf diese Stadt begonnen. Marschiert wurde nachts, tagsüber versteckten wir uns im Wald.

Um zu verhindern, dass wir unterwegs Dummheiten machten, wurde uns das Marihuana entzogen. So dass wir schlaff wie Erdwürmer waren. Besonders Feuerkopf war ganz mürbe vom Verlangen nach Drogen. Völlig verstört, wussten wir nicht, was wir tun sollten, und bettelten unaufhörlich um ein bisschen Hasch. Doch in den zwei Tagen und zwei Nächten, die unser Marsch dauerte, wurde die Vorschrift eingehalten.

Schließlich waren wir froh, am Sonntagmorgen in der Nähe von Niangbo angekommen zu sein. Wir wurden untergebracht und mit Marihuana in rauen Mengen versorgt. Wir waren die Ersten, die Vorhut, die Aufklärer. Wir waren wild aufs Kämpfen. Nach dem Kiffen fühlten wir uns alle stark wie Stiere und hatten vollstes Vertrauen in unsere Fetische. Hinter uns waren die Soldatentruppe und noch ein wenig weiter zurück der Führungsstab mit dem General Onika persönlich. Sie leitete die Operation, und sie wollte unbedingt dabei sein, wenn es daran ging, die Leute von Niangbo zu bestrafen. An ihrer Seite waren die beiden Fetischpriester, Yacouba und ihr alter Fetischpriester, der Sogou hieß. Sogou gehörte zum Stamm der Krahns. Zu jeder Jahreszeit trug er Federkränze auf dem Kopf und um die Hüften. Sein Körper war bunt bemalt mit Kaolin.

Der Angriff hatte bei Tagesanbruch begonnen. Wir hatten uns ganz nah an die ersten Hütten herangeschlichen. Jeweils fünf Kinder bedienten eine Kalaschnikow. Die erste Gruppe griff an. Zu unserer Überraschung wurden unsere ersten Feuerstöße aus den Maschinengewehren mit anderen Feuerstößen erwidert. Die Einwohner und Soldaten von Niangbo hatten uns also erwartet. Wir konnten sie nicht überraschen. Der Erste von uns, der die Kalaschnikow bediente, fiel um. Ein anderer nahm seinen Platz ein, auch er wurde niedergemäht. Dann kam der dritte. Der vierte setzte sich ab.

Wir zogen uns zurück und ließen unsere Toten liegen. Die ganze Strategie, die General Onika ausgearbeitet hatte, war in Frage gestellt. Soldaten übernahmen unsere Stellung als kämpferische Vorhut und sammelten die Leichen ein.

Wir Kindersoldaten mussten zum Führungsstab gehen, um unseren Fetischschutz überprüfen zu lassen. Bestimmt hatten wir Dummheiten gemacht, so dass unser Schutz gleich null war: drei Tote schon bei den ersten Gewehrsalven. Und tatsächlich, bei der Untersuchung stellte sich heraus, dass Kindersoldaten Tabus gebrochen hatten. (Ein Tabu ist ein ungeschriebenes Gesetz, das aufgrund bestimmter Anschauungen in einer Gesellschaft verbietet, bestimmte Dinge zu tun.) Wir hatten ein Verbot übertreten, indem wir Ziegenlamm gegessen hatten. Das ist in Kriegszeiten, wenn man mit Kriegsfetischen ausgerüstet ist, nicht erlaubt.

Ich war rot vor Wut. Nein … ein Schwarzer wie ich wird nie rot vor Wut: Das bleibt den Weißen vorbehalten. Der Schwarze verzieht das Gesicht. Ich verzog das Gesicht vor Wut, war rasend. Die Fetischpriester sind ausgemachte Schwindler. (Schwindler bedeutet laut Wörterbuch: eine wenig seriöse Person, Betrüger.) Ohne Witz! Weil wir Ziegenlammfleisch gegessen hatten, war es, behaupten die Fetischpriester, zu den drei Toten gekommen. Wie kann man nur so einen ungeheuren Mist erzählen!

Ich weinte für ihre Mütter. Ich weinte für alles, was sie nicht erlebt hatten. Unter den Leichen habe ich Ouedraogo den Schrecklichen erkannt.

Er, Ouedraogo der Schreckliche, war Opfer des Schulgelds, ihn hatte das Schulgeld in den Rachen des Kaimans geworfen, das heißt, zu den Kindersoldaten gebracht.

Sein Vater war Wächter einer der teuren Villen bei Deux Plateaux im großen Abidjan. Banditen überfielen den betuchten Mann, der daraufhin seinen Wächter der Komplizenschaft beschuldigte. (Betucht bedeutet: wohlhabend, vermögend.) Da es auf dieser Erde für die Armen keine Gerechtigkeit gibt, wurde Ouedraogos Vater gefoltert und ins Gefängnis geworfen. Einen Monat, zwei Monate lang kam kein Schulgeld mehr für Ouedraogo ... Als der dritte Monat anbrach, rief der Schuldirektor den Jungen zu sich und sagte: «Du bist der Schule verwiesen, du kannst erst wieder kommen, wenn du das Schulgeld hast.»

Ouedraogos Mama hieß Bita. Sie bat ihren Sohn: «Warte, ich werde das Schulgeld schon irgendwie zusammenkratzen, ich werde es dir bald bringen.» Bita verkaufte gekochten Reis, außerdem schuldeten Arbeiter einer Baustelle ihr noch fünfzehntausend Francs CFA. Mit diesen fünfzehntausend Francs hätte sie das monatliche Schulgeld von fünftausend Francs bezahlen können. Ouedraogo wartete eine Woche und noch eine ganze Woche; doch als nichts geschah, dachte er an seinen Onkel in Burkina Faso. Sein Vater hatte ihm oft von Boukari, einem seiner Brüder, erzählt, der Chauffeur war, ein Motorrad und ein Haus in der Gegend von Ougadougou hatte. Ouedraogo beschloss, sich bei diesem Onkel das Schulgeld zu holen. Er fuhr schwarz mit dem Zug in die Hauptstadt von Burkina Faso. (Schwarzfahren bedeutet: ein Transportmittel benutzen, ohne zu bezahlen.) Bei der Ankunft in Ougadougou wurde er erwischt und sofort zum Hauptkommissariat der Stadt gebracht.

«Wo sind deine Eltern?»

«Mein Onkel heißt Boukari. Er hat ein Motorrad und ein Haus.» Doch einen Mann zu finden, der ein Motorrad und ein Haus im Großraum Ougadougou besaß, kam der Suche nach einem Hirsekorn mit einem schwarzen Fleck in einem Getreidesack gleich. Ouedraogo lungerte eine Woche im Hauptkommissariat herum und wartete darauf, dass man seinen Onkel fand. In der zweiten Woche, als die Suche noch andauerte, nutzte der Junge eine Unachtsamkeit seiner Bewacher, um sich aus dem Staub zu machen und im Großraum Ougadougou zu verschwinden. (Sich aus dem Staub machen heißt, sich rasch und unbemerkt zu entfernen, eigentlich: sich in einer Staubwolke heimlich aus dem Schlachtgetümmel zu entfernen.) Ziellos irrte er durch die große Stadt. Während er so umherwanderte, entdeckte er einen Lastwagen aus Abidjan. Der Fahrer saß alleine darin: Sein Lehrjunge hatte ihn im Stich gelassen, weil er kein Geld bekam. Ouedraogo stellte sich rasch als ein kleiner Junge vor, der auch ohne Bezahlung arbeitet. Abgemacht, er wurde Fahrlehrling und Boy des Fahrers, der Mamadou hieß, wie mein Cousin. Mamadou zog Ouedraogo hinter den Lastwagen und erklärte ihm flüsternd die Mission des Lastwagens. Eine geheime Mission, über die Ouedraogo niemals sprechen dürfe. Der Lastwagen transportiere heimlich Waffen für Taylors Anhänger in Liberia. Der Lastwagen werde nicht auf direktem Wege nach Abidjan fahren.

Und tatsächlich kamen in der Nacht in Zivil gekleidete Militärs, sie brachten Mamadou und seinen Boy in einem Hotel unter und fuhren mit dem Laster davon, um ihn zu beladen. Morgens um vier Uhr kehrten sie mit dem beladenen Wagen zurück. Die Ladung war gut verpackt. Die Männer weckten Mamadou und Ouedraogo. Ein Offizier in Zivil setzte sich neben Mamadou in die Fahrerkabine, und ein anderer setzte sich mit Ouedraogo auf die gut verpackte Ladung. Und los ging es Richtung Grenze Liberia/Elfenbeinküste. Dort hielten sie an, und im selben Moment tauchten die Guerilleros aus dem Wald auf. (Ein Guerillero ist ein Untergrundkämpfer und ein Mitglied irregulärer Einheiten der einheimischen Bevölkerung.) Ein Guerillero nahm Mamadous Platz hinter dem Steuer ein, und drei andere stiegen auf die Ladefläche. Sie fuhren mit den Offizieren davon. Mamadou und Ouedraogo sollten in einer kleinen, versteckt gelegenen Kneipe auf sie warten.

Der Kneipenbesitzer war ein witziger Saufbold. Er lachte schallend, schlug seinen Gästen auf die Schulter und furzte ab und zu. Während er albernes Zeug redete, kamen vier vermummte Typen aus dem Wald. (Vermummt heißt: Sie tragen Strumpfmasken, die dort, wo die Augen sind, Löcher haben.) Sie überwältigten Mamadou und Ouedraogo und sagten dem Wirt, der am ganzen Körper zitterte: «Wir nehmen sie als Geiseln. Gegen fünf Millionen Francs CFA. Die Regierung von Burkina-Faso soll zahlen. Das Lösegeld muss spätestens in fünf Tagen bezahlt sein, nicht einen Tag später. Sonst kriegt ihr die Köpfe der Geiseln auf Stangen aufgespießt zurück. Ist das klar?»

«Ja», antwortete der immer noch zitternde Kneipenbesitzer. Mamadou und Ouedraogo wurden mit verbundenen Augen durch den Wald geführt, zu einer kleinen Strohhütte, wo man sie an Pfähle fesselte. In den ersten drei Tagen hatten sie drei Wächter, die besonders aufmerksam schienen. Am vierten Tag war nur noch einer übrig, und der schlief ein. Mamadou und Ouedraogo konnten sich von den Fesseln befreien und im Wald verschwinden. Ouedraogo bog aus dem Wald auf eine Straße ab. Sie verlief ganz gerade. Er ging sie entlang, ohne nach rechts und links zu sehen. Am Ende war ein Dorf, und in dem Dorf Kindersoldaten. Er stellte sich dem Anführer der Gruppe vor: «Ich bin Ouedraogo, ich will Kindersoldat werden.»

Wie er zu seinem Spitznamen «der Schreckliche» kam, ist eine andere lange Geschichte. Im Moment steht mir nicht der Sinn danach, sie zu erzählen, ich muss es ja auch nicht. Als ich Ouedraogo so daliegen sah, einfach tot, vergoss ich heiße Tränen, es tat mir weh, sehr weh. Und all das, wie diese Schwindler von Fetischpriestern behaupten, wegen eines Ziegenlamms. Faforo (Hintern meines Vaters)!

Neben Ouedraogo lag die Leiche von Sosso dem Panther.

Sosso der Panther war ein Junge aus der liberianischen Stadt Salaha. Er hatte einen Vater und eine Mutter. Der Vater war Wächter und Hilfsarbeiter. In einem Laden, der einem Libanesen gehörte, machte er alles, was anfiel, und vor allem trank er viel Palmwein und Whisky. Jeden Abend kam er völlig betrunken nach Hause. So betrunken, dass er seine Frau nicht mehr von seinem Sohn unterscheiden konnte. Er brüllte wie ein Schakal, zertrümmerte alles und schlug vor allem seine Frau und seinen einzigen Sohn. Jeden Abend, wenn die Sonne zu sinken begann, zitterten Sosso und seine Mutter vor Angst, denn das Familienoberhaupt würde betrunken nach Hause kommen, so sturzbetrunken, dass er nicht mehr einen Stier von einer Ziege unterscheiden konnte. Und dann würden sie was erleben!

Eines Abends, als sie ihn schon von weitem hörten, laut singend und lachend und wilde Flüche ausstoßend, dachten Sosso und seine Mutter daran, was sie nun wieder erwartete, und so versteckten sie sich in der Küche. Er trat ins Haus und konnte seine Frau und seinen Sohn nirgends sehen. Da packte ihn eine Wut, die noch unbändiger war als üblich, und er schlug alles kurz und klein. Sossos Mutter kam zitternd und weinend aus der Küche, um dieser Zerstörungsorgie ein Ende zu bereiten. Der Vater warf ihr einen Kessel an den Kopf, und die Mutter sank blutend zu Boden. In Tränen aufgelöst, griff Sosso nach einem Küchenmesser und stach auf seinen Vater ein, der aufschrie wie eine Hyäne und starb.

Sosso war jetzt ein Vatermörder, und so blieb ihm nichts anderes übrig, als sich den Kindersoldaten anzuschließen.

Wenn man keinen Vater, keine Mutter, keinen Bruder, keine Schwester, keine Tante, keinen Onkel hat, wenn man gar niemanden hat, wird man am besten Kindersoldat. Kindersoldaten werden all die, die auf der Erde und in Allahs Himmel nichts mehr zu suchen haben.

Wie Sosso zu dem Spitznamen «der Panther» kam, ist eine andere lange Geschichte. Im Moment steht mir nicht der Sinn danach, sie zu erzählen, ich muss es ja auch nicht tun. Als ich Sosso so daliegen sah, einfach tot, vergoss ich heiße Tränen, es tat mir weh, sehr weh. Und wenn ich an das bescheuerte Geschwätz der Fetischpriester dachte, die behaupteten, es wäre wegen eines Ziegenlamms, das wir zur falschen Zeit gegessen hatten, wurde mein Zorn noch heftiger. Faforo!

Wir haben sie alle zusammen in einem Sammelgrab beerdigt. Kaum war die Grube wieder geschlossen, haben wir Maschinengewehrsalven abgefeuert. An der Front gibt es keine Trauerzeremonien.

Onika glaubte hundertprozentig an den Quatsch der Fetischpriester, die meinten, es läge am zur falschen Zeit gegessenen Ziegenfleisch, dass die drei niedergemäht worden waren. Unsere Fetische mussten gereinigt werden, unsere Fetische, die Fetische von uns Kindersoldaten. Die Reinigungszeremonie muss am Ufer eines Bachs stattfinden, und die Wahl des richtigen Bachs war keine leichte Sache. Die

Wahl, die der eine Grigrimann traf, wurde unweigerlich vom anderen verworfen. Onika musste laut werden und drohen, bis sich der Fetischpriester-Grigrimann und der muslimische Grigrimann endlich einigen konnten.

Onika ließ sich mit ihrem Sohn und den Schwiegertöchtern am Ufer nieder, die anderen Mitglieder des Führungsstabs blieben um sie herum stehen. Man ließ die Kindersoldaten kommen, alle, etwa dreißig. Ich hatte, wie auch einige meiner Kameraden, meine Zweifel am Getue der Fetischpriester, und wir lachten uns während der ganzen Reinigungszeremonie ins Fäustchen. (Ins Fäustchen lachen heißt laut Wörterbuch, voll heimlicher Schadenfreude sein.) Wir mussten uns in einer Reihe aufstellen. Dann ließen sie uns einen nach dem anderen ein kurzes Gebet aufsagen.

Manen der Vorfahren, Manen aller Vorfahren.
Geister des Wassers, Geister des Waldes, Geister der Berge, alle Geister der Natur, ich erkläre demütig, ich habe gesündigt.
Ich bitte euch um Verzeihung am Tage und auch in der Nacht. Ich habe mitten im Krieg Ziegenfleisch gegessen.

Wir haben unsere Fetische abgelegt und sie auf einen Haufen gelegt. Der Haufen wurde angezündet, die Flammen machten alles zu Asche. Die Asche wurde ins Wasser gekippt.

Dann zogen sich alle Kindersoldaten nackt aus, ganz nackt. Das war nicht sehr schamhaft, da ja schließlich Frauen dabei waren, Sita Baclay, Monita Baclay und Rita Baclay. Als Letztere uns nackt sah, als sie mich nackt sah, musste sie bestimmt an die angenehmen Augenblicke denken, die wir gemeinsam verbracht hatten. Gnamokodé (Bastard)!

Die Fetischpriester stellten sich vor jeden Kindersoldaten hin, spuckten jedem Einzelnen auf den Kopf und verrieben die Spucke darauf. Den Kindersoldaten wurde der Befehl erteilt, ins Wasser zu springen. Was wir voller Freude und laut johlend taten. Nachdem wir uns ins Wasser gestürzt und heftig Radau gemacht hatten, wurde uns befohlen, aus dem Wasser herauszukommen. Alle Kindersoldaten gingen am rechten Ufer an Land. Wir ließen uns trocknen und liefen, immer noch nackt, bachabwärts bis zu einer kleinen Brücke, die wir überquerten, um ans linke Ufer zu gelangen, wo wir unsere Kleider und Waffen zurückgelassen hatten. Wir zogen uns an und stellten uns wieder in einer Reihe auf. Man überreichte uns neue Fetische. Ich und ein paar meiner Kameraden, die wir an der Wirksamkeit des Schwindels mit den Fetischen zweifelten, haben uns ins Fäustchen gelacht. Gnamokodé!

Vierundzwanzig Stunden lang hatten wir die Leute von Niangbo glauben lassen, wir wären mit unseren Toten abgezogen, im Wald verschwunden. Und dann am Morgen, sehr früh am Morgen, griffen wir an. Anhaltende Feuerstöße, wahnsinnig. Aber auch diesmal konnten wir sie nicht überraschen. Tak tak erwiderten sie unsere Attacke mit heftigem Maschinengewehrfeuer. Wieder zwangen sie uns in die Knie. Zwei unserer Soldaten hatte es erwischt, trotz ihrer albernen muslimischen Fetische und der des anderen Fetischpriesters. Der eine Soldat war auf der Stelle tot; der andere tödlich verletzt. Diesmal waren keine Kindersoldaten darunter, da wir nicht an vorderster Front standen. Wir griffen südlich des Dorfs an, in der Nähe des Bachs, nicht nördlich wie beim ersten Mal. Sie hatten also um den ganzen Ort herum Soldaten mit Kalaschnikows postiert. So wurden wir wieder zurückgeschlagen.

Es galt, eine neue Strategie zu entwickeln, auf unsere Fetische allein konnten wir uns nicht verlassen. Doch statt ihren Grips anzustrengen, hat Onika ein weiteres Mal diese idiotischen Fetischpriester um Hilfe gebeten. Sie haben ein paar Soldaten und einige Kindersoldaten, darunter Feuerkopf, zusammengerufen und diskutiert, welche Strategie nun einzuschlagen sei. Die Versammlung dauerte bis in den Abend hinein.

Plötzlich rannte Feuerkopf, mit mehreren Grigriketten geschmückt und mit der Kalaschnikow im Anschlag, auf die ersten Hütten des Ortes zu. Er lief und schoss dabei wie ein Wahnsinniger, pausenlos, er schoss für zehn. Und das trotz des Gegenangriffs der gegnerischen Soldaten, die das MG-Feuer mit MG-Feuer erwiderten. Das muss man gesehen haben, Walahé!, sonst glaubt man es nicht. Er rannte so dreist, so mutig durch das Schützenfeuer, dass die Soldaten gegenüber aufhörten zu schießen. Und abhauten. Sie waren so sehr in Panik geraten, dass sie ihre Waffen an Ort und Stelle zurückließen.

Darauf hatten unsere Leute gewartet. Alle zusammen begannen zu brüllen und stürmten auf die ersten Hütten zu. Und zu ihrer absoluten Überraschung kamen aus diesen Hütten die verängstigten Dorfbewohner mit weißen Fahnen in den erhobenen Händen. Überall, im ganzen Ort, sahen wir die Bewohner mit erhobenen Händen und mit weißen Fahnen.

Feuerkopf hatte durch seinen Mut und seine Fetische Niangbo erobert. Als die gegnerischen Schützen ihn durch den Kugelhagel laufen sahen, haben sie sich gesagt, dass Feuerkopfs Schutz mächtiger sei als ihre Grigris. Sie sind in Panik geraten und haben die Waffen weggeworfen.

Ich verstand nun bald gar nichts mehr von diesem verdammten Universum. Kapierte nichts von dieser chaotischen Welt. Begriff nichts von dieser beschissenen menschlichen Gesellschaft. Feuerkopf mit seinen Fetischen hatte gerade Niangbo erobert! Stimmt er nun oder stimmt er nicht, dieser Quatsch mit den Grigris? Wer kann mir das beantworten? Wo die Antwort suchen? Nirgends. Ist vielleicht doch etwas dran an diesem Gerede von den Grigris ... oder ist es nur ein Bluff, ein Betrug, in ganz Afrika rauf und runter. A faforo (Hintern meines Vaters)!

Der ganze Ort war von vier Straßenräubern als Geisel genommen worden. Es waren dieselben vier, die in Sanniquellie zwei Anteilseigner in ihre Gewalt gebracht hatten. Sie hatten auch das Oberhaupt und die Amtsinhaber der Stadt Niangbo ins Gefängnis gesperrt. Jeweils einer dieser vier hatte sich im Norden, im Süden, im Osten und Westen postiert. Sie waren es, die die Kindersoldaten getötet hatten. Kaum waren die vier im Wald verschwunden, sind alle Bewohner aus ihren Hütten gekommen. Sie veranstalteten ein Freudenfest. Wir waren die Befreier. Auf dem Dorfplatz wurde ausgelassen getanzt.

Man muss das Luder Onika gesehen haben, wie sie die Befreierin spielte. Das war einen Umweg wert. Sie setzte sich in die Mitte, auf der einen Seite ihren Sohn, auf der anderen die Schwiegertöchter, und sie thronte wie ein Nabob, wie ein Boss. Der Trommler ging auf sie zu, kniete sich vor ihren Füßen nieder und spielte ihr zu Ehren. Da stieß sie Urschreie aus und stürzte sich in den Kreis der Tanzenden. Mit allem: mit ihren Tressen, ihrer Kalaschnikow, ihren Grigris und allem. Ihr Sohn und die Schwiegertöchter machten es ihr nach und begaben sich ebenfalls in den Kreis. Die Frauen hoben

Onikas Arme in die Luft. Zwei pro Arm. Und alle Menschen fingen an zu klatschen, sie sangen und lachten wie von Sinnen. Die Schwiegertöchter und der Sohn ließen Onika allein in der Mitte des Kreises. Sie begann den Affentanz. Man muss die übergeschnappte Onika gesehen haben, wie sie wie ein Affe herumsprang, wie sie mit ihren Generalsstreifen wie ein Straßenkind einen Purzelbaum schlug, so betrunken war sie vom Palmwein, sternhagelvoll. Sie war überglücklich und mächtig stolz auf ihren Sieg.

Nach dem Tanz nahm sie wieder Platz, die Schwiegertöchter und der Sohn setzten sich neben sie. Sie küssten sich auf den Mund. Das Stimmengewirr legte sich. Und Onika sprach.

Sie ließ die beiden Grigrimänner in den Kreis treten: Yacouba und Sogou. Sie gratulierte ihnen öffentlich. Dank ihrer Künste habe Niangbo ohne viele Tote eingenommen werden können. Die Grigrimänner waren stolz und glücklich. Sie haben sich im Kreis der Tanzenden gedreht und mit den Fetischen gespielt.

Sie ließen die beiden Anteilseigner, die entführt worden waren, in die Mitte des Kreises treten. Der General erklärte, warum sie überlebt hätten. Wegen der Fetische und der Opfergaben! Weiter sprach sie, die vier Banditen, die die Stadt Niangbo besetzt hatten, würden verfolgt und verhaftet. Sie würden in Stücke gerissen, und Teile ihrer Leichen würden überall dort ausgelegt, wo sie Verbrechen begangen haben, um den Zorn der Fetische, den sie heraufbeschworen haben, zu besänftigen. Soldaten seien auf der Suche nach ihnen. Sie würden die vier letztendlich schnappen. Ganz bestimmt, wenn Gott es so will, wenn Gott es so will … Amen!

Plötzlich sind zwei Mandingos in schmutzigen Boubous auf Yacouba zugegangen, und einer von ihnen hat so laut gerufen, dass sie beinahe die Aufmerksamkeit aller auf sich gezogen hätten.

«Du da, ich kenne dich. Du warst früher in Abidjan Transportunternehmer, Geldscheinvervielfacher, Heiler und was weiß ich noch alles. Walahé! Ich kenne dich, du heißt Yacouba ...»

«Sei still!», unterbrach ihn Yacouba. «Du schreist so laut, dass dich alle hören können.» Er zog ihn beiseite und sprach leise auf ihn ein: «Wenn du mich kennst ... musst du es nicht an die große Glocke hängen. Der General könnte es hören, und das wäre nicht gut für mich.» Yacouba wollte nicht, dass Onika erfuhr, was er schon alles in seinem beschissenen Leben angestellt hatte.

Doch schließlich fiel Yacouba auf, dass einer der beiden Mandingos sein Freund Sekou war. Sekou Doumboya, der ihn mit seinem Mercedes in der Universitätsklinik Yopougon in Abidjan besucht hatte. Inzwischen war er allerdings so sehr abgemagert, dass Yacouba ihn nicht sofort erkannt hatte. Die beiden umarmten sich. Und danach tauschten sie die kilometerlangen Begrüßungsförmlichkeiten aus, die üblich sind, wenn sich Dioulas treffen. «Wie geht es dem Cousin der Schwägerin deines Bruders?» Und so weiter.

Nach einer Minute des Schweigens sprachen Sekou und sein Begleiter über die Leute aus unserem Dorf, die sich mittlerweile in diesem kaputten Liberia aufhielten. Laut Sekous Begleiter befanden sich Mahan und ihr Mann auch darunter.

«Aber Mahan, das ist doch meine Tante», habe ich gerufen. Da sind wir beide in die Luft gesprungen wie Hyänen, die gerade eine Ziege reißen.

«Mahan! Mahan!», rief Yacouba und zeigte auf mich. «Das ist die Tante von diesem Kleinen. Ich suche sie schon so lange. Wo wohnt sie? Wo?»

Und wir haben uns beeilt wie Leute, die an Durchfall leiden. Man muss das gesehen haben, wenn ein humpelnder Bandit wie Yacouba sich einmal beeilt! Wir haben Grundstück für Grundstück abgesucht, Hütte für Hütte. Vor manchen Hütten lagen Leichen, alle Arten von Leichen, manche mit offenen Augen wie Schweine, denen man schlecht die Kehle durchgeschnitten hat. Wir haben die Grundstücke im Norden und die Grundstücke im Süden abgesucht, bis zum Umfallen ... Aber ohne Erfolg, und das demoralisierte uns allmählich. (Demoralisieren heißt: jemanden entmutigen, seinen Kampfgeist untergraben.) Wir waren nicht mehr mit dem Herzen bei der Sache, wollten nichts mehr tun. Wir beobachteten die Fliegen, wie sie von rechts nach links flogen, und sagten kein Wort. Plötzlich blieb Sekous Begleiter stehen, bückte sich, ging wieder voran und betrat ein Grundstück mit einer Hütte. Er brüllte wie ein Stier: «Walahé! Walahé! Das ist Mahans Hütte! Mahan, hier drin!»

Die Tür stand halb offen. Yacouba hat sie aufgestoßen. Nichts, die Hütte war leer, und wir gingen in den Hof, und dort, gnamokodé (verdammt nochmal), saßen Tausende von Fliegen, die größer waren als Bienen, auf einer Leiche. Die Fliegen sind mit dem Lärm eines Flugzeugs, das flach über den Boden fliegt, aufgeflogen und haben eine in ihrem Blut liegende Leiche freigegeben. Übel zugerichtet, mit eingeschlagenem Schädel, herausgerissener Zunge und säuberlich abgetrenntem Glied. Es war, faforo (Hintern meines Vaters)!, die Leiche von Tante Mahans Ehemann, nicht Morifing, der gewalttätige Jäger, sondern ihr zweiter Mann. Wir sind stehen geblieben, haben angefangen zu weinen wie schlecht erzogene Kinder, die noch ins Bett pinkeln. Plötzlich haben wir einen Mann gesehen, der sich uns vorsichtig näherte. Der Mann war ein *native*, ein schwarzafrikanischer Eingeborener. Er zitterte noch wie ein Blatt im heftigsten Sturm.

«Das waren die Krahns», sagte er. «Sie mögen die Mandingos nicht. Sie wollen keine Mandingos in Liberia sehen. Die Krahns haben ihm den Kopf zerschmettert; sie haben ihm die Zunge und das Glied abgeschnitten, damit wollen sie ihre eigenen Fetische mächtiger machen. Seine Frau, die gute Mahan, hat alles gesehen, sie ist schnell weggelaufen und hat sich bei mir versteckt. Als die Krahns endlich verschwunden waren, habe ich sie zum Waldrand gebracht. Sie ist in den Wald hineingelaufen, nach Süden gelaufen … Sie ist so gut, die Mahan, so unglaublich gut.»

Und der Typ fing auch an zu schluchzen.

«Wohin, wohin ist sie gegangen?», rief Yacouba, der sich gleich auf den Weg machen wollte.

«Sie ist schon seit zwei Tagen weg. Ihr könnt sie nicht einholen; ihr werdet sie nicht mehr finden.»

Wir standen da mit offenem Mund. Wie betäubt. Wir waren völlig demoralisiert. Es lief nicht gut für die Tante. Sie schwebte in höchster Lebensgefahr.

Wir kehrten zu dem Platz zurück, wo Onika kurz zuvor noch den Affentanz getanzt hatte. Zu unserer Überraschung war das Fest bereits zu Ende. Es herrschte allgemeine Aufregung, ein großes Durcheinander und Hin- und Hergerenne. Es wurde gebrüllt und geflucht.

Onika hatte gerade die Nachricht erhalten, dass die NPFL ihre Abwesenheit und die des Führungsstabs ausgenutzt und Sanniquellie angegriffen hatte. Ohne auf Widerstand zu stoßen, hatte sie die bedeutende Stadt mit all ihren Reichtümern in Besitz genommen. Mühelos, sozusagen im Handumdrehen, hatte sie die Stadt erobert. Sie unterstand jetzt dem Befehl der NPFL. General Onika Baclay tobte. Die kleine Frau lief mit ihren Tressen, ihrer Kalaschnikow und ihren Fetischen auf und ab, sie schrie, fluchte und kommandierte.

Schon immer hatte die NPFL das Kommando über Sanniquellie haben wollen. Mehrere Male hatte sie die Goldgräberstadt angegriffen, jedes Mal war sie mit schweren Verlusten zurückgeschlagen worden.

«Sie haben meine Abwesenheit ausgenutzt, um dieses üble Ding zu drehen. Wie feige. Das sind keine Männer, sondern elende Feiglinge!», brüllte Onika.

Was konnte sie nun tun? Ihr Stützpunkt war verloren, ihre Organisation führungslos. Sie hatte keine Waffen mehr. Keine MGs, ausgenommen die des kleinen Sondertrupps, den sie für die Operation in Niangbo mitgenommen hatte. Mit dem großen Waffenlager in Sanniquellie konnte die NPFL ihre Verteidigung bestens organisieren. Onikas gesamter Besitz, ihr ganzes Gold war in die Hände der Feinde gefallen.

Onika setzte sich hin, ihr Sohn und die Schwiegertöchter an ihrer Seite. Soldaten und Kindersoldaten haben sie umringt. All diese Leute haben sich versammelt, haben einen Kreis gebildet und ein Heulkonzert angestimmt. Eine Bande von Straßenräubern, von Kriminellen der schlimmsten Sorte, sitzt da und weint. Das muss man erlebt haben, das lohnt den Umweg.

Einen endlosen halben Tag ging das so. Nach den Tränen kamen der Hunger und der Durst. Die Leute haben sich zusammengerissen und sind aufgestanden. Die kleine Armee hat sich in zwei Reihen aufgestellt, der General an der Spitze. Sie sind nach Norden marschiert, um zu den Rebellengruppen der ULIMO zu stoßen. Im Norden befanden sich massenweise Leute der ULIMO.

Wir, Yacouba, der humpelnde Bandit, und ich, das Straßenkind, haben den Weg nach Süden eingeschlagen. Denn in diese Richtung war Tante Mahan geflüchtet. Wir hatten nur unsere Kalaschnikows als Proviant, denn Allah lässt einen Mund, den er geschaffen hat, niemals leer.

Heute, am 25. September, habe ich es wirklich satt. Ich habe genug davon, mein Leben zu erzählen, und aus den Wörterbüchern abzukritzeln. Lasst mich verdammt noch mal in Ruhe. Ich bin jetzt still, ich sage heute kein Wort mehr … Gnamokodé (verdammt nochmal)! Faforo (Beim Schwanz meines Vaters)!

IV

WIR, YACOUBA, der humpelnde Bandit, Geldscheinvervielfacher und muslimische Fetischpriester, und ich, Birahima, das Straßenkind ohne Furcht und Tadel, *the small soldier,* wir wanderten Richtung Süden, als wir unserem Freund Sekou mit einem Paket auf dem Kopf begegneten. Er ging von Süden nach Norden. In Niangbo hatten wir uns voneinander getrennt, ohne uns gebührend voneinander zu verabschieden. Wenn Dioulas sich im liberianischen Wald treffen, dann gibt es eine Begrüßung nach der anderen, kilometerlange Begrüßungen. Und am Ende vom Ende der Begrüßung erzählte uns Sekou etwas Wunderbares: Überall auf der Welt wollten die Menschen nicht länger tatenlos zusehen, wie sich in Liberia die schwarzafrikanischen Eingeborenen gegenseitig wie blutrünstige Raubtiere abschlachteten. Alle hätten es gründlich satt, tatenlos zuzuschauen, wie die Straßenräuber Liberia unter sich aufteilten und eine Gräueltat nach der anderen begingen. Sie wollten die Banditen nicht länger gewähren lassen. Die Staaten hätten sich an die UNO gewandt, und die UNO habe die CDEAO, die Gemeinschaft westafrikanischer Staaten, aufgefordert, endlich einzuschreiten. Daher habe die CDEAO Nigeria gebeten, die humanitäre Intervention auf Liberia anzuwenden. (Die humanitäre Intervention ist das Recht, das man Staaten gibt, Soldaten in einen anderen Staat zu entsenden, um dort arme Unschuldige in ihrem eigenen Land, in ihrem eigenen Dorf, in ihren eigenen Hütten, auf ihren eigenen Matten zu töten.)

Und Nigeria, das bevölkerungsreichste Land Afrikas, das viele Militärs hat und nicht weiß, was es mit ihnen anfangen soll, hat seinen Soldatenüberschuss nach Liberia geschickt und ihm das Recht gegeben, die unschuldige Zivilbevölkerung und alle anderen niederzumetzeln. Die nigerianischen Truppen nennen sich Vermittlungstruppen der ECOMOG. Mittlerweile führen sie in ganz Liberia und sogar in Sierra Leone Operationen durch. (Operation ist ein chirurgischer Eingriff oder ein nach Plan genau abgestimmter Einsatz von Streitkräften.) Im Namen der humanitären Intervention metzeln sie, wie es ihnen gefällt. Auf diese Weise, heißt es, vermitteln sie zwischen den verfeindeten Gruppierungen.

Wir haben Sekou Doumboya, den Überbringer dieser Nachrichten, noch einmal gegrüßt, haben ihm gedankt und uns verabschiedet. Wir waren noch nicht lange gelaufen, nicht einmal einen ganzen Tag, als wir in ein Lager kamen, wo sich die Anhänger von Prince Johnson befanden. Im Stammeskrieg werden die Grenzen der Lager immer mit menschlichen Totenschädeln markiert, die auf Pfählen stecken. So war es auch hier.

Prince Johnson war der dritte große Straßenräuber. Ihm gehörten weite Teile Liberias. Aber er war ein Prinz, das heißt, ein sympathischer Bandit, der gewisse Prinzipien hatte. Ja, große Prinzipien. Schließlich war er ein Mann der Kirche. Er hatte sich die Prinzipien eines Ehrenmanns in den Kopf gesetzt, eines aufrichtigen und uneigennützigen Vorkämpfers der Freiheit. Er hatte zum Gesetz erhoben, dass ein Kriegsführer, der mit der Waffe in der Hand Liberia befreit habe, sich anschließend nicht den Liberianern zur Wahl stellen dürfe. Dies widerspreche der Ethik (die Ethik ist, laut Wörterbuch, die Lehre vom sittlichen Wollen und Handeln der Menschen in verschiedenen Lebenssituationen) und dem Anstand (der Anstand ist, laut Wörterbuch, das Einhalten der guten Sitten, der Konventionen, der Schicklichkeit). Er hatte sich noch ein weiteres Prinzip eines Ehrenmanns in den Kopf gesetzt: Ein Freiheitskämpfer plündert und stiehlt nicht, sondern er bittet die Einwohner um etwas zu essen. Das Verrückte dabei ist (ich wette, ihr glaubt es mir nicht!): Er hält dieses Prinzip tatsächlich ein. Walahé (im Namen Allahs)!

Daher lässt er jeden Guerillero, der zu ihm kommt, einsperren und schwören, dass er bis zum letzten Blutstropfen den Kriegsführer bekämpfen wird, der sich zur allgemeinen Wahl stellen, Präsident werden und Liberia, das geliebte befreite Vaterland, unter sein Kommando stellen will.

Yacouba und ich blieben eine Woche lang unter grauenhaften Bedingungen eingesperrt. Am Ende der Woche haben wir besagten Eid abgelegt, der niemanden zu etwas verpflichtet. Er kann auch niemanden verpflichten, weil Liberia im Stammeskrieg ein einziger Saustall ist, wo niemand die Zeit oder die Muße hat, einen Guerillero wegen Meineids zu belangen. (Meineid ist laut meinem Wörterbuch ein Eid, mit dem wissentlich oder vorsätzlich etwas Unwahres beschworen wird.) Nach diesem Eid erlegen die Grigrimänner dem Neuankömmling eine Prüfung nach der anderen auf.

Er wird bis auf die Haut ausgezogen wie ein Wurm und mit einem Sud bespritzt, der nach Urin stinkt. Man lässt um seinen Kopf einen Fetisch und ein Kreuz kreisen. Der Fetisch wird von einem Träger bezwungen, um dessen Hals ein großes Kreuz hängt, auf das der sterbende Jesus Christus genagelt ist. Den Träger durchläuft ein Zittern und ruckartiges Schütteln. Und warum das alles? Um sicherzustellen, dass der Neuankömmling kein Seelenfresser ist.

Die wollte Prince Johnson nicht. Davon hatte er mehr als

genug in seinem Gebiet, das ein Schlupfwinkel für Seelenfresser war. (Die schwarzafrikanischen Eingeborenen behaupten, dass Schwarzafrikaner sich in der Nacht in Eulen verwandeln und den ihnen Nahestehenden die Seele rauben und sie im Laub hoher Kapokbäume, in den großen Bäumen des Dorfs, essen. So kann man es im *Verzeichnis der lexikalischen Besonderheiten* unter dem Stichwort «Seelenfresser» nachlesen.)

Yacouba und ich brachten die Prüfungen hinter uns, und zum Glück fiel kein Verdacht auf uns. Denn Seelenfresser werden geschlagen und fortgejagt oder eingesperrt und gefoltert, bis sie die Blutkugel erbrechen, die sie in sich haben. Diese Blutkugel herauszuwürgen, ist für einen Seelenfresser alles andere als leicht. Er wird getreten wie ein räudiger Hund und bekommt ein Brechmittel verabreicht, mit dem man zwei Pferde zum Kotzen bringen könnte.

Als Yacouba sich als großer Grigrimann vorstellte, sprach Johnson ein kurzes, frommes, christliches Gebet, das mit den Worten endete: «Mögen Jesus Christus und der Heilige Geist darüber wachen, dass deine Fetische stets ihre Kraft behalten.» Johnson war zutiefst christlich. Yacouba antwortete: *«Chi Allah la ho.»* (*Chi Allah la ho* bedeutet laut *Verzeichnis der Besonderheiten*: Möge Allah es wollen.)

Der Prinz hatte bereits einen Fetischpriester, einen christlichen Fetischpriester. In dessen Beschwörungen kamen immer Bibelworte vor, und das Kreuz war allgegenwärtig. Johnson war froh, nun mit Yacouba einen muslimischen Fetischpriester kennen zu lernen. Es war das erste Mal, dass er mit einem Muslim zu tun hatte. Fortan würden seine Freiheitskämpfer außer ihren christlichen Fetischen auch noch Amulette tragen, auf die Koranverse in arabischer Schrift gekritzelt waren.

Es versteht sich von selbst, dass ich in die Brigade der Kindersoldaten gesteckt wurde, zu den *small soldiers*, den *children soldiers* und so weiter. Also gab's für mich wieder eine Kalaschnikow und zu große und zu weite Fallschirmspringerkleidung. Das Essen war hundsmiserabel, schlichtweg ungenießbar. Gekochter Maniok, und davon auch noch zu wenig. Ich musste mir dringend etwas einfallen lassen und etwas unternehmen. Also habe ich mich mit möglichst vielen Kameraden angefreundet. Zusammen haben wir uns dann recht gewieft weitergeholfen, indem wir Proviant stibitzten. Das heißt aber nicht, dass wir gestohlen hätten, denn Allah in seiner unendlichen Güte hat niemals gewollt, dass ein Mund, den er geschaffen hat, zwei Tage lang leer bleibt. Walahé (im Namen Allahs)!

Um die Wahrheit zu sagen, Prince Johnson war ein Visionär. (Visionär ist ein Mensch, der eine besondere Begabung für übernatürliche Erscheinungen oder für Bilder hat, die eine Vorstellung von Zukünftigem ausdrücken.) Und mit einem Visionär diskutiert man nicht. Die Worte eines Visionärs nimmt man nicht für bare Münze. (Etwas für bare Münze nehmen heißt: törichterweise an das Gesagte oder Versprochene glauben.) Samuel Doe, der Diktator, hat dies zu spät gelernt. Leider! Er sollte es erst begreifen, als er, noch so gerade am Leben, mit eigenen Augen ansehen musste, wie ihm seine Gliedmaßen Teil für Teil, Stück für Stück ausgerissen wurden. Wie Gegenstände aus einer alten Kiste, in die man Ordnung bringen will.

Walahé! Es war zwölf Uhr mittags, genau zehn Minuten nach zwölf, als ein Offizier der ECOMOG vor Johnsons Lager, vor Johnsons Allerheiligstem, am Hafen von Monrovia erschien. Wie jeden Mittag war Prince Johnson in ein Gebet vertieft und tat Buße. Er kniete auf den Kieselsteinen und betete immer so lange, dass seine Knie geschunden waren.

Der Offizier trat auf ihn zu und teilte ihm mit, dass Samuel Doe höchstpersönlich sich im Führungsstab der ECOMOG, mitten in Monrovia, befinde. Der Führungsstab war ein neutraler Ort, jeder Kriegsführer wurde entwaffnet, bevor er ihn betreten durfte. Auch Samuel Doe hatte den Führungsstab der so genannten Vermittlungstruppen ohne Waffen betreten, und seine neunzig Leibwächter gingen mit leeren Händen hinter ihm her. Samuel Doe hatte diesen Ort aufgesucht, um den kommandierenden General zu bitten, als Vermittler zwischen ihm, Samuel Doe, und Prince Johnson aufzutreten. Er hatte nur diese eine Bitte: ein Gespräch mit Johnson. Denn Liberia hatte den Krieg seiner Kinder satt. Da Johnson mit Taylor gebrochen hatte, könnte Samuel Doe sich mit Johnson einig werden. Er wollte den Krieg, der dem geliebten Vaterland so viel Schlimmes angetan hatte, durch Verhandlungen beenden.

Johnson hörte dies, leckte sich genüsslich die Lippen und rief: «Jesus Christus, mein Herr! Jesus Christus, mein Herr!» Er konnte kaum glauben, dass Samuel Doe höchstpersönlich sich im Lager der ECOMOG aufhalte. Dann dankte er überschwänglich Jesus Christus und allen Heiligen. Als er sich wieder beruhigt hatte, hielt er dem Offizier eine Rede im selben Ton, den Samuel Does Bote angeschlagen hatte: Auch er, Prince Johnson, sei kriegsmüde. Samuel Doe sei ein Patriot, dessen Vorgehensweise er zu schätzen wisse. Er, Prince Johnson, werde ihn auf den Mund küssen wie einem Freund. Sie würden unter vier Augen über die Angelegenheiten des geliebten und gesegneten Vaterlands Liberia reden, als echte Freunde und Patrioten. Und so weiter.

Der Offizier solle vorausgehen und Samuel Doe im Lager der ECOMOG Johnsons gute Botschaft übermitteln. Was der Offizier auch tat. Samuel Doe vernahm diese honigsüßen Worte und glaubte sie. Er erwartete Johnson in aller Ruhe, rauchend, auf einem Stuhl im Führungsstab der Vermittlungstruppen.

Kaum dass der Offizier ihm den Rücken zugekehrt und das Lager verlassen hatte, brach Johnson in ein irres, unbändiges Gelächter aus. Ein Mann, der dem liberianischen Volk so viel Schlimmes angetan hatte, murmelte er vor sich hin, sei ein Mann des Teufels. Er dagegen, Johnson, sei ein Mann der Kirche, der auf Befehl Gottes in den Stammeskrieg gezogen sei. Gott habe ihm befohlen, in den Stammeskrieg zu ziehen. In den Stammeskrieg zu ziehen, um die Männer des Teufels zu töten, die dem liberianischen Volk so großes Leid zufügen. Und der erste dieser Männer des Teufels sei Samuel Doe, der sich nun schutzlos im Zentrum von Monrovia befinde. In seiner unendlichen Güte biete Gott ihm, dem Christen, jetzt die einmalige Gelegenheit, mit diesem Teufel ein für alle Mal Schluss zu machen. Die Stimme des Herrn sprach ohne Umschweife und eindeutig, sie drängte ihn zur Tat.

Er stellte ein Kommando aus etwa zwanzig kampferprobten Soldaten zusammen. Er selbst übernahm das Kommando über das Kommando. Sie versteckten ihre Gewehre und Messer unter den Sitzen des Jeeps; dort waren sie gut verborgen; die Soldaten konnten die erste Schranke der ECOMOG passieren, wo alle Gäste ihre Waffen ablegen müssen. Kaum befanden sie sich im Inneren des Camps, holten sie die Waffen hervor und metzelten Samuel Does neunzig Leibwächter nieder. Sie stürmten in den ersten Stock, wo Samuel Doe und der ghanaische General, der Kommandant der ECOMOG, miteinander sprachen. Das Kommando befahl allen, sich auf den Boden zu legen, und überwältigte Samuel Doe. Johnson gab Befehl, dass Doe die Hände hinter dem Rücken gefesselt wurden, dass er die Treppe hinunterging, und warf ihn in einen Jeep, mitten unter die bis an die Zähne bewaffneten Soldaten. Das alles geschah so rasend schnell, dass die ECOMOG-Soldaten keine Zeit hatten, sich darauf einzustellen, zu reagieren. Das Kommando konnte mit Gewalt, aber ohne zu schießen, das Tor des Camps öffnen. Das Kommando brachte Samuel Doe zum Hafen in Johnsons Allerheiligstes (das Allerheiligste ist laut meinem Wörterbuch die geweihte Hostie im Tabernakel und bedeutet auch abgeschlossener, geheimer und geheiligter Raum). Und dort ließ er ihn losbinden und zu Boden werfen.

Fußtritte, Fausthiebe; mit einem irren Lachanfall fiel Johnson über Samuel Doe her und brüllte: «Du, der Präsident Liberias, du führst Krieg, um Präsident zu bleiben. Du bist vom Teufel besessen! Du willst Präsident bleiben mit der Gewalt der Waffen. Präsident der Republik, Präsident aller Liberianer. Herr Jesus Christ!» Und er packte ihn am Ohr und zwang ihn, sich aufzusetzen. Er schnitt ihm die Ohren ab, erst das linke, dann das rechte. «Du willst mit mir reden. Schau, so rede ich mit einem Mann des Teufels.» Je mehr Blut floss, umso schallender wurde Johnsons Gelächter. Schließlich befahl er, Samuel Doe die Finger abzuhacken, einen nach dem anderen; und da der Gemarterte wie ein Kalb schrie, ließ er ihm die Zunge herausschneiden. Inmitten eines Blutschwalls machte sich Johnson über die Arme her, erst den einen, dann den anderen. Als er ihm das linke Bein abschlagen wollte, hatte der Gemarterte genug: Er hauchte seine Seele aus. (Die Seele aushauchen ist ein gehobener, verhüllender Ausdruck für sterben.)

Erst in diesem Augenblick trafen die Soldaten der ECOMOG in Johnsons Lager ein, um über die Freilassung zu verhandeln. Sie waren zu spät gekommen. Sie stellten fest, dass die Todesstrafe verhängt worden war und beteiligten sich an dem, was noch folgen sollte.

In seinem Rauschzustand erteilte Johnson immer neue Befehle und brach immer wieder in irres Gelächter aus. Die Soldaten rissen Samuel Doe das Herz aus dem Leib. Um die Grausamkeit, die Wildheit zu steigern, um noch barbarischer und unmenschlicher zu sein, aß einer von Johnsons Offizieren menschliches Fleisch, ja, richtiges Menschenfleisch. Samuel Does Herz wurde für diesen Offizier zurückgelegt, der daraus ein zartes, köstliches Schaschlik zubereitete.

Anschließend bauten sie außerhalb der Stadt, an der Straße, die zum Friedhof führte, schnell ein hohes wackliges Gerüst auf. Dorthin brachten die Soldaten die Leichenteile des Diktators, die sie dann auf das Gerüst warfen. Zwei Tage und zwei Nächte überließen sie den Aasgeiern diese Reste. Bis der Königsgeier majestätisch die letzte Operation vornahm. Er hackte Samuel Doe die Augen aus, hackte beide Augen aus den Höhlen. So nahm der Königsgeier dem Diktator und seinen zahlreichen Fetischen die Macht.

Endlich holte man die Leichenreste, die die Luft im Umkreis von einem Kilometer verpesteten, wieder herunter und warf sie einer Hundemeute zum Fraß vor. Zwei Tage und zwei Nächte lang hatten sich die Tiere unter dem Gerüst ungeduldig angebellt und gebissen. Jetzt stürzten sie sich auf die Leichenteile, zerfetzten sie und teilten sie sich. Sie machten sich einen Festschmaus daraus, ein köstliches Mahl.

Faforo (Schwanz meines Vaters)! Gnamokodé (Bastard)!

Die Heilige, die Mutter Oberin Marie-Béatrice, machte Liebe wie alle anderen Frauen auf der Welt. Nur konnte man sich schwer vorstellen, dass die Heilige unter einem Mann lag und die Liebe empfing, ein solches Mannweib war sie. Sie war nun einmal sehr kräftig gebaut und groß. Sie hatte eine äußerst breite Nase, weit aufgeworfene Lippen und Augenbrauenbogen wie ein Gorilla. Und dann hatte sie auch noch ihr Haar ganz kurz geschnitten. Ihr Hinterkopf war voller Speckwülste, wie bei einem Mann. Sie trug eine Soutane, und über der Soutane hing die Kalaschnikow. Der Stammeskrieg will das so. Ja, ehrlich, man konnte sich kaum vorstellen, dass die Heilige den Prince Johnson auf den Mund küsste und unter ihm lag, um die Liebe zu empfangen. Walahé (im Namen Allahs)! Aber fangen wir mit dem Anfang an.

Marie-Béatrice war die Mutter Oberin des größten religiösen Zentrums von Monrovia, als der Stammeskrieg die Hauptstadt erreichte. Das Bistum schickte zehn Soldaten und achtzehn Kindersoldaten, die von einem Hauptmann kommandiert wurden und das Zentrum schützen sollten. Kaum hatte der Hauptmann seine Leute aufmarschieren lassen, da tauchten Plünderer auf und griffen das Zentrum an. Die verteidigenden Soldaten verfielen in Panik und ließen sich überrennen. Ungestört konnten sich die Plünderer alle heiligen Gegenstände unter den Nagel reißen. Da geriet Marie-Béatrice in Wut, sie warf ihre Flügelhaube ab, riss einem Soldaten die Kalaschnikow aus der Hand, warf sich zu Boden und fing an zu schießen. Fünf Plünderer mähte sie nieder, und die anderen machten sich eilig aus dem Staub. Von diesem Zeitpunkt an nahm die heilige Marie-Béatrice die Verteidigung des Zentrums selbst in die Hand, in ihre eiserne Hand. Sie machte dem Hauptmann klar, dass er und alle seine Männer ihr und nur ihr zu gehorchen hätten.

Bevor sie das Zentrum angriffen, hatten sich die Plünderer über den Bischofssitz hergemacht. Sie hatten den Bischof und fünf Priester gefoltert und dann ermordet; die anderen Priester und Mitarbeiter waren wie Gauner geflohen. So dass nur noch Marie-Béatrices Zentrum mitten in der Stadt Monrovia geöffnet war. Alle anderen katholischen Einrichtungen, alle Häuser in der näheren Umgebung ihres Zentrums waren von den Bewohnern aufgegeben worden und daher leichte Beute für die Angreifer gewesen. Hier zeigte sich nun Marie-Béatrice in voller Größe, hier vollbrachte sie wahre Heldentaten und verdiente sich die Tressen einer wirklichen Heiligen.

Für Marie-Béatrice war es immer dasselbe: Ein Vierundzwanzig-Stunden-Tag war einfach zu kurz. Nach Ablauf eines Tages blieb der Heiligen immer noch Arbeit für den nächsten Tag übrig.

Jeden Morgen wachte die Oberin um vier Uhr auf und griff zur Kalaschnikow, die nachts immer in Reichweite lag. Der Stammeskrieg will das so. Sie setzte ihre Flügelhaube auf, streifte sich die Soutane über und band sich die Schuhbänder zu. Dann schlich sie auf leisen Sohlen zu den Wachposten, um die Nachtwächter zu überraschen. Und jedes Mal überraschte sie diese Nichtsnutze in tiefstem Schlaf. Mit Fußtritten in den Hintern weckte die Oberin sie. Dann ging sie zurück und läutete das Glöckchen. Die Schwestern, das ganze Haus, wachten auf und sprachen das morgendliche Gebet. Anschließend frühstückten sie, sofern die Almosensammlung am Vortag ergiebig gewesen war. (Almosen sind in meinem Wörterbuch milde Gaben für Bedürftige.)

Marie-Béatrice ließ den offenen Wagen vorfahren und machte es sich rechts vom Fahrer bequem, natürlich mit der Kalaschnikow und der Flügelhaube. So gegen zehn, elf Uhr kehrte sie zurück. Jeden Tag vollzog sich dasselbe Wunder, der Wagen war randvoll mit Lebensmitteln. Anschließend widmete die Oberin sich der Pflege. Die Verletzten, die Hinkenden, die Blinden scharten sich um sie, und Marie-Béatrice pflegte sie energisch, unterstützt von den anderen Schwestern. Dann ging sie in den Innenhof, wo die Kranken, die kurz vorm Sterben waren, kreuz und quer auf dem nackten Boden lagen. Sie wurden versorgt, und die heilige Marie-Béatrice erteilte ihnen die Letzte Ölung. Sie machte einen Abstecher in die Küche, wo sie immer kleine Schelme überraschte, die sich unter die Köche schmuggelten, Reste stibitzten und das Gemüse roh aßen. Sie verpasste ihnen einen Stockhieb, wie man ihn diebischen Hunden gibt. Sie schrien und rannten davon.

Schließlich ging man zu Tisch, nicht ohne zuvor dem lieben Gott Dank zu sagen, dass er für ihr tägliches Brot gesorgt hatte. Nach dem Essen kam der Religionsunterricht. Alle, auch die Verletzten, die Hinkenden und die, welche schon fast tot waren, hörten aufmerksam zu. Danach erneute Krankenpflege; unter den Patienten gab es immer Verletzte, die zweimal am Tag versorgt werden mussten. War die Kollekte des Vortags besonders reichhaltig gewesen, fanden die Schwestern sich zum Abendessen ein. Und darauf folgte das nicht enden wollende Nachtgebet. Ehe Marie-Béatrice sich schlafen legte, ging sie ein letztes Mal zu den Wachposten, die mit Taugenichtsen besetzt waren, die immer ein wenig vor sich hin dösten. Und wenn sie ihre Flügelhaube abnehmen und die Kalaschnikow in Reichweite ablegen und endlich für einen wohlverdienten Schlaf zu Bett gehen wollte, war es bereits vier Uhr morgens, und die verdammte Sonne war kurz davor, über diesem verfluchten Liberia des Stammeskriegs aufzugehen.

Es war schon sehr ungewöhnlich, dass Marie-Béatrices Zentrum vier Monate lang den Plünderern widerstehen konnte. Das hatte etwas von einem Wunder. Etwa fünfzig Personen im geplünderten, verlassenen Monrovia vier Monate lang zu ernähren. Alles, was Marie-Béatrice in dieser harten Zeit vollbrachte, war außergewöhnlich und wunderbar. Marie-Béatrice hatte wundersame Taten vollbracht. Sie war eine Heilige, die heilige Marie-Béatrice.

Obwohl es heißt, Allah lasse niemals einen Mund hungern, den er geschaffen hat, waren doch alle erstaunt, dass Marie-Béatrice es geschafft hatte, so viele Menschen vier Monate lang zu ernähren, und sie behaupteten daher, diese Frau müsse eine wahre Heilige sein. Gut, streiten wir uns nicht, sagen wir einfach wie alle anderen: die heilige Marie-Béatrice. Eine wahre Heilige! Eine Heilige mit Flügelhaube und Kalaschnikow! Gnamokodé (Bastard)!

Ich habe den Ausbruch des Bürgerkriegs nicht selbst miterlebt, aber ich höre immer gut zu, wenn ein anderer Kindersoldat oder unsere Kriegsherrn oder Yacouba etwas zu erzählen haben. Also: Anfangs gab es im Liberia des Stammeskriegs wohl nur zwei Banden: Taylors Bande und die von Samuel Doe. Diese beiden Banden waren tödlich verfeindet und bekämpften sich an allen Fronten. Prince Johnsons Splittergruppe existierte noch nicht. (Splittergruppe bedeutet: eine kleine, weltanschauliche oder politische Gruppe, die sich von einer größeren Gruppe abspaltet). Prince gehörte zu Taylors Bande; Prince war Taylors kampferprobtester und tüchtigster – mit einem Wort: sein bester – General. Bis zu jenem Tag, da Prince sein großes Erweckungserlebnis hatte. Die Offenbarung, dass er die Mission habe, Liberia zu retten. Liberia zu retten, indem er sich der Machtübernahme eines

Kriegsherrn widersetze, der mit der Waffe in der Hand für die Befreiung Liberias gekämpft hatte.

An diesem Tag brach er mit Taylor, der unbedingt Präsident werden wollte. Er ging mit dessen besten Offizieren auf und davon und erklärte sich zu Taylors Erzfeind. Samuel Doe, der Diktator, hörte Johnsons Drohungen gegen Taylor und glaubte in dem Prinzen einen natürlichen Verbündeten zu finden, einen Freund, mit dem er verhandeln müsse. Jeder weiß, mit welchem Ende. Ein Offizier kochte aus Samuel Does Herz ein köstliches Schaschlik, und aus seinen Augen machte sich der Königsgeier eines Nachmittags unter dem immer dunstigen Himmel Monrovias ein gepflegtes Mahl.

Nach dem Bruch mit Taylor musste Prince Johnson für alle, die ihm gefolgt waren und die ihm vertraut hatten, Verpflegung finden. Also für ein richtiges Bataillon, dazu kamen noch die Angehörigen dieser Soldaten. Und obwohl Allah einen Mund, den er geschaffen hat, niemals leer lässt, war es keine einfache Sache. Nein, wirklich nicht. Faforo (Papas *bangala*)!

Er begann damit, einen Grenzposten der NPFL (Nationale Patriotische Front) anzugreifen, weil auch er die Zollgebühren, die Zollgebühren des unabhängigen Liberias, kassieren wollte. Er griff ihn mit wirksamen Mitteln an, mit mehreren Angriffsreihen, Granaten, Mörsern und Kanonen. Der Angriff dauerte mehrere Tage, so dass die Vermittlungstruppen der ECOMOG alarmiert wurden und genügend Zeit hatten einzuschreiten. Sie kamen mit noch wirkungsvolleren Mitteln. Diese Truppen vermittelteten nicht; sie nahmen kein unnötiges Risiko auf sich. Sie hielten sich auch nicht mit Details auf, sondern bombardierten das Gemenge aus Angreifern und Belagerten. Sie schossen mitten hinein, mitten ins Chaos. So töteten sie an einem Tag zahlreiche unschuldige Menschen, verursachten mehr Opfer, als eine Woche Kampf zwischen den rivalisierenden Gruppen gekostet hatte. Als das Getöse vorbei war, bargen die Vermittlungstruppen die Verletzten, die in die Feldlazarette der ECOMOG abtransportiert wurden. Die Leute der ECOMOG erstellten vor Ort ein amtliches Protokoll. Das gehört zu ihren Aufgaben, zu ihrer Mission: Sie stellten fest, dass Johnson das Gebiet in seinen Händen hatte. Dass er der Stärkere war. Also war es Johnson, der am Grenzposten kassieren durfte. Unter ihrer Aufsicht.

Nun erst konnte sich Johnson um die Toten kümmern. Wir haben ein Massengrab für unsere Toten ausgehoben. Es waren sehr viele, unter ihnen auch drei Kindersoldaten. Drei Kinder Gottes, hat die Heilige gesagt. Es waren keine Freunde von mir. Sie hießen: Mamadou der Verrückte, John der Stolze und Boukary der Verdammte. Sie sind gestorben, weil Allah es so gewollt hat. Und Allah ist nicht verpflichtet, in allen Dingen gerecht zu sein. Und ich bin nicht verpflichtet, für diese drei Kindersoldaten Trauerreden zu halten.

Das Beerdigungsgebet wurde von Johnson persönlich gesprochen. Nach dem Gebet haben wir uns um das Massengrab herum aufgestellt und unsere Waffen in die Luft gehoben. Wir haben die Abschiedssalve abgefeuert.

Die Nachricht vom Kampf um den Grenzposten war fast überall hin gedrungen. Es war so viel Blut vergossen worden, es hatte so viele Tote gegeben, dass alle ausländischen Händler den Grenzposten mieden.

Wir, die Mitglieder der Johnson-Bande, dachten, dies wäre nur vorübergehend. Wir warteten lange Wochen an der Grenze. Aber niemand ließ sich dort blicken. Es gab nichts zu plündern, wir wurden nicht bezahlt, und das Essen wurde immer schlechter. Wir wurden unruhig und begannen zu murren. Soldaten desertierten. (Desertieren bedeutet: Fahnenflucht begehen.) Johnson hatte ein Einsehen; er gab den Grenzposten auf. Er gab den Grenzposten auf, ebenso wie die Gräber unserer Toten, die gestorben waren, um ihn zu erobern. Faforo (Hintern meines Vaters)!

Das Problem beständiger Einnahmequellen stellte sich noch immer. Es musste gelöst werden. Sogar die Grigrimänner wie Yacouba beklagten sich mittlerweile; sie bekamen schlechtes Essen und wurden nicht bezahlt für die Grigris, die sie herstellten. Also überfiel Johnson eine Goldgräber- und Diamantenstadt, die von Samuel Does Anhängern, der ULIMO (United Liberian Movement), gehalten wurde. Johnson tat das auf die ihm eigene Weise (ein Hund setzt sich immer auf dieselbe unanständige Art hin). Er tat es mit wirkungsvollen Mitteln. Mit Granaten, Mörsern und Angriffswellen auf Angriffswellen. Die Belagerten hielten heldenhaft stand. Wieder ein großes Blutvergießen und viele Tote. Der Kampf dauerte mehrere Tage. Die Vermittlungstruppen der ECOMOG wurden alarmiert. Sie kamen. Diese Truppen vermittelten nicht; sie nahmen kein unnötiges Risiko auf sich. Sie hielten sich nicht mit Details auf, sondern bombardierten das Gemenge aus Angreifern und Belagerten und die Stadtviertel, das Viertel der *natives*, der schwarzafrikanischen Eingeborenen, und das Arbeiterviertel. Als alles dem Erdboden gleichgemacht war und es von seiten der Angreifer und Belagerten keinerlei Regung mehr gab, beendeten die Truppen das Gemetzel. Die ECOMOG-Truppen bargen die Verletzten, die in die Feldlazarette abtransportiert wurden. Sie beurteilten die Stärke der anwesenden Kampftruppen. Das gehört zu ihren Aufgaben, zu ihrer Mission, zu ihren Pflichten. Sie stellten fest, dass Johnson das Gebiet in seiner Hand habe. Also sollte er auch das Kommando über die Stadt und die Ausbeutung der Minen haben.

Wir sammelten unsere Toten ein. Viele Tote. Trotz ihrer muslimischen und christlichen Fetische waren vier Kindersoldaten von Granaten zerfetzt worden. Ihre Überreste wurden mit den anderen Toten in einem Massengrab verscharrt. Als wir das Massengrab zuschütteten, hat Johnson geweint. Es war komisch, einen Straßenräuber, einen Verbrecher wie Johnson, Tränen vergießen zu sehen. Er war so wütend auf die ECOMOG. Für die Trauerfeier hatte er sich wieder die Mönchskutte übergeworfen. Er betete laut und sagte, wie es auch die heilige Marie-Béatrice zu sagen pflegte, die Kindersoldaten seien Kinder Gottes. Gott habe sie geschaffen, Gott habe sie zurückgeholt. Gott sei nicht verpflichtet, immer gerecht zu sein. Danke, lieber Gott. Das kam einer Trauerrede gleich und erspart mir die Aufgabe, eine zu halten, wozu ich auch keine Lust habe. Ja, danke, lieber Gott.

Die Eroberung der Diamanten- und Goldgräberstadt hatte so viele Tote, so viel Blut gekostet, dass alle Leute aus der Region flüchteten. Niemand wollte dort leben; die Anteilseigner der Minen wollten nicht zurückkommen. Ohne Anteilseigner keine Ausbeutung, keine Steuern, keine amerikanischen Dollar. Johnson befand sich wieder in derselben Situation wie vor dem Angriff auf die Diamantenstadt. Und die Zeit drängte, die Soldaten und ihre Familien, die Kindersoldaten, die Männer des Bataillons wurden mürrisch. Sie hatten zu viele unnötige Opfer gebracht; sie wurden ungeduldig. Es musste etwas unternommen werden, endlich eine Lösung gefunden werden, *gnona-gnona*.

Johnson kehrte nach Monrovia zurück, wo alles zerstört und geplündert war. Allein das Zentrum der heiligen Marie-Béatrice war stehen geblieben. Das war natürlich eine einzige Provokation, und die Mutter Oberin war stolz darauf.

Tausenderlei Gerüchte kursierten über unermessliche Reichtümer, welche sich angeblich in dieser Einrichtung verbargen. Allerhand Fressalien, Gold und bündelweise amerikanische Dollarnoten. Versteckt in riesigen Kellern, die sich endlos hinstreckten.

Prince Johnson wollte sich Gewissheit verschaffen. Er wollte wissen, ob an den Gerüchten etwas Wahres sei, und beschloss, das religiöse Zentrum einzunehmen. Als Erstes stellte er der heiligen Marie-Béatrice ein Ultimatum. (Ein Ultimatum ist die oft auf diplomatischem Weg erfolgende Aufforderung, binnen einer Frist eine schwebende Angelegenheit befriedigend zu lösen, unter Androhung harter Maßnahmen, falls der Aufforderung nicht entsprochen wird.) Er forderte darin die Oberin auf, sich offiziell zur Anhängerin der einzigen rechtmäßigen Truppe Liberias zu erklären, die unter Johnsons Befehl stehe. Marie-Béatrice antwortete, in ihrem Zentrum befänden sich nur Kinder, Frauen, Schwestern und ein paar arme Teufel. Das Einzige, worum sie jeden Liberianer, der dieses Landes würdig sei, bitte, sei ein kleines Almosen, ein wenig Barmherzigkeit. Sie müsse daher niemandes Partei ergreifen.

Das war keine Antwort, sondern ein Affront, also eine öffentlich vorgetragene Zurückweisung und Beleidigung. Prince Johnson wurde wütend, und aus Rache verdonnerte er das Zentrum dazu, seiner Regierung Steuern für Kriegsaufwendungen in Höhe von dreihundert amerikanischen Dollar zu zahlen. Und zwar sofort.

Das war nicht gerecht, sondern das Argument des Stärkeren, wie wir es in der Fabel «Der Wolf und das Schaf» von La Fontaine in der Schule gelernt haben. Nun war es an der Heiligen, einen Tobsuchtsanfall zu bekommen. Sie brüllte, warf die Flügelhaube auf den Boden und jagte die Überbringer dieser Nachricht zum Teufel. (Zum Teufel jagen ist eine besondere Art der Verabschiedung.)

«Sagt eurem Johnson, dass ich keine dreihundert Dollar habe und er mich verdammt noch mal in Ruhe lassen soll, damit ich das Essen für die Kinder, die Frauen und Alten auftreiben kann. Das ist alles.»

Genau auf eine solche Antwort hatte der Prinz gehofft. Er beschloss anzugreifen.

Ich, Birahima, das Straßenkind, das Kindersoldat geworden ist, gehörte zur ersten Brigade, die das Zentrum der Mutter Marie-Béatrice angreifen sollte. Wir waren etwa zehn Kindersoldaten. Sie hatten uns unter Drogen gesetzt, aber nur in Maßen. Schließlich sollten wir leise vorgehen, damit wir nicht die Aufmerksamkeit der Vermittlungstruppen auf uns lenkten. Hätte man uns so richtig mit Drogen vollgepumpt, wären wir bestimmt laut geworden und hätten irgendwelche Dummheiten gemacht. So aber waren wir stark, weil wir an unsere Fetische glaubten.

Um drei Uhr morgens, bei Mondschein, stürmten wir auf die Einrichtung zu. Eine richtige Überraschung war das nicht; die Heilige wusste Bescheid. Wir stießen auf erbitterte Gegenwehr. Drei unserer Leute wurden von Kugeln niedergemäht, wir übrigen warfen uns zu Boden. So heftig war der Beschuss aus dem Zentrum. Die Mutter Oberin selbst bediente das Maschinengewehr.

Johnson ließ *doni-doni* (das heißt: langsam) unsere Toten zusammentragen und ordnete den Rückzug an. Er hatte geglaubt, es würde ein einfacher Spaziergang für seine Kindersoldaten. Aber da hatte er sich getäuscht. Er musste sich besser vorbereiten, mit wirksameren Mitteln angreifen und vor allem musste er seinen Verstand gebrauchen und eine Strategie aushecken.

Drei Kindersoldaten waren gestorben, trotz ihrer muslimischen und christlichen Fetische. Walahé! Im Morgengrauen haben wir sie heimlich begraben. Johnson hat geweint und in seiner Soutane gebetet. Die Heilige nannte die Kindersoldaten Kinder Gottes. Also waren drei Kinder Gottes ums Leben gekommen. Ich müsste eine Trauerrede für sie halten, das ist die Regel. Sehr lange hatte ich nicht mit ihnen zusammengelebt. Daher kannte ich sie kaum. Nach dem wenigen, was ich von ihnen wusste, waren sie allerdings eher Kinder des Teufels als des lieben Gottes. Alle drei waren sie Gauner, Drogensüchtige, Lügner und Verbrecher. Um es genau zu sagen: Verdammte. Für Verdammte aber halte ich keine Trauerrede. Dazu bin ich nicht verpflichtet. Ich werde es nicht tun. Gnamokodé (Bastard)!

Johnson dachte angestrengt über die Situation nach. Zwei Mittage kniete er mit seinen schon geschundenen Knien auf den Kieselsteinen und brütete über Marie-Béatrices Zentrum. Dann fiel ihm die Lösung ein.

In der dritten Nacht startete er eine neue Attacke, immer noch ganz heimlich, um nicht die Aufmerksamkeit der Vermittlungstruppe der ECOMOG auf sich zu lenken. Etwa zwanzig Soldaten griffen das Zentrum überraschenderweise von hinten statt von vorn an … Es war dann aber doch keine Überraschung. Die Mutter Oberin, die heilige Marie-Béatrice, bediente wieder persönlich das Maschinengewehr. Sie schoss wild und lange, ohne jede Pause, und fügte uns Angreifern herbe Verluste zu. Der zweite Angriff endete wie der erste mit einer Niederlage. Auch der dritte Versuch, den Johnson in der Nacht darauf in aller Heimlichkeit vortragen ließ, endete in einem Fiasko. (Fiasko ist nur ein anderes Wort für einen großen Misserfolg oder Reinfall.)

Jetzt wurde unser Kriegsherr wütend und gürtete sich. (Sich gürten ist ein Ausdruck der Schwarzafrikaner und bedeutet laut *Verzeichnis*: eine Angelegenheit sehr ernst nehmen oder den Stier bei den Hörnern packen.) Am helllichten Tag, Schlag zwölf Uhr mittags, setzte er die Artillerie ein. Die Kanonen spuckten Feuer, rasierten den Glockenturm der Kirche ab und zertrümmerten das dreistöckige Hauptgebäude des Zentrums. Die Heilige musste die Waffen strecken und sich ergeben. Eine weiße Fahne schwenkend, trat Marie-Béatrice aus ihrem in Rauchschwaden gehüllten Gebäude hervor. Die Schwestern folgten ihr in zwei Reihen und in voller Montur, mit Flügelhauben und Rosenkränzen, wiederum gefolgt von einer Schar Notleidender.

Für die ECOMOG-Truppen war es wirklich eine Überraschung, wie plötzlich und brutal wir angriffen. Als sie die Schüsse hörten, glaubten sie an einen groß angelegten Kampf zwischen den Rebellengruppen. Sie läuteten Alarm und erließen für ihre Soldaten Ausgehverbot. Der gesamte Führungsstab trat zusammen und beriet einen Nachmittag lang über mögliche Maßnahmen. Als die Versammlung beendet war, herrschte zur Überraschung der ECOMOG-Leute gespenstische Stille über Monrovia. Sie entsandten eine motorisierte, gut bewaffnete Patrouille, die nachsehen sollte, was denn geschehen sein mochte. Als die Patrouille eintraf, fand sie Johnson und die Heilige Hand in Hand. Im Gespräch wie alte Freunde, die sich an ihre Initiation erinnern.

Prince Johnson hatte die Nonnen bis auf etwa zehn Meter herankommen lassen und entdeckte, was wirklich eine Überraschung war, dass die Oberin wie sein Spiegelbild war. Er hatte ihr befohlen stehen zu bleiben und sie lange von den

Fußspitzen bis zur Flügelhaube gemustert. Da gab es nichts zu deuteln: Sie glichen sich wie ein Ei dem anderen. Er ließ ihr die Flügelhaube vom Kopf reißen; die Ähnlichkeit trat noch verblüffender zutage: die gleiche Leibesfülle, die gleiche Nase, die gleiche Stirn, der gleiche Hinterkopf. Der Prinz blieb einen Moment *makou*. (*Makou* muss ich jetzt schon zum zweiten Mal erklären. Es bedeutet: still sein.)

Johnson hatte einen Augenblick nachgedacht und seinen Gefühlen dann freien Lauf gelassen. Er hatte sich der Heiligen an den Hals geworfen und sie auf den Mund geküsst. Nach diesen innigen Umarmungen hatten sich Johnson und die Heilige bei den Händen genommen und miteinander geredet, als würden sie sich schon lange, sehr lange, kennen.

In diesem Augenblick traf die bis an die Zähne bewaffnete Patrouille der ECOMOG ein.

Der Prinz und die Heilige plauderten unbeeindruckt weiter. Vor allen Leuten, vor den armen Teufeln, den Schwestern mit ihren Flügelhauben und vor den bewaffneten Guerilleros, die ganz baff waren.

Der General Prince Johnson erklärte der Heiligen, dass er schon lange, sehr lange, einen Chef für seine Frauenbrigade suche. Er bot ihr diesen Posten an und ernannte sie zum Oberst. Auf der Stelle wollte er ihr die Tressen anheften. Aber sie lehnte die unverhoffte Beförderung ab. Nein, der Rang eines Obersten sei nicht ihr Lebensziel. Sie sei ja schon eine Heilige und das wolle sie auch bleiben. Lieber kümmere sie sich um die Armen, Greise und Greisinnen, um die mittellosen Mütter, um ihre Nonnen und um all die Unglücklichen, die der Stammeskrieg heimatlos gemacht habe. Johnson konnte der Heiligen nichts verwehren; er hat die Mutter Oberin, die heilige Marie-Béatrice, verstanden.

Beide begaben sich, immer noch Hand in Hand, ins religiöse Zentrum. Sie machten einen Rundgang und verschafften sich einen Eindruck von den beträchtlichen Schäden, welche die Kanonade angerichtet hatte. Johnson drückte sein aufrichtiges Bedauern aus. Er schien sehr bewegt; er betete und beinahe wäre er sogar in Tränen ausgebrochen. Nachdem sie dreimal das ganze Gebäude abgegangen waren, wusste Johnson immer noch nicht, wo der Keller war. Er hatte keinen Eingang entdecken können. Also fragte er die Heilige ganz offen. Da sie nun seine Macht anerkannt habe und seine Freundin geworden sei, gebiete es die korrekte Haushaltsführung, dass alle Reichtümer des Zentrums an Johnsons Regierung übergeben würden. Man könne die Reichtümer nur verwalten, wenn sie über die Regierung liefen.

«Von welchen Reichtümern sprichst du?»

«Von den Goldbarren, von den amerikanischen Dollarbündeln, von den Lebensmitteln, die ihr in den Kellern des Zentrums lagert.»

«Wir haben keinen Keller.»

«Was? Ihr habt keinen Keller?»

Die Mutter Oberin wiederholte ihre Aussage und erklärte sehr bestimmt, dass an all den Gerüchten, die über das Zentrum kursierten, nichts Wahres sei. Ihre Einrichtung habe nichts, aber auch gar nichts zu verbergen. Sie forderte Johnson auf, doch selbst nachzusehen. Daraufhin ließ er das ganze Haus von oben bis unten auf den Kopf stellen. Die Männer fanden nicht einen Dollar. Nicht einen einzigen.

Der immer noch skeptische Johnson (skeptisch ist derjenige, der alles in Zweifel zieht, was nicht als Tatsache bewiesen ist) fragte: «Woher stammten denn die Dollars, mit denen du Tag für Tag deine Einkäufe erledigt hast?»

«Almosen von barmherzigen Menschen, von rechtschaffenen Gläubigen. Gott lässt einen Mund, den er geschaffen hat, niemals leer.»

«Also, so was!» Johnson drehte sich mehrere Male um sich selbst. «Das ist doch nicht möglich, irgendetwas stimmt doch da nicht.»

Johnson blieb weiterhin skeptisch. Faforo (Beim Schwanz des Vaters)! Gnamokodé (Bastard)!

Die Eroberung des religiösen Zentrums hatte für Johnsons Bande das Problem der sicheren und beständigen Einnahmen nicht gelöst. Ganz im Gegenteil, Hunderte von Mündern, die ernährt werden mussten, waren dazugekommen, ohne dass die eigenen Mittel gemehrt worden wären. Die regierungsunabhängigen Hilfsorganisationen, all die guten Seelen, die Hilfe geleistet hatten, solange die Oberin unabhängig gewesen war, zögerten nun, ein religiöses Zentrum zu unterstützen, das sich der Johnson-Bande angeschlossen hatte.

Die armen Teufel, die Mütter der Kinder und die Kinder selbst schrien vor Hunger. Johnson selbst stand gegenüber der Einrichtung, der heiligen Mutter und allen, die dort lebten, in einer moralischen Schuld. Gern hätte er der Heiligen ihre Unabhängigkeit und Freiheit zurückgegeben. Doch dazu war es zu spät. Das ganze Land hatte Anteil genommen an Marie-Béatrices heldenhaftem Kampf und an ihrer Unterwerfung. Deswegen schuldete er ihr jetzt Hilfe.

Johnsons Bande musste *gnona-gnona (dare-dare)* machen und eine Lösung finden.

Die amerikanische Kautschukgesellschaft war die größte Plantage ganz Afrikas und umfasste an die hundert Quadratkilometer. Der ganze Südosten des Landes gehörte dieser Gesellschaft, die ungeheuer hohe Tantiemen zahlte. (Tantiemen sind Gebühren, die an den Eigentümer eines Patents oder eines Stücks Land zu entrichten sind, dessen Reichtümer man verwertet.) Die Tantiemen wurden zwischen den beiden ursprünglichen Rebellengruppen, der Taylor-Bande und der von Samuel Doe, geteilt. Nachdem Johnson mit Taylor gebrochen hatte, forderte er sofort, die Tantiemen müssten nun durch drei geteilt werden. Er bestand darauf, dass auch seine Gruppe ihren Anteil verdient habe. Die Geschäftsführer der Gesellschaft waren auf diesem Ohr taub. Überdies befürchteten sie Repressalien von Seiten der beiden anderen Gruppen. (Repressalien sind laut Wörterbuch Druckmittel oder Vergeltungsmaßnahmen, die einem Gegner auferlegt werden, um sich an ihm für ein Übel, das er verursacht hat, zu rächen.) Sie zögerten und waren nicht um Ausflüchte verlegen. Da entschloss sich Johnson wie ein Junge zu handeln, wie ein richtiger Junge, dessen *bangala* steif wird. (Wie ein Junge handeln bedeutet laut *Verzeichnis der lexikalischen Besonderheiten*: mutig handeln.)

Er entführte zwei weiße Angestellte von der Plantage. Als er sie an einen sicheren Ort gebracht hatte, stellte er den Geschäftsführern der Plantage ein Ultimatum. Womit drohte er in diesem Ultimatum? Er sagte, falls er innerhalb von vierundzwanzig Stunden nicht seinen Anteil an den Tantiemen erhalte, würde er ihnen die Köpfe der beiden Weißen auf zwei Stangen aufgespießt, jeweils von zwei Personen getragen, zurückbringen. Da gebe es kein Vertun. Jedermann wusste, dass der erleuchtete Johnson einer solchen Tat fähig wäre.

Walahé! Noch an diesem Abend tauchten drei weiße Führungskräfte der Kautschukgesellschaft am Tor des Johnson-Lagers auf. Die drei Herren kamen als Freunde, jedoch nicht mit leeren Händen. Sie hatten Aktenkoffer bei sich, sechs Aktenkoffer, zwei pro Person. Wir Kindersoldaten haben allerdings nicht gesehen, was in den Aktenkoffern war … Sie hatten es sehr eilig, wollten *gnona-gnona* von Johnson empfangen werden. Wie Durchfallkranke, die zum Müllplatz hinter den Hütten laufen. Johnson empfing sie freundlich. Sie diskutierten wie richtige Freunde und tranken zusammen Bier. Johnson schlug ihnen laut lachend auf die Schulter. Dann verließen fünf Weiße das Lager. Es waren fünf Köpfe, getragen von zehn Leuten. Faforo (Hintern des Vaters)!

Die Tantiemen trafen genau am Monatsende ein, an jedem Monatsende. Johnson beschloss, das müsse gefeiert werden, und veranstaltete ein großes Fest im Lager. Ausstehender Sold wurde bezahlt. Wir Kindersoldaten erhielten einige Dollars, damit wir uns Haschisch kaufen konnten. Es wurde getanzt, getrunken, gegessen und gekifft. Als das Fest in vollem Gange war, brach Johnson die Feierlichkeit ab. Wir sollten der Toten gedenken, jener zahlreichen Toten, die wir in der Grenz- und in der Diamantenstadt zurückgelassen hatten. Auch die Heilige war eingeladen worden. Johnson sprach von ihr als dem Oberst. Sie hatte jedoch abgesagt. Sie habe keine Zeit, da sie sich pausenlos um ihre Schützlinge kümmern müsse. Sie wolle lieber die Dollars ausgehändigt bekommen, die man für ihre Einladung ausgegeben hätte. Denn sie habe eine bessere Verwendung für das Geld. Tatsächlich wurden ihr daraufhin Dollars überreicht, amerikanische und keine liberianischen. Nun lief alles gut. Die Einnahmen waren nicht üppig, aber sie kamen regelmäßig und sorgten dafür, dass alle einmal am Tag etwas zu essen hatten.

Allerdings gab es kleine Gauner, die als Rebellengruppe anerkannt werden wollten. Sie beanspruchten ein Anrecht auf einen Teil der Tantiemen, drangen immer wieder in die Plantage ein, entführten Angestellte und erpressten Lösegeld. Die Geschäftsführer der Kautschukgesellschaft zahlten ihnen das Lösegeld in druckfrischen amerikanischen Dollarnoten.

Diese verwerfliche Vorgehensweise der kleinen Gauner brachte Johnson auf eine Idee. Er könnte ihrem erpresserischen Treiben ein Ende bereiten und dafür Schutzgeld kassieren. Ein Drittel der Tantiemen zu bekommen war gut, doch die gesamte Plantage vor kleinen Verbrechern zu schützen, das könnte ungeheure Mengen Geld einbringen. In seinen langen mittäglichen Bet- und Bußestunden dachte er darüber nach.

Eines Morgens erschien Johnson am Haupttor der Plantage, eskortiert von fünf Wagen, zwei vorweg, drei hinterher, in denen bis an die Zähne bewaffnete Guerilleros saßen. Ich und einige andere Kindersoldaten befanden uns im letzten Wagen. Johnson wünschte von der Geschäftsleitung empfangen zu werden. Also brachte man ihn zum Geschäftsführer. Der Prinz sprach freundschaftlich mit ihm. Er erzählte ihm von der Vorgehensweise der kleinen Gauner. Er missbillige diese Aktionen, die ganz Liberia in ein schlechtes Licht rückten. Man müsse diesem erpresserischen Treiben ein Ende setzen, und er, Johnson, könne dafür sorgen, dass die Verbrecher keinen Schaden mehr anrichteten. Daher sei er gekommen, um der Kautschukgesellschaft seine Dienste anzubieten.

Der Geschäftsführer hatte aufmerksam zugehört und legte nun geduldig seine Einwände dar. Den Schutz der Plantage ihm, Johnson, anzuvertrauen, hieße Partei ergreifen, hieße, ihn als einzige Autorität in Liberia anzuerkennen. Und das wolle er nicht. Die anderen Rebellengruppen würden sich das niemals gefallen lassen.

Johnson entgegnete, seine Schutzmaßnahmen würden geheim bleiben; ihr Abkommen ebenfalls. Niemand werde davon erfahren, dass die Plantage unter Johnsons Schutz stehe. Der Geschäftsführer erklärte, er habe nicht das Recht, ein geheimes Abkommen mit einer Rebellengruppe zu unterzeichnen, und mit der Zeit wären solche Geheimnisse ja dann doch in aller Munde.

Johnson schien nicht überzeugt. Nachdenklich kehrte er ins Lager zurück. Drei Tage lang, mittags, während seiner Betstunden, seiner Bußezeit, dachte er angestrengt nach. (Wir erinnern uns, dass er jeden Tag um zwölf Uhr mittags auf Kieselsteinen kniend betete, mit von Kieselsteinen geschundenen Knien.) Er suchte nach geeigneten Mitteln, um ein geheimes Abkommen treffen zu können, das es ihm erlaubte, die Plantage vor kleinen Gaunern zu schützen. Dieses geheime Abkommen müsse er haben, *djogo-djogo* (*djogo-djogo* bedeutet: koste es, was es wolle). Während dieser drei Tage des Betens hallte das Leitmotiv *djogo-djogo* ebenso laut wider wie der Ruf nach *Jesus Christus, meinem Herrn*. (Ein Leitmotiv ist eine häufig wiederkehrende, einprägsame Aussage oder Formulierung, die mit einer bestimmten Person, Sache oder Situation verbunden ist.) Am Ende des dritten Tages erstrahlte ein Lächeln auf seinem Gesicht. Er hatte gerade die Lösung gefunden.

Zwei Wochen später stellte man auf der Plantage fest, dass drei Arbeiter verschwunden waren. Man suchte sie überall, doch vergeblich. Eines Morgens sah man Johnson zur Plantage kommen. Die drei armen Arbeiter waren bei ihm. Die drei Arbeiter waren in Unterhosen. Lachend und bei einem Bier erzählte Johnson dem Geschäftsführer, seine Männer hätten auf ihrer üblichen Patrouille die Arbeiter den kleinen Gaunern entreißen können. Johnson übergab dem Geschäftsführer der Plantage die Arbeiter mit großem Pomp. Der Geschäftsführer dankte ihm herzlich und wollte ihm eine Menge Dollars geben. Johnson lehnte die Dollars ab. Der Geschäftsführer hatte nichts begriffen.

Einen Monat später verschwanden drei Arbeiter und zwei schwarzafrikanische Angestellte von der Plantage. Vergeblich suchte man überall nach ihnen. Eines Morgens erschien Johnson auf der Plantage. In einem Wagen seines Gefolges saßen die fünf Personen, sie waren splitternackt. Johnson erklärte, seinen Männern sei es gelungen, sie in letzter Sekunde vor der Folter der kleinen Gauner zu retten. Er übergab sie dem Geschäftsführer voller Mitgefühl. Voller Mitgefühl deshalb, weil die drei Arbeiter unvollständig waren: Man hatte ihnen die rechte Hand abgeschlagen und den beiden schwarzafrikanischen Angestellten beide Ohren. Der Vorsitzende dankte Johnson doppelt, für sein Mitgefühl und dafür, dass er seine Angestellten und Männer den kleinen Gaunern entrissen hatte. Dieses Mal wollte er Johnson belohnen. Unbedingt. Aber der Prinz lehnte die druckfrischen amerikanischen Dollarnoten erneut ab. Er sah in die Zukunft, erhoffte mehr. Der Geschäftsführer hatte noch immer nicht begriffen.

Einen Monat und zwei Wochen später verschwanden vier Arbeiter, drei schwarzafrikanische Angestellte und ein weißer Amerikaner von der Plantage. Ein richtiger Weißer. Vergebens suchte man im ganzen liberianischen Wald nach den acht Leuten. Eines Morgens erschien Johnson auf der Plantage. In seinem Gefolge, in einem seiner Wagen, saßen zwei afrikanische Angestellte. Sie waren nackt, aber nicht vollständig: Die Hände und die Ohren fehlten ihnen. Man hatte ihnen die Hände und die Ohren abgeschlagen. Ein Arbeiter war ebenfalls dabei: Auch er war unvollständig. Ihm war sein ganzer Rumpf abgeschlagen worden, nur der Kopf des Arbeiters, der oben auf einer Stange steckte, war übrig geblieben; alles andere fehlte. Der Geschäftsführer brüllte laut, sehr laut, seinen Horror heraus, seine Empörung und seinen Abscheu. (Horror ist laut Wörterbuch ein auf Erfahrung beruhender schreckerfüllter Schauder und Widerwille, sich mit etwas zu befassen.) Johnson lächelte und teilte ruhig mit, es sei noch nicht zu Ende, die kleinen Gauner hätten noch vier Schwarze und einen Weißen in ihrer Gewalt. Und wenn seine Männer nicht eingriffen, ihren Einsatz nicht deutlich verstärkten, wäre es sicherlich zu spät. Dann fände man nur noch Köpfe, die fünf Köpfe oben auf fünf Stangen. In diesem Augenblick begriff der Geschäftsführer die Botschaft.

Er nahm Johnson bei der Hand und zog ihn in ein Büro. Sie diskutierten lange und erregt, und am Ende unterzeichneten beide ein geheimes Abkommen. Im Rahmen dieses Abkommens konnten Johnson und seine Leute die Kautschukgesellschaft endlich wirksam vor den kleinen Gaunern schützen, wofür sie natürlich angemessen bezahlt wurden. Noch an diesem Abend brachte der Prinz die fünf anderen Angestellten, die morgens noch gefehlt hatten, auf die Plantage. Es waren tatsächlich fünf Personen; nackte, aber vollständige Personen. Ihnen fehlten weder Ohren noch Hände, geschweige denn der ganze Rumpf. Johnsons Männer hatten ihren Einsatz erfolgreich verstärkt. Und *djogo-djogo* hatte er sein geheimes Abkommen bekommen.

Im Lager wurde gefeiert. Alle tanzten. Johnson in seiner Priestersoutane mit der Kalaschnikow wackelte fünf Mal mit den Hüften, schlug Purzelbäume und tanzte den Affentanz. Walahé (im Namen Allahs)! Faforo (Hintern meines armen Vaters)!

Das Geheimnis blieb nur fünf Tage ein Geheimnis; am sechsten Tag wusste ganz Liberia, von Monrovia bis zum entlegensten Kaff, dass Johnson ein geheimes Abkommen mit dem Geschäftsführer der Plantage unterzeichnet hatte. Die anderen Rebellengruppen ließen sich das nicht gefallen. Umgehend wurden ihre Anführer auf der Plantage vorstellig, wo sie der Geschäftsführer empfing. Sie präsentierten ihre Ultimaten, die formgerecht niedergeschrieben waren. (Formgerecht bedeutet: dem Gesetz entsprechend verfasst und mit allen notwendigen Formalitäten versehen.) Der Geschäftsführer, der sehr um einen Ausweg bemüht war, beschloss, die Grenzüberwachung der Plantage in drei oder vier Abschnitte aufzuteilen, wobei jeweils ein Abschnitt einer Rebellengruppe zugesprochen werden sollte. Daraus ergab sich eine weitere Schwierigkeit, nämlich die der genauen Grenzziehung zwischen den einzelnen Abschnitten. Als sich herausstellte, dass seine Versuche, einen für alle Gruppierungen annehmbaren Kompromiss zu erarbeiten, zum Scheitern verurteilt waren, schlug der Geschäftsführer den Anführern der Rebellengruppen vor, sie möchten sich doch untereinander einigen. Das war, als hätte er drei oder vier Fleischerhunden, die vor lauter Ungeduld hin und her tänzeln, einen Knochen vorgeworfen. Sofort brach auf der gesamten Plantage der Krieg aus.

Die Vermittlungstruppen der ECOMOG trafen ein und bombten alles nieder. Die Banden und Rebellen stoben auseinander. Wir, das heißt, der muslimische Fetischpriester, der humpelnde Bandit Yacouba und ich, das Straßenkind, der Kindersoldat ohne Furcht und Tadel, fanden uns wegen dargebrachter Opfergaben (das bedeutet, wie ich schon erwähnte, aufgrund eines glücklichen Zufalls) in einem elenden Dorf am Rande der Plantage wieder. Denn Allah ist nicht verpflichtet, in all seinen Dingen gerecht zu sein.

In diesem armseligen Dorf haben wir zu unserer großen

Überraschung unseren Freund Sekou wieder getroffen. Sekou Doumbaya, der wie Yacouba Geldscheinvervielfacher gewesen ist. Sekou hatte Neuigkeiten von der Tante für uns. Sie sei zu Fuß nach Sierra Leone aufgebrochen, zu einem Verwandten. Da wollten und konnten wir nicht mehr zu Prince Johnson zurück. Wir mussten unter allen Umständen nach Sierra Leone kommen.

V

SIERRA LEONE ist das reine Chaos, ja, das Chaos im Quadrat. Man sagt, in einem Land herrschen chaotische Zustände, wenn Straßenräuber sich das Land aufteilen wie in Liberia; wenn aber zu den Straßenräubern noch alle möglichen Vereinigungen und Demokraten hinzukommen, dann ist es mehr als ein normales Chaos. In Sierra Leone mischten der Kamajor, das ist die ehrwürdige Vereinigung traditioneller Jäger, und der Demokrat Kabbah mit, außerdem die Straßenräuber Foday Sankoh, Johnny Koroma und ein paar kleine Gauner. Daher sagt man, Sierra Leone sei nicht nur das reine Chaos, sondern das Chaos im Quadrat. Faforo (Schwanz meines Vaters)! Im Namen Allahs, dem Gnädigen und Barmherzigen (Walahé)! Aber fangen wir mit dem Anfang an. Ich werde jetzt eine kleine Geschichtslektion geben, woher ich die habe, muss ich jetzt nicht erzählen.

Sierra Leone ist ein elender, kleiner afrikanischer Staat, irgendwo zwischen Guinea und Liberia. Anderthalb Jahrhunderte lang, von den Anfängen der englischen Kolonisierung 1808 bis zur Unabhängigkeit am 27. April 1961, ist dieses Land ein Hort des Friedens, der Stabilität und der Sicherheit gewesen. Während dieser langen Zeit müssen die Dinge einfach gewesen sein, zumindest aus Sicht der Verwaltung. Es gab zwei Sorten von Menschen im Land: erstens die britischen Bürger, zu denen die kolonialistischen englischen *toubabs* und die Kreolen gehörten; und zweitens die schwarzen Ureinwohner des Buschs. Die Kreolen oder Kreos waren Abkömmlinge freigelassener Sklaven, die aus Amerika gekommen waren. Walahé! Sie hatten leitende Stellungen als Angestellte in Verwaltung und Wirtschaft. Die englischen Kolonialherren und die diebischen korrupten Libanesen steckten sich die Gewinne in die Tasche. Die Libanesen sind viel später gekommen, zwischen den beiden Kriegen. Die Kreolen waren reiche, intelligente Schwarze, die den schwarzen Ureinwohnern, die wie die Tiere geschuftet haben müssen, überlegen waren. Viele von ihnen hatten ein Staatsexamen in Jura gemacht oder andere Universitätsabschlüsse wie zum Beispiel den Doktor der Medizin.

Der 27. April ist in Sierra Leone ein Feiertag. Denn an diesem Tag im Jahre 1961 wurde das Land unabhängig, das weiß jedes Kind, und die schwarzen Ureinwohner erhielten das Wahlrecht. Seitdem gibt es in Sierra Leone nur Staatsstreiche, Morde, Hinrichtungen durch den Strang, Erschießungen und jegliche Art von Unordnung, eben das Oberchaos. Denn das Land ist fast genauso reich an Diamanten und Gold wie an korrupten Typen. Faforo (Schwanz meines Vaters)!

Kaum hatten die schwarzen Eingeborenen die Unabhängigkeit und das Wahlrecht, brachten sie den einzigen schwarzen Afrikaner des Landes an die Macht, der einen Universitätsabschluss hatte. Er hieß Milton Margaï und hatte Rechtswissenschaft studiert. Außerdem hatte er eine weiße Engländerin geheiratet. Damit konnte er beweisen, dass er wirklich nichts mehr mit den schwarzen Ureinwohnern gemeinsam hatte.

Als Milton Margaï an die Macht gehievt wurde, soll er bereits alt und auch ein bisschen weise gewesen sein. Unter seiner Herrschaft als Premierminister Ihrer Majestät gab es viel Stammesbewusstsein, und die Korruption hielt sich noch halbwegs in Grenzen. Natürlich wurden die Mende, die Angehörigen des Stammes des Premierministers, begünstigt. Das ist normal, schließlich folgt man im Busch dem Elefanten, um nicht vom Tau nass zu werden. (Diese Redewendung bedeutet laut dem *Verzeichnis der lexikalischen Besonderheiten*: Man sucht Schutz, indem man sich in der Nähe eines Großen aufhält.)

Als Milton am 28. April 1964 starb, kam sein Bruder Albert an die Macht. Ich weiß nicht, ob er damals schon so hieß, aber heute erinnern sich alle an ihn als Big Albert. Unter ihm blühten Stammesbewusstsein und Korruption so sehr auf, dass er schon drei Jahre später nach einem erfolgreichen Putschversuch von Colonel Juxton Smith abgelöst wurde, der nicht zum Stamm der Mende gehörte. Da sich unter seiner Herrschaft nichts änderte, wurde er schon im Jahr darauf durch einen Staatsstreich seiner Unteroffiziere gestürzt, die eine revolutionäre Antikorruptionsbewegung gründeten (ACRM). Walahé! Aber auch sie hielt die Korruption nicht auf.

Im Frühjahr 1968 übernimmt Siaka Stevens vom Stamm der Timba die Regierung. Auch er will der Korruption ein Ende setzen, scheitert jedoch und wird im Mai 1971 aus seinem Palast und der Hauptstadt verjagt. Guineische Fallschirmspringer bringen ihn jedoch zurück, und unter deren Schutz geht es Siaka Stevens richtig gut.

Er errichtet eine Diktatur mit einer Einheitspartei und viel Korruption. Siaka erhängt, erschießt, foltert die Oppositionellen. (Oppositionelle gehören laut Wörterbuch zur Opposition, das heißt zur Gesamtheit der an der Regierung nicht beteiligten oder mit der Regierungspolitik nicht einverstandenen Gruppen.) Trotz der Korruption muss Sierra Leone damals recht stabil gewirkt haben. Als Siaka Stevens alt, sehr alt ist, übergibt er die Führung der Staatspartei an seinen General Saïdou Joseph Momoh. Der General verliert den Schutz der guineischen Militärs. Im August 1985 erkennt er selbst, dass er «nicht die Mittel habe, den Diamantenhandel zu unterbinden». Das heißt, die Korruption.

Während also die Bestechlichkeit weiter blühte und die Staatsstreiche aufeinander folgten wie Perlen an einem Rosenkranz, bereitete sich ganz verstohlen, Walahé!, wirklich still und heimlich, gegen das verderbte und verbrecherische Regime von Sierra Leone etwas vor, das beißt, ohne Zähne zu haben. (Bei den afrikanischen Schwarzen nennt man eine unangenehme Überraschung: etwas das beißt, ohne Zähne zu haben.) Der Sierra Leone beißen sollte, ohne Zähne zu haben, hieß Foday Sankoh. Bis zu dem Zeitpunkt müssen die Dinge sehr einfach gewesen sein, so einfach, dass ich, Birahima, mir alles gut merken konnte. Es gab nur zwei Partner, die Regierung und die Armee, die sich wie Huren für Geld verkauften. Wurde der Diktator, der die Macht hatte, zu verderbt und zu reich, löste ihn ein Militär durch einen Staatsstreich ab. Wenn er nicht ermordet wurde, machte sich der Gestürzte wie ein Dieb mit der Kohle aus dem Staub. Der ihn gestürzt hatte, wurde seinerseits sehr verderbt und sehr reich, ein anderer löste ihn durch einen Staatsstreich ab, und wenn er nicht ermordet wurde, floh er mit dem *liriki* (*liriki* bedeutet: Geld). Und immer so weiter. Diese traute Zweisamkeit wurde von Foday Sankoh durchbrochen, er zog ein drittes Flittchen in den Tanz hinein, das Volk, die kleinen Leute, die schwarzen Ureinwohner aus dem Busch von Sierra Leone.

Wer ist dieser Foday Sankoh, der Gefreite Foday Sankoh, überhaupt? Ich werde es im zweiten Teil meiner kleinen Geschichtslektion erklären. Gnamokodé (Bei meiner verdammten Mutter)!

Foday Sankoh, vom Stamm der Temne, tritt 1956 in die Armee von Sierra Leone ein. 1962 reißt er sich den Winkel des Gefreiten ab (er hat keine weiteren in seiner langen, außergewöhnlichen Karriere bekommen) und gehört 1963 zum Kontingent von Soldaten aus Sierra Leone, dessen Aufgabe es ist, den Frieden im Kongo zu sichern. Dort erlebt er mit, wie Patrice Lumumba, der erste Präsident des Kongos, einfach abgesetzt, verhaftet und ermordet wird. Diese schamlose Gewalt widert ihn an und gibt ihm zu denken. Und zwar denkt er sich, dass dieser ganze schöne Apparat der UNO nur den Interessen der europäischen kolonialen und kolonialistischen *toubabs* dient und niemals den Interessen des armen schwarzen Ureinwohners.

Wieder zurück in Sierra Leone, stoßen ihm das große Elend der kleinen Leute und die Korruption, die in seinem Land herrscht, umso übler auf. Er stürzt sich in die Politik, wird verdächtigt, am Komplott des Colonel John Bangoura gegen Margaï beteiligt gewesen zu sein. Er wird verhaftet und wieder freigelassen. 1971 ist er in den Staatsstreich von Momoh gegen Siaka Stevens verwickelt. Er wird verhaftet und sechs lange Jahre eingesperrt. In diesen Jahren liest er Mao Tse-tung und alle möglichen Schriften über den Volkskampf. Er denkt viel nach und kommt zu dem Schluss: Ein militärischer Staatsstreich gegen die Spitze kann dem verdorbenen, schweinischen Regime von Sierra Leone kein Ende setzen. Eine Revolution, die vom Volk ausgeht, das muss es sein. Und so stellt er sich in den Dienst dieser Revolution. Im Osten des Landes fängt er an und lässt sich schließlich in Bô, der zweitgrößten Stadt Sierra Leones, nieder. Er gibt sich als Fotograf aus, verbreitet aber in Wahrheit vor allem seine Ideen. Anfang 1991 rekrutiert er eine Armee von dreihundert Mann. Die Männer nennt er Freiheitskämpfer und die Armee *Front revolutionnaire uni*, Vereinigte Revolutionäre Front (RUF). Er bildet seine Männer zu richtigen Kämpfern aus. Durch eine Reihe von Überfällen beschaffen sie sich moderne Waffen. Die modernen Waffen ersetzen die Buschmesser.

Im März 1991 löst Sankoh, zusammen mit dem liberianischen Banditen Taylor, den Bürgerkrieg an der Grenze zu Liberia aus. Präsident Joseph Momoh bittet die anderen Staaten der CDEAO um Hilfe, schickt Tausende Soldaten an die Grenze, um die Rebellen der RUF zu verjagen. Die Soldaten desertieren und schließen sich den Freiheitskämpfern der RUF an. Nichts geht mehr. Sierra Leone ist dem Zusammenbruch nahe. Joseph Momoh wird durch einen Staatsstreich entmachtet. *Gnona-gnona* flieht er mit der Kohle. Der Hauptmann Valentine Strasser übernimmt die Macht.

Das Programm des Hauptmanns Strasser ist in erster Linie der Kampf gegen die Hydra der Korruption. (Die Hydra ist in alten Sagen ein der Schlange ähnliches Ungeheuer mit neun Köpfen.) Und zweitens der Kampf gegen Foday Sankoh und seine RUF. Um Foday Sankoh auszuschalten, lässt Strasser vierzehntausend arbeitslose Jugendliche und unterernährte Straßenkinder rekrutieren: Man nennt sie «Sobels» – *soldiers by day, rebels by night*, tagsüber Soldaten und nachts Rebellen, das heißt plündernde Banditen. Sie schließen sich den Freiheitskämpfern der RUF an, und am Morgen des 15. April 1995 startet Foday Sankoh eine Offensive im Westen mit Richtung auf die Hauptstadt Freetown. Und Foday Sankoh besetzt mit seiner RUF, ohne auf Widerstand zu stoßen, die Region, wo es Diamanten und Gold gibt; und die

Kaffee-, Kakao- und Ölpalmen-Anbaugebiete sackt er auch noch gleich ein. Seit diesem Tag ist ihm alles, was auf der Welt geschieht, schnurzpiepegal: Alles, was nutzbar ist in Sierra Leone und Geld bringt, gehört ihm.

Walahé! Valentine Strasser hat keinen Sou mehr in der Hosentasche, aber er hat jede Menge Ärger. Also spielt er das Spiel der Demokratie. Er lässt politische Parteien zu, organisiert eine nationale Konferenz (die nationale Konferenz ist der Name für den großen politischen Jahrmarkt, den man in allen afrikanischen Ländern um 1994 veranstaltet und wo jeder erzählt, was ihm so durch den Kopf geht). Er beschließt mit der UNO, freie, ehrliche Wahlen durchzuführen. Sein Widersacher Foday Sankoh lässt sich jedoch nicht auf das Spiel der Demokratie ein. Er lehnt einfach alles ab, die nationale Konferenz, die freien Wahlen. Das alles braucht er nicht. Er hat die Diamantenregion des Landes; alles, was nutzbar ist in Sierra Leone, gehört ihm. Als Erstes fordert er die Ausweisung des Vertreters der UNO, die ihm seit seinen Erlebnissen im Kongo ein Gräuel ist. Solange der UNO-Repräsentant in Sierra Leone bleibe, werde er, Sankoh, keine seiner Gold- und Diamantenminen herausrücken.

Valentine Strasser ist in einer schwierigen Lage. Er weiß nicht, was er tun soll; erst einmal denkt er daran, seine Hauptstadt und das Zipfelchen Land, das noch unter seiner Herrschaft steht, zu schützen. Daher bittet er die nepalesischen Ghurkas und die südafrikanischen Söldner um Hilfe, doch dann wird er auch schon von seinem eigenen Stellvertreter, Manada Bio, gestürzt. Wie ein Dieb macht sich Hauptmann Strasser *gnona-gnona* mit den schwarzen Kassen aus dem Staub.

Nun lebt also seit dem 16. Januar 1996 Manada Bio im Palast, im Palast von Lumbey Beach. Die UNO und die Staaten der CDEAO üben Druck auf ihn aus und zwingen ihn, an der Wahl am 26. Februar festzuhalten, die sein Vorgänger versprochen hatte. Am 28. Januar nimmt er Gespräche mit einer Delegation von Foday Sankoh auf. Foday Sankoh lehnt demokratische Wahlen ab. Er hält nichts davon, denn ihm gehört alles, was nutzbar ist und Geld bringt in Sierra Leone.

Hier wird meine kleine Geschichtslektion nun doch recht schwierig. Für ein Straßenkind ohne Furcht und Tadel, für einen Kindersoldaten, der schon früh die Schule geschmissen hat, ist es nicht ganz leicht, all diese Namen und Daten auswendig zu behalten. Glücklicherweise habe ich jemanden, der mir bei diesen Dingen hilft. Und dann laufen diese ganzen Staatsstreiche ja doch immer nach dem gleichen Muster ab, so dass ich mich schon gut darin zurechtfinde.

Also, der erste Wahlgang der Präsidentenwahlen fand dennoch statt, trotz aller Proteste von Foday Sankoh, der vor Wut tobte. Er zermarterte sich das Gehirn, wie er wenigstens den zweiten Wahlgang verhindern könnte. Er dachte lange darüber nach, und wenn Foday ernsthaft nachdenkt, verzichtet er auf Tabak, Alkohol und Frauen. Walahé (im Namen Allahs)! Er setzt sich auf strikte Diät und schließt sich tagelang ein.

Am Ende des fünften Tages seiner Klausur (Klausur ist laut Wörterbuch der Bereich eines Klosters, der nur für bestimmte Personen zugänglich ist, und bedeutet daher auch Abgeschlossenheit, Einsamkeit) kam ihm die Lösung wie von allein über die Lippen, in Form einer lapidaren Formel: «Keine Hand, keine Wahlen.» (Lapidar bedeutet: ohne weitere Erläuterungen, kurz und bündig.) Es war ganz einfach: Wer keine Hand hat, kann auch nicht wählen. Man musste nur so vielen Leuten wie möglich die Hände abschlagen. Man musste nur jeden Einwohner Sierra Leones gefangen nehmen und ihm, bevor er in die von den Regierungstruppen besetzte Zone zurückgeschickt wurde, die Hände abschlagen. Foday gab den entsprechenden Befehl und erklärte auch noch die zwei unterschiedlichen Methoden, mit denen zu vollstrecken war. Es gab die Methode der «kurzen Armstümpfe» und der «langen Armstümpfe». «Kurze Armstümpfe» heißt, die Unterarme des Patienten werden am Ellenbogen amputiert; «lange Armstümpfe» heißt, die Hände werden am Handgelenk amputiert.

Es wurde generell amputiert, ohne Ausnahme und ohne Mitleid. War da eine Frau mit ihrem Kind auf dem Rücken, wurden der Frau die Hände amputiert und ihrem Baby auch, gleichgültig wie alt der Säugling war. Es ist besser, auch den jüngsten Bürgern die Hände zu amputieren, dann müssen sie später auch nicht zur Wahl gehen.

Als die Mitglieder der regierungsunabhängigen Hilfsorganisationen all die Krüppel mit kurzen und langen Armstümpfen sahen, gerieten sie in Panik und übten Druck auf Manada Bio aus. Manada Bio war bereit, Verhandlungen aufzunehmen, aber dafür brauchte er einen Menschen, dem Foday Sankoh zuhören würde. Einen Menschen, dessen moralische Autorität allgemein anerkannt war. Er klopfte an die Tür des Weisen von Schwarzafrika in Yamoussoukro.

Dieser Weise hieß Houphouët-Boigny und war Diktator der Elfenbeinküste; ein verehrungswürdiger Mann, ergraut erst durch die Korruption, dann durch das Alter und viel Weisheit. Houphouët nahm die Angelegenheit sehr ernst und entsandte *gnona-gnona* seinen Außenminister, der Foday Sankoh von seinem Maquis (Maquis bedeutet: Unterholz, Buschwald, war im Zweiten Weltkrieg der Name für die französische Widerstandsbewegung gegen die deutsche Besatzung und bezeichnet allgemein einen wenig zugänglichen

Ort, an dem sich die Widerständler sammeln) im tropischen, undurchdringlichen Urwald abholen sollte.

Der Außenminister brachte Foday Sankoh leibhaftig und vollständig zum alten Diktator nach Yamoussoukro. Der alte Diktator küsste ihn auf den Mund und empfing ihn in obszönem Luxus. (Obszön heißt unanständig, schlüpfrig und bedeutet hier, dass der Luxus durch sein außerordentliches Ausmaß im Vergleich zu den allgemeinen Lebensumständen das Schamgefühl verletzt). Houphouët-Boigny stellt ihm alles zur Verfügung und gibt ihm reichlich Geld. In diesem obszönen Luxus, wie ihn nur ein alter und weiser Diktator bieten kann, badet Foday Sankoh, der bis dahin noch nie über die Schwelle eines Luxushotels getreten war; der sein Lebtag die kargen Freuden gelebt hatte und damit zufrieden gewesen war. Nun hatte er alles im Überfluss und machte von allem im Überfluss Gebrauch. Er machte im Überfluss Gebrauch von Zigaretten, Alkohol, Handys und vor allem machte er unmäßigen Gebrauch von Frauen. Unter diesen angenehmen Umständen akzeptiert Foday den Waffenstillstand.

Der zweite Wahlgang der Präsidentenwahl fand also dennoch statt. Trotz der zahlreichen Handamputationen begeisterten sich die kleinen Leute in Sierra Leone für die Wahl. Sie glaubten, die Wahl setze ihrem Martyrium ein Ende. (Martyrium müsste schon öfter in meinem Blabla vorgekommen sein und bedeutet: um des Glaubens oder einer Überzeugung willen erlittene grauenhafte Pein.) Alle strömten in die Wahllokale. Sogar die Handlosen, vor allem die Handlosen. Sie betraten die Wahlkabine mit einem Freund oder einem Bruder, der für sie die Stimme abgab.

Am 17. März 1996 wurde Ahmad Tejan Kabbah mit sechzig Prozent der Stimmen gewählt. Der demokratisch gewählte Präsident zog in den Palast am Lumbey Beach und entsandte sofort eine Delegation nach Yamoussoukro, die an den Gesprächen teilnehmen sollte.

Foday Sankoh wollte sie jedoch nicht anerkennen. Für ihn gab es keine Wahlen und keinen Präsidenten. (Es ist ihm schnurzpiepegal, ihm gehört alles, was nutzbar ist in Sierra Leone.)

Nach wochenlanger Diskussion gelang es, ihn zur Vernunft zu bringen. Noch über die Satzzeichen des Abschlusskommuniqués wurde hart verhandelt. Dieses Kommuniqué wurde veröffentlicht. Foday Sankoh hatte alle Forderungen akzeptiert. Man ließ ihn zurückkehren in sein Hotel mit dem obszönen Luxus, dem Alkohol, den Zigaretten, den Frauen und den Handys.

Einen Monat später verwarf er in einer Aufsehen erregenden Erklärung alles. Er habe niemals die Wahlen anerkannt; er habe niemals Ahmad Tejan Kabbah anerkannt. Er werde den Waffenstillstand aufheben.

Ein zweites Mal wurden Verhandlungen aufgenommen. Sie waren hart, führten aber zum Erfolg. Das Abschlusskommuniqué wurde lang und breit diskutiert, Punkt für Punkt, Komma für Komma. Foday Sankoh nahm begeistert das Abkommen an. Alle beglückwünschten Foday Sankoh. Der alte Diktator Boigny küsste ihn auf den Mund und schickte ihn zurück in sein Hotel, in seinen obszönen Luxus. Er nahm seine Gewohnheiten wieder auf, seine kleinen Schwächen, seine Laster und Ausschweifungen. Einen Monat später, krach! bauz!, stellte er alles wieder in Frage. Nein, er habe die Wahlen nicht anerkannt. Niemals erkenne er Ahmad Tejan Kabbah als Präsidenten an. (Es ist ihm schnurzpiepegal, ihm gehört alles, was nutzbar ist in Sierra Leone.)

Die Unterhändler eilen herbei. Mühsam kommen die

Verhandlungen wieder in Gang. Punkt für Punkt werden alle Aspekte des Abkommens hart diskutiert. Schließlich kommen sie zum Abschlusskommuniqué. Die Diskussionen sind härter denn je. Die Lage ist ernst, darum muss man auch über die kleinen Streitpunkte Einigung erzielen. Alle sind zufrieden. Die Gespräche sind schwierig gewesen, und dennoch hat man zu endgültigen Ergebnissen gefunden.

Faforo (Hintern meines Vaters)! Zwei Monate später, als man glaubte, alles stünde fest, der Waffenstillstand, der Verhandlungsablauf, tauchte Foday mit einer donnernden Erklärung wieder auf. Er sei mit nichts einverstanden, er habe nichts unterzeichnet, er erkenne nichts an, weder die Wahlen noch den Präsidenten. Seine Freiheitskämpfer nähmen den Kampf wieder auf. (Es ist ihm schnurzpiepegal, ihm gehört alles, was nutzbar ist in Sierra Leone.)

Die Unterhändler eilen herbei. Sie kreuzen im Hotel Ivoire auf, in dem Palast, in dem Foday mit all seinen Lastern untergebracht ist. Kein Foday! Sie suchen ihn überall; in den verruchtesten Kneipen von Treichville, dem heißen Viertel von Abidjan. Kein Foday. Sie glauben, er sei entführt worden. Die Polizei ist im Großeinsatz. Alle fürchten um sein Leben. Der Diktator Houphouët sitzt ziemlich in der Klemme. Er war es, der Foday im Hotel untergebracht hat. Er ist der Verantwortliche. Er schimpft auf seine Polizei. Sie suchen und suchen immer weiter. Immer noch kein Foday!

Drei Wochen später, als die Suche noch in vollem Gange ist, hört man, Foday Sankoh sei in Lagos, in Nigeria, wegen Waffenhandel verhaftet worden. Was hatte er in Nigeria zu suchen? Walahé! Der nigerianische Diktator Sani Abacha ist ein erklärter Feind Foday Sankohs. Warum sollte Foday sich in das Maul des Kaimans begeben haben? Dieses Kaimans von Diktator, der Sani Abacha heißt?

Die Erklärung dafür liegt in der Missgunst zwischen den beiden Diktatoren: dem Diktator Houphouët-Boigny und dem Diktator Sani Abacha. Es waren Sani Abachas Truppen, die in Sierra Leone kämpften, aber bei Houphouët-Boigny fanden die Friedensgespräche statt. Es waren Sani Abachas Landsleute, die in Sierra Leone starben, aber die Zeitungen in aller Welt hatten immer nur über Houphouët geschrieben; ihn sah man als den Weisen Schwarzafrikas an. Nach einem Sprichwort der schwarzen Eingeborenen war es Sani Abacha, der im Regen stand, und Houphouët-Boigny, der die Fische aus dem Fluss zog. Oder wie es bei den Weißen heißt, Houphouët holte die Kastanien aus dem Feuer. Um dieser Situation ein Ende zu machen, hat der nigerianische Diktator den ahnungslosen Foday Sankoh in einen Hinterhalt gelockt. Er hat einen Geheimagenten nach Abidjan geschickt, der Foday heimlich einen Handel vorschlug. Er hat Foday Sankoh gebeten, heimlich nach Lagos zu reisen. Dort würde ihn Sani Abacha empfangen, um mit ihm ein Geheimgespräch darüber zu führen, welches wohl die besten Bedingungen seien, um die nigerianischen ECOMOG-Truppen zum Abzug aus Sierra Leone zu bewegen. Foday Sankoh tappte in die Falle. Kaum hatte er Lagos betreten, wurde er auch schon als Waffenhändler verhaftet. Eingesperrt, zack!, den Schlüssel zweimal im Schloss gedreht. Als Foday hinter Gittern saß und ausgebootet war, versuchte man, mit seinen Stellvertretern über sein Terrain ins Gespräch zu kommen. Man dachte, sie wären gefügiger. Doch seine Stellvertreter zeigten keinerlei Entgegenkommen. Sie verweigerten jedes Gespräch ohne ihren Anführer. Und Foday ließ aus dem Gefängnis seine dröhnende Stimme ertönen. Sie war rau und durchdringend, sie sagte nein, immer wieder nein, nein.

Da der Diktator Sani Abacha, der in der Klemme saß, nicht wusste, was er mit dem lästigen Foday Sankoh machen sollte, übergab er ihn den Behörden von Sierra Leone, dem gewählten Präsidenten des Landes, Ahmad Tejan Kabbah. Kabbah Tejan setzte Foday Sankoh auf strikte Diät. Er sperrte ihn ein, der Schlüssel wurde zweimal im Schloss umgedreht. Er entzog ihm alles, die Frauen, die Zigaretten, den Alkohol und die Besuche. Foday sagte immer noch nein, nein. Er wollte nichts abtreten. Man bat den neuen Weisen Afrikas, den neuen Ältesten der afrikanischen Diktatoren, den Diktator Eyadema, um Hilfe. Der alte Diktator Houphouët-Boigny, der seit Ewigkeiten diese Rolle innehatte, hatte in der Zwischenzeit den Löffel abgegeben. (Den Löffel abgeben ist ein unfeiner Ausdruck für sterben, so wie krepieren, verrecken.) Er hat seinen Erben eines der größten Vermögen ganz Schwarzafrikas hinterlassen, mehr als dreitausendfünfhundert Milliarden Francs CFA!

Jetzt bin ich mit meiner Geschichtslektion schon im Jahre 1994 angelangt, und ich werde der Zeit ein wenig vorausgreifen.

Der neue Weise Afrikas, der Diktator Eyadema, lässt Foday Sankoh nach Lomé, in die Hauptstadt Togos, kommen. Er setzt ihn wieder in alle seine Rechte und Laster ein. Er gibt ihm alles: Frauen, Zigaretten, Handys und das große Wort. Er kann sich völlig frei bewegen. Das Palaver beginnt wieder bei Null. Der Bandit Foday Sankoh sagt immer noch nein, immer wieder nein. Er will die gewählten Machthaber nicht anerkennen. Er will keinen Waffenstillstand. Er will nichts. (Es ist ihm schnurzpiepegal, ihm gehört alles, was nutzbar ist in Sierra Leone.)

Dann hat der Diktator Eyadema einen phantastischen, genialen Einfall. Die USA, Frankreich, England und die UNO unterstützen diese Idee, die darin besteht, eine Veränderung der Veränderung vorzuschlagen, ohne dass sich auch nur das Geringste verändert. Eyadema stimmt sich mit der internationalen Gemeinschaft ab und schlägt dem Banditen Foday Sankoh den Posten des Vizepräsidenten der Republik Sierra Leone vor. Als solcher hätte er die Amtsgewalt über alle Minen, die er längst mit Waffengewalt an sich gerissen hat, und er hätte die Amtsgewalt über die Nutzflächen des Landes, die er bereits besetzt hält. Das wäre wirklich eine große Veränderung der Veränderung ohne Veränderung. Der Status von Foday Sankoh bliebe unverändert: Es wird gegen den Banditen kein Prozess angestrengt. Und auch sein Reichtum bliebe unverändert. Sofern man ihm eine Generalamnestie verspricht, antwortet Foday auf der Stelle mit Ja, Ja. Liegt man ihm nicht mit alten Geschichten in den Ohren, so antwortet er mit Ja. Er erkennt die Regierung an. Er akzeptiert den Waffenstillstand und die Entwaffnung der Freiheitskämpfer. Schade für die «kurzen Armstümpfe» und die «langen Armstümpfe», schade für die armen Teufel.

So stehen die Dinge, zu diesem Preis wird der Bandit Foday Sankoh nach Freetown zurückkehren, als Vizepräsident der demokratischen und einheitlichen Republik Sierra Leone und als Verwalter der Minen von Sierra Leone. Mit dieser politischen List gelingt es, den Stammeskrieg in Sierra Leone zu beenden. Doch soweit sind wir noch nicht. Faforo (Schwanz meines Vaters)! Gnamokodé (Bastard)!

Das alles ist erst später passiert, nachdem wir in dem Gebiet, das Foday Sankoh und seine Kämpfer besetzt hielten, ein ziemlich abenteuerliches Leben geführt haben. Und wir, das heißt, Yacouba, der humpelnde Bandit, der Geldscheinvervielfacher, der muslimische Fetischpriester, und ich, Birahima, das Straßenkind ohne Furcht und Tadel, *the small soldier*, wir waren auf der Suche nach Tante Mahan. Sie hatte Liberia verlassen und wollte den Onkel in Sierra Leone treffen. Wir haben unser abenteuerliches Leben in dieser Gegend genau zwei Wochen nach dem 15. April 1995 begonnen. Am 15. April fand Foday Sankohs Blitzoffensive statt, mit der es ihm gelang, die Machthaber von Sierra Leone k. o. zu schlagen und die Nutzflächen des Landes zu besetzen. Wir waren von den Freiheitskämpfern der RUF in der Stadt Mile-Thirty-Eight, die achtunddreißig Meilen von Freetown entfernt liegt, gefangen genommen worden. Freetown ist die Hauptstadt dieses kaputten und verfluchten Landes Sierra Leone.

Der General, der uns in Mile-Thirty-Eight festgenommen hatte, hieß Tieffi und war ein wahrer Oberbefehlshaber über Städte und Menschen. Der General Tieffi ähnelte in all seinen Gesichtszügen Foday Sankoh: Der gleiche graue Bart, die gleiche Jägermütze, die gleiche Freude am guten Leben, und auch dieses verblüffende oder auch schockierende laute Lachen.

Er wollte uns sofort in den Schlachthof schicken, wo den Bürgern Sierra Leones die Hände und die Arme abgehackt wurden, um sie am Wählen zu hindern. Zum Glück hat Yacouba die Gefahr gerochen. Er hat wieder mal alle Fähigkeiten aufgesagt, über die ein Grigrimann verfügt, der wirksamen Schutz gegen Gewehrkugeln verschaffen kann, und er hat seinen gefälschten Pass aus der Elfenbeinküste vorgezeigt. Tieffi war froh zu erfahren, dass wir Ivorer waren. Er verehrte Houphouët-Boigny, den Präsidenten der Elfenbeinküste, der reich und weise war und in Yamoussoukro nach dem Vorbild des Petersdoms in Rom eine prunkvolle weiße Basilika gebaut hatte. Der General hat uns erklärt, welch großes Glück wir doch hätten; Leuten aus Guinea würden zurzeit die Hände abgeschlagen, weil sich Guinea in die inneren Angelegenheiten Sierra Leones einmische. Yacouba drückte unsere guineischen Pässe fest an sich, die er nicht vorgezeigt hatte, weil er es riechen konnte, wenn es gefährlich wurde.

Yacouba hatte es gut, er wurde in die Häuser der Grigrimänner geschickt, wo es anständiges Essen gab. Er hat sich sogleich an die Arbeit gemacht und einen einzigartigen Grigri für General Tieffi hergestellt.

Ich, das Straßenkind ohne Furcht und Tadel, wurde sofort in die Brigade der Kindersoldaten eingereiht mit Kalaschnikow und so weiter. Ich wollte ein kleiner Lykaon der Revolution werden. Das waren die Kindersoldaten mit den unmenschlichsten Aufgaben. Aufgaben, die so hart waren wie die, jemandem eine Biene ins Auge zu setzen – so ein Sprichwort der schwarzen Ureinwohner. Der General lächelte, als ich ihm meinen Wunsch verriet, und fragte: «Weißt du denn, was ein Lykaon ist?»

Ich habe verneint.

«Also, Lykaons sind Wildhunde, die im Rudel jagen. Die fressen Vater, Mutter, alles. Wenn sie ihr Opfer gemeinsam aufgefressen haben, zieht sich jeder zurück und reinigt sich. Kommt einer mit Blut auf dem Fell zurück, und sei es auch nur ein einziger Tropfen, gilt er als verletzt und wird von den anderen aufgefressen. Das ist ein Lykaon. Kapiert? Die kennen kein Mitleid. Lebt deine Mutter hier in der Nähe?»

«Nein. Sie ist schon lange tot. An einem Geschwür gestorben, das die Beschneiderin ihr auferlegt hatte, weil sie deren Sohn nicht heiraten wollte.»

«Lebt dein Vater hier?»

«Nein, er ist gestorben, ohne dass er den weißen Bart eines weisen Alten hatte.»

Tieffi brach in Gelächter aus.

«Da hast du aber Pech gehabt, kleiner Birahima, so kannst du kein guter kleiner Lykaon der Revolution werden. Deine Eltern sind bereits tot und beerdigt. Um ein guter kleiner Lykaon der Revolution zu werden, musst du zuerst mit deinen eigenen Händen – hörst du, mit deinen eigenen Händen – deinen Vater oder deine Mutter töten. Erst danach kommt man zur Initiation.»

«Könnte ich nicht dennoch wie alle anderen kleinen Lykaons initiiert werden?»

Wieder brach der General in Gelächter aus und erklärte: «Nein, nein. Du bist kein Mende, du verstehst die Mende-Sprache nicht, du bist ein Malinké. Bei dem Initiationsritus wird getanzt und auf Mende gesungen. Am Ende der Zeremonie isst der junge Initiierte ein Fleischbällchen. Dieses Fleischbällchen haben die Hexenmeister aus vielen Zutaten zusammengemengt, und natürlich ist auch Menschenfleisch dabei. Die Malinké ekeln sich davor, dieses Bällchen herunterzuschlucken, die Mende jedoch nicht. In Stammeskriegen muss man ein bisschen Menschenfleisch essen. Das macht das Herz sehr hart und schützt vor Kugeln. Ich, Tieffi, zum Beispiel, gehe niemals an die Front oder in einen Kampf, ohne eine Kalebasse Menschenblut getrunken zu haben. Eine Schale Menschenblut belebt; das macht wild, das macht grausam, und das schützt vor sirrenden Kugeln.»

Die Initiation eines kleinen Lykaon findet in einem Wald statt. Er trägt einen Bastrock. Er singt und tanzt und schlägt den Bürgern Sierra Leones tüchtig mit dem Beil Hände und Arme ab. Anschließend verzehrt er ein Fleischbällchen, das natürlich aus Menschenfleisch ist. Dieses Bällchen ist das delikate, köstliche Abschlussessen der Initiationsfeierlichkeit. Gnamokodé (Bei meiner verdammten Mutter)!

Mir aber blieb der Zutritt zur Elite der Kindersoldaten, den kleinen Lykaons, verwehrt. Ich hatte kein Anrecht auf die doppelte Essensration, auf Drogen im Überfluss und auf den dreifachen Sold. Ich war aufgeschmissen, ein Taugenichts.

Der General steckte mich in die Brigade, deren Aufgabe es war, für die Sicherheit der Minen zu sorgen. Die Minenarbeiter waren halbe Sklaven. Sie wurden zwar bezahlt, durften sich jedoch nicht frei bewegen.

Kommen wir noch einmal auf die Regierung zurück, auf die allgemeine Politik in diesem kaputten Land der Verfluchten und Verrückten.

Im März 1996 wird Ahmad Tejan Kabbah mit sechzig Prozent der Stimmen gewählt. Am 15. April zieht der demokratisch gewählte Präsident in den Regierungspalast am Lumbey Beach. In diesem Palast steht er seinem Schicksal allein gegenüber, das heißt, wie alle demokratisch gewählten Präsidenten steht er allein vor der Armee Sierra Leones. Die Gespenster seiner Vorgänger, die geflohen sind oder an diesem Ort ermordet wurden, spuken im Palast herum. Nachts bekommt er kein Auge zu; er schläft wie ein Kaiman, mit halb offenen Augen. Er denkt viel darüber nach, wie er das anstößige Verhältnis mit der launischen Armee Sierra Leones aufbrechen könnte. (Anstößig ist laut Wörterbuch alles, was durch Taten das allgemeine Wohlbefinden stören könnte.) Seit dem zehnten Jahrhundert gibt es in Sierra Leone, wie in den übrigen Ländern Westafrikas, ein Freimaurertum (Freimaurer sind Mitglieder eines weltweit verbreiteten, in Logen gegliederten Männerbundes mit ethischen Zielen und einem mystischen Ritual), in dem sich die Jäger, diese großen Initiierten, diese mächtigen Magier und Seher vereinigen. Das ist der Kamajor. Tejan Kabbah denkt an die Kamajoren, an diese Vereinigung traditioneller und professioneller Jäger. Er lässt sie in den Palast kommen und diskutiert hart mit ihnen. Die Jäger sind einverstanden, sich in den Dienst des Palasts zu stellen. Ihre alten Flinten werden durch moderne Kalaschnikows ersetzt. Von diesem Tag an kann Kabbah, der gewählte Präsident, nachts wieder die Augen schließen. Er schläft wie das Baby der Milchfrau. (Das Baby der Milchfrau schläft ruhig, da es weiß, egal was geschieht, es bekommt immer seine Milch.) Seit diesem Treffen gab es in Sierra Leone zwei Lager und fünf Partner. Zum ersten Lager gehörten die demokratisch gewählte Regierung, die Armee unter dem Kommando Johnny Koromas, die ECOMOG (die Vermittlungstruppen, die nicht vermitteln) und der Kamajor oder die traditionellen Jäger. Das zweite Lager bestand aus der RUF von Foday Sankoh. Mit anderen Worten: alle gegen Foday Sankoh. Es gab sehr wohl fünf Partner und zwei Lager. Doch jeder dieser Partner saugte die Bevölkerung Sierra Leones bis zum letzten Tropfen aus.

Wir, der hinkende Bandit und ich, das Straßenkind ohne Furcht und Tadel, waren in Mile-Thirty-Eight in der Hochburg der RUF, in der Hochburg von Foday Sankoh.

Eines Abends hörte man in den umliegenden Wäldern und unmittelbar neben den Baracken ein Wispern und Zischen. Gewehrschüsse der Nachtwächter dröhnten durch die Dunkelheit, doch niemand schien darauf zu achten. Alle schliefen weiter ihren Schlaf des senegalesischen Meisterkämpfers, der alle Gegner seiner Generation besiegt hat. Gewehrschüsse in der Nacht waren nichts Ungewöhnliches, denn jede Nacht schlichen Diebe um die Minen herum. Diese sporadischen Schüsse konnten das Gewisper nicht beenden.

Beim ersten Tageslicht hörten wir um das ganze Dorf herum anhaltendes Maschinengewehrfeuer, und gleichzeitig erklang das Lied der Jäger, in das Tausende von Stimmen im Chor einfielen. Es waren die Kamajoren. Wie es ihre Art ist, waren sie in der Nacht gekommen und hatten uns umzingelt, ehe sie bei Tagesanbruch angriffen. Sie hatten uns vollständig überrascht. Wir wussten, dass Kugeln von ihnen abprallten. Meine Kameraden in der Brigade wurden von Panik ergriffen und schrien: «Die Kugeln dringen nicht in sie ein! Die Kugeln können ihnen nichts anhaben!» Die Einwohner von Mile-Thirty-Eight flohen in alle Richtungen, es war ein einziges Durcheinander und Rette-sich-wer-kann. Kurz vor Mittag sperrten die Jäger alle Straßen und besetzten alle Einrichtungen. Unsere Anführer waren verschwunden.

Die Kamajoren feierten ein großes Fest, so wie sie es jedes Mal nach einem Sieg tun. Sie hatten Kalaschnikows; das war das einzig Moderne an ihnen. Ansonsten trugen sie alle eine Jakobinermütze auf dem Kopf und steckten in einer Tunika, an der tausende Amulette, Grigris, Tierklauen und Fellstückchen hingen. Sie sangen laut, tanzten und schossen dabei in die Luft. Nach dem Fest besetzten sie die Baracken und die Minen. Sie trieben uns zusammen. Ich war jetzt ebenso wie mein Beschützer Yacouba ein Gefangener der Kamajoren.

Der Angriff der traditionellen und professionellen Jäger hat sechs Kindersoldaten das Leben gekostet. Ich halte es für meine Pflicht, für einen von ihnen die Trauerrede zu halten, denn dieser eine war mein Freund. Nachts in der Baracke, wenn es ruhig war, hat er mir einige Male aus seinem Leben erzählt. Nur für ihn halte ich eine Trauerrede, denn ich muss nicht für alle toten Kindersoldaten eine Grabrede halten. Dazu bin ich nicht verpflichtet, so wie auch Allah nicht verpflichtet ist, in allen Dingen gerecht zu sein.

Unter den Toten war die Leiche von Johnny dem Blitz. Er war durch die *gnoussou-gnoussou* seiner Lehrerin zu den Kindersoldaten gekommen. (*Gnoussou-gnoussou* bedeutet laut dem *Verzeichnis der lexikalischen Besonderheiten*: Geschlechtsorgan der Frau.) Ja, die *gnoussou-gnoussou* der Lehrerin hatte ihn zu den Kindersoldaten gebracht.

Der richtige Name von Johnny dem Blitz war Jean Bazon. So hieß er, als er noch in Man, im Westen der Elfenbeinküste, zur Schule gegangen war. In der zweiten Grundschulklasse gab es ein Podest, auf dem das Pult der Lehrerin stand. Wenn es heiß, sehr heiß war, ließ die Lehrerin sich oft gehen, spreizte ihre Beine, spreizte sie sehr weit, um Luft zwischen die Beine zu lassen. Die Schulkinder hatten ihren Spaß daran, unter allen möglichen Vorwänden unter die Bänke zu klettern und den Anblick, der sich ihnen bot, zu bewundern. Jede Gelegenheit war ihnen recht. In der Pause prahlten sie mit ihren Einblicken oder lachten lauthals darüber.

Eines Morgens fiel Jean mitten in der Stunde sein Stift zu Boden. Ohne böse Absicht, ohne jeden Hintergedanken, bückte er sich, um seinen Stift aufzuheben. Doch war nicht sein Glückstag, sein Missgeschick war die Gelegenheit, auf die die Lehrerin nur gewartet hatte. Entweder hatte ihr jemand von den Späßen ihrer Schüler erzählt, oder sie war ihnen selbst auf die Schliche gekommen. Sie ist hysterisch und wütend geworden. (Hysterie ist ein nicht genau umschriebenes Krankheitsbild mit vielfachen Symptomen und bezeichnet eine große seelische Erregung, die bis zur Ohnmacht führen kann.) «Du kleiner Lüstling! Du Schwein! Du widerlicher kleiner Lüstling!», brüllte sie. Und sie drosch mit allem, was sie hatte oder finden konnte, auf ihn ein: mit dem Lineal, mit Händen und Füßen. Wie eine Bestie hat sie sich über Jean Bazon hergemacht, der sich befreien konnte und wegrannte. Die Lehrerin hat einen schlaksigen Jungen namens Touré hinter ihm hergeschickt. Nach etwa hundert Metern ist Jean Bazon stehen geblieben. Er hat einen Stein aufgeklaubt, einen keilförmigen Stein, und ihn, peng, Touré mitten ins Gesicht geworden. Der Verfolger ist umgefallen wie eine reife Frucht und war auf der Stelle tot. Jean rannte weiter, bis zum Haus seiner Tante. «Ich habe einen Schulkameraden getötet. Ich habe jemanden getötet.» Panisch vor Angst versteckte die Tante ihren Jean bei einem Nachbarn. Wenig später kam die Polizei und suchte nach dem jungen Verbrecher. «Wir haben ihn hier seit gestern nicht mehr gesehen», sagte die Tante.

In der Nacht hat Jean die Stadt Man verlassen und sich ins nächste Dorf geflüchtet, das an der Straße nach Guinea liegt. Dort ist er auf einen Lastwagen gesprungen, um inkognito zu einem Onkel nach Nzérékoré in Guinea zu fahren. (Inkognito bedeutet: unerkannt und unter fremdem Namen.) Die Fahrt verlief nicht besonders friedlich. An der liberianisch-guineischen Grenze geriet der Laster in einen Hinterhalt und wurde von Männern mit Kalaschnikows gestoppt. Sie haben die ganze Ladung geplündert und sogar Teile des Lastwagens abmontiert. In diesem Augenblick tauchten Guerilleros auf, und die Straßenräuber ergriffen die Flucht. Die Guerilleros sammelten die Reisenden ein, brachten sie in ihr Lager und stellten es ihnen frei, zu Fuß nach Man zurückzukehren, das zwei Tagesmärsche entfernt war. Jean Bazon hat sich gesagt: «Ich zurück nach Man, nie, niemals. Ich will Kindersoldat werden.» Und so kam

Jean Bazon zu den Kindersoldaten, wo er Johnny der Blitz wurde.

Wie er sich den Namen Johnny der Blitz erwarb und was er dann noch alles erlebte, ist eine andere und eine lange Geschichte. Mir steht jetzt nicht der Sinn danach, sie zu erzählen. Ich muss es auch nicht tun. Die Leiche von Johnny dem Blitz lag da, und das tat mir sehr weh. Ich vergoss heiße Tränen, als ich Johnny so daliegen sah, tot daliegen sah. Alles nur, weil die Kugeln den Jägern nichts anhaben können und weil Johnny erst spät merkte, dass es die Jäger waren, die uns angriffen. Walahé! Walahé! *Bisi malaï ramilaï* (im Namen Allahs, des Gnädigen und Barmherzigen)!

In Mile-Thirty-Eight gab es Mädchen und Frauen. Die Frauen kochten; die Mädchen waren Kindersoldaten wie wir und bildeten eine eigene Brigade für sich. Diese Mädchenbrigade stand unter dem Befehl einer Matrone, die mit einem Schnellfeuergewehr ausgerüstet war. (Matrone ist laut Wörterbuch entweder eine ältere, Gesetztheit und Würde ausstrahlende Frau oder aber eine korpulente Frau mit vulgärem Benehmen.) Sie hieß Schwester Hadja Gabrielle Aminata und sie war zu einem Drittel muslimisch, zu einem Drittel katholisch, und zu einem Drittel glaubte sie an den Fetischismus. Aufgrund ihrer reichen Erfahrung mit jungen Mädchen hatte sie den Rang eines Colonels; im Laufe von zwanzig Jahren hatte sie etwa tausend junge Mädchen beschnitten.

Die Mädchen lebten in einem ehemaligen College und dem dazugehörigen Internat in Mile-Thirty-Eight. Der Komplex bestand aus etwa zehn Gebäuden auf einem rechteckigen Gelände. An jeder Ecke des Geländes befand sich ein mit Sandsäcken geschützter Gefechtsstand. Die Gefechtsstände waren Tag und Nacht mit Mädchensoldaten besetzt. Pfähle, auf denen Totenschädel steckten, markierten die Grenzen des Geländes. Der Stammeskrieg will das nun einmal so.

In diesem Mädchenpensionat der besonderen Art ließ Schwester Aminata eiserne Disziplin walten. Um vier Uhr morgens wurden alle Mädchen geweckt. Sie machten ihre rituellen Waschungen und beugten sich zum muslimischen Gebet, ganz gleich welchen Glaubens sie waren. Denn frühes Aufstehen belebt, und die morgendlichen Waschungen vertreiben den durchdringenden Pipigeruch, den kleine schwarze Eingeborenenmädchen verbreiten. Nach dem gemeinsamen Gebet kamen das lästige Saubermachen des Hauses und dann die Leibesübungen, auf die das Training mit der Waffe folgte. Während dieser Übungsstunden an der Waffe brüllte Schwester Aminata laut und stieß unsanft die Mädchen herum, die ihre Übungen zu lasch ausführten. Schließlich stellten sich die Mädchen in einer Reihe auf und marschierten im Gleichschritt, patriotische Lieder Sierra Leones singend, zum Fluss. Dort sprangen alle ins Wasser und spielten. Auch auf dem Rückweg marschierten sie im Gleichschritt und sangen patriotische Lieder. Nach dem Mittagessen wurden sie in ihren täglichen Pflichtfächern unterrichtet: Schreiben und Lesen, Nähen und Kochen. Mit ihrer Kalaschnikow bewaffnet, hatte Schwester Aminata alles im Blick.

In ihrer langen Karriere als Beschneiderin hatte sich Gabrielle Aminata geweigert, strikt geweigert, Mädchen zu beschneiden, die ihre Jungfräulichkeit verloren hatten. Darum hatte sie sich in diesem verwirrenden Stammeskrieg in den Kopf gesetzt, die Jungfräulichkeit der jungen Mädchen, koste es, was es wolle, zu schützen, bis wieder Frieden in das geliebte

Vaterland einkehrte. Die Kalaschnikow war ein wichtiger Bestandteil dieser Schutzmaßnahmen, die die Matrone ohne den Hauch von Mitleid durchführte. Für die Mädchen der Brigade war Gabrielle Aminata so etwas wie eine große Schwester und eine Mutter. Mit ängstlicher Sorgfalt schottete sie ihre Zöglinge gegen alle Annäherungsversuche ab, auch seitens solcher Anführer wie Tieffi. Mädchen, die sich gehen ließen, erschoss sie ebenso gnadenlos wie Männer, die die Schülerinnen vergewaltigten.

Eines Tages wurde ein junges Mädchen vergewaltigt und enthauptet zwischen drei Lagern von Minenarbeitern gefunden. Bald stellte sich heraus, dass die Unglückliche Sita hieß und acht Jahre alt gewesen war. Sita war auf eine Art und Weise umgebracht worden, dass man nicht hingucken konnte, abscheulich. Selbst eine Frau wie Schwester Hadja Gabrielle Aminata, die an Blut gewöhnt war, vergoss bei diesem Anblick heiße Tränen.

Eine Woche, eine ganze Woche lang wurde verstärkt nach dem Verbrecher gesucht. Doch vergeblich, die Nachforschungen verliefen im Sande.

Am Anfang der folgenden Woche wurde es haarig. Arbeiter aus den drei Lagern, die sich in der Nacht wegen dringender menschlicher Bedürfnisse aus ihrer Baracke herausgewagt hatten, kehrten nicht mehr zurück. Man fand sie am nächsten Morgen auf – ermordet, entmannt und enthauptet wie die unglückliche Sita; außerdem lag ein Zettel bei ihnen, auf dem stand: «Dja, Sitas rächende Seele.» Die Bewohner der Lager verfielen in Panik. Kindersoldaten wurden geschickt, um sie zu bewachen. Nichts konnte das Gemetzel aufhalten. Jeden Abend wurden die Kindersoldaten von maskierten Leuten überwältigt, die anschließend wieder Bewohner der Lager entführten. Am Morgen darauf fand man die Entführten ermordet, entmannt und enthauptet auf, wie die kleine Sita, außerdem war da immer der Zettel von «Sitas Dja».

Die Arbeiter traten in Streik, manche flüchteten in andere benachbarte Lager. Aber das reichte nicht, das hat nichts geholfen: Der Tod war ihnen auf den Fersen, wohin sie auch gingen.

General Tieffi, der absolute Herrscher über Menschen und Orte, hat eine Untersuchung durchgeführt und schließlich eine Versammlung der Barackenbewohner einberufen. Ich und meine Kameraden, die die Minenarbeiter schützen sollten, waren ebenfalls dabei. Zu dieser Versammlung hatte der General auch Schwester Gabrielle Aminata und ihre engsten Mitarbeiterinnen eingeladen. Sie alle kamen mit ihren Kalaschnikows. Schwester Aminata hatte das Gewand einer Hadja an, das heißt, das Gewand einer muslimischen Frau, die aus Mekka heimkehrt. Sie trug ihre Kalaschnikow unter ihren raschelnden Kleidern. Der Stammeskrieg will das so.

Einen ganzen Nachmittag lang diskutierten sie hart miteinander. Bei Sonnenuntergang schließlich machten die Bewohner des Barackenlagers unter sich einen armen Teufel aus. Er war der Verantwortliche für den Tod der armen Sita. Er war es, und niemand anders. Sie übergaben ihn Schwester Gabrielle Aminata. Was sie mit dem armen Teufel anstellte, muss nicht gesagt werden. Ich bin nicht gezwungen, alles preiszugeben. Faforo (Papas *bangala*)!

Als die Kamajoren in Mile-Thirty-Eight eintrafen, sabberten manche von ihnen vor Lust beim Anblick so vieler jungfräulicher Mädchen auf einem Haufen und machten Freudensprünge. So viele Mädchen, die man heiraten könnte.

Schwester Gabrielle Aminata ließ sich auf der Stelle vom General der Meisterjäger empfangen, der das Jägerregiment befehligte. Sie erklärte ihm, sie habe keine Mädchen zum Heiraten, sondern Mädchen, für die sie Sorge trage, dass sie auf dem rechten Weg blieben. Sie wolle die Jungfräulichkeit all ihrer Schützlinge bewahren, bis Friede in Sierra Leone einkehre. Anschließend werde sie die Mädchen beschneiden und wieder in ihre Familien zurückgeben. Erst dann seien sie bereit für eine ordentliche Hochzeit. Die Matrone unterstrich ihre Absicht mit einer Warnung: Sie werde unbarmherzig jeden Jäger töten, der sich einem ihrer Mädchen schamlos zu nähern versuche. Bei dieser Drohung brachen die lüsternen Jäger in schallendes Gelächter aus.

Eines Tages hielt ein Mädchen sich außerhalb des abgegrenzten Geländes auf. Sie hatte ihre Mutter nach Hause begleitet, die zu Besuch gekommen war. Lüsterne Kamajoren nahmen die Jagd auf, hielten sie fest, zerrten sie in eine Kakaoplantage. In der Kakaoplantage vergewaltigten die Jäger sie im Kollektiv. (Kollektiv ist eine Gruppe von Menschen, in der die Persönlichkeit des Einzelnen von untergeordneter Bedeutung ist.) Schwester Aminata fand das Mädchen in seinem Blut liegend. Sie hieß Mirta, sie war zwölf Jahre alt. Die Matrone ging zum Generalissimus der Meisterjäger, der alle Jäger Sierra Leones unter seinem Kommando hatte. Der Generalissimus versprach eine Untersuchung. Die Untersuchung kam nicht voran. In dieser Zeit schlich ein Jäger Tag und Nacht um die Mädchenkaserne herum. Schwester Aminata hatte ihn unter starkem Verdacht und warf einen Köder aus. Sie schickte eine ihrer Schülerinnen hinaus, die vor der Kaserne auf und ab schlenderte. Der Jäger bedrohte sie mit seiner Kalaschnikow und zerrte sie in die Kakaoplantage. In dem Moment, als der Lüstling sich gerade auf die Spaziergängerin stürzen wollte, traten bewaffnete Mädchen hinter den Bäumen hervor und nahmen ihn fest. Die Kindersoldatinnen folterten den Jäger und zwangen ihn, ein Geständnis abzulegen. Er sei dabei gewesen, ja, sehr wohl dabei gewesen, als Mirta im Kollektiv vergewaltigt worden war. Mit einem Feuerstoß brachte Schwester Aminata Gabrielle ihn für immer zum Schweigen. Sie warfen seine Leiche über die Mauer der Kaserne auf eine angrenzende Straße und riefen: «Das ist einer von Mirtas Vergewaltigern!» Als die Jäger die Leiche ihres Kameraden sahen, nannten sie es einen Skandal. (Ein Skandal ist laut Wörterbuch ein Aufsehen erregendes, schockierendes Vorkommnis.) Sie waren aufgebracht und griffen Internat und Kaserne an. Sie belagerten sie Tag und Nacht. Drei Mal pro Nacht trat Schwester Gabrielle persönlich heraus und verbreitete mit dem Gewehr Angst und Schrecken unter den Jägern. Jedes Mal tötete sie mindestens drei von ihnen. Die wütenden Jäger kamen mit einem Panzerfahrzeug. In ihrem Hadja-Gewand konnte sich Schwester Aminata, mit der Kalaschnikow in der Hand, an das Fahrzeug heranrobben; sie kletterte hinauf und wollte den Panzerfahrer töten. Doch ein Jäger schoss aus dem Hinterhalt. Sie fiel tot hinunter. Sie ist als tapfere Kriegerin gestorben.

Ihre Leiche brachte die Vereinigung der Jäger Sierra Leones in außerordentliche Verlegenheit. Schwester Aminata Gabrielle war eine Frau, aber eine Frau, die als Kriegsheldin gestorben war. Der Ehrenkodex der Jäger verlangt, dass man mit denen, die als Kriegshelden sterben, wie mit Meisterjägern umgeht, dass man sie mit den Ehren eines Meisterjägers bestattet. (Ehrenkodex ist die Gesamtheit der in einer Gruppe geltenden, das ehrenhafte Verhalten betreffenden Normen.) Andererseits durfte eine Frau eigentlich nicht wie ein

Meisterjäger beerdigt werden. Das Problem wurde dem Generalissimus der Jäger vorgetragen. Seine Antwort war eindeutig. Obwohl sie eine Frau gewesen sei, habe sie zwei Wochen lang der Belagerung zweier Jägerregimenter standgehalten; bei ihren nächtlichen Ausgängen habe sie stets neun Jäger getötet, und sie sei auf einem Panzer gestorben. Sie verdiene voll und ganz ein Heldenbegräbnis, das Begräbnis eines Meisterjägers. Und zwar unabhängig davon, welchen Geschlechts sie sei.

So wurde Schwester Aminata mit dem Zeremoniell eines Meisterjägers, eines großen Meisterjägers, beerdigt. Seitdem sie als Meisterjägerin galt, hieß es, sie besäße viele *nyamans*. (*Nyamans* sind die rächenden Seelen der Menschen und Tiere, die man getötet hat.) Diese mussten erst eingesammelt werden, dann verschloss man sie in einer kleinen Kürbisflasche. Der *sora*, der Sänger und Magier der Jäger, ist gekommen, um die Trauergesänge anzustimmen. Nach Alter gestaffelt sind die Jäger um die Leiche herumgegangen. Während der *sora* esoterische Verse sang, sind die Jäger weiter um die Leiche herumgegangen und haben dabei ihr Gewehr schräg vor die Brust gehalten und ihren Oberkörper im Rhythmus des Gesangs nach links und nach rechts gedreht. (Esoterisch ist laut Wörterbuch: nur für Eingeweihte einsichtig.)

Nach dem Tanz wurde die Leiche zum Grab getragen. Drei Meisterjäger beugten sich über die tote Schwester Aminata. Sie haben ihr das Herz herausgeschnitten. Mit dem Herz verließen sie die Grabesstätte. Fern der Zeremonie wurde das Herz gebraten (in Öl gegart) und in einem *canari* (*canari* bedeutet: Tontopf) in Öl eingelegt. Und der *canari* wurde luftdicht abgeschlossen und in der Erde vergraben.

Kaum waren die drei Meisterjäger fortgegangen, haben

die Kamajoren Abschied genommen von Schwester Hadja Gabrielle Aminata, der Beschneiderin, der Tapferen, die mit den Ehren eines Meisterjägers begraben wurde. Alle Jäger nahmen Abschied, indem sie mit ihren Gewehren in einen Graben hineinschossen, der parallel zum Grab verlief. Was dafür sorgte, dass reichlich Pulverdampf aufstieg. Während alle in diesen Rauch eingehüllt waren, wurde Erde auf Schwester Aminata Gabrielles Leiche gehäuft.

Mit der Dämmerung begann die Totenwache an dem Ort, wo Schwester Aminata Gabrielle gelebt hatte. Im Laufe dieser Totenwache sprachen die Jäger von der Verstorbenen, als wäre sie noch am Leben. Vierzig Tage nach dem Tod findet ein Ritus statt, der die Seele des Verstorbenen reinigen und erfrischen soll. Die Kürbisflasche wird dann verbrannt. Jedes Jahr zwischen Anfang März und Ende Mai feiert die Bruderschaft der Jäger das *donkum cela*. Das *donkum cela* oder die Riten der Begegnung sind das bedeutendste Fest der Bruderschaft. Im Laufe dieses Festes nehmen ihre Mitglieder ein gemeinsames Mahl ein. Am Ende dieses Mahls werden die *dagas conons* ausgegraben, die Tontöpfe mit den gebratenen Herzen der tapferen Jäger. Diese Herzen werden von allen Kamajoren verspeist. Das verleiht ihnen Kampfgeist und Mut.

Daher sagt man, daher sagen alle, das Herz von Schwester Aminata Gabrielle, Colonel der Armee von Sierra Leone, habe am Ende eines trunkenen Festmahls als delikates und köstliches Dessert gedient. (Trunkenes Festmahl bedeutet: ein Essen, bei dem viel Hirsebier getrunken wird.) Faforo! Gnamokodé!

VI

KAUM WAR DIE GEGEND von Mile-Thirty-Eight in den Händen der traditionellen und professionellen Jäger, wohnten wir und das Glück nicht mehr im selben Dorf. (So drücken es die schwarzen Eingeborenen aus, wenn sie sagen wollen, dass uns das Glück abhanden gekommen ist.) Wir, das sind der humpelnde Bandit Yacouba, der Grigrimann, der Geldscheinvervielfacher, und ich, euer Diener, das Straßenkind ohne Furcht und Tadel. Sie haben uns alles weggenommen, als sie uns bis auf die Unterhose filzten. Als sie bei Yacoubas Unterhose angelangt waren, stießen sie, statt einen dicken Hintern zu entdecken, auf kleine Beutel mit Gold und Diamanten. Da also, unter seinem Boubou und in seiner weiten Hose hatte der humpelnde Bandit Yacouba seine Ersparnisse verwahrt. Auch in meiner Unterhose fanden sie Gold und Diamanten. Doch das war nichts im Vergleich zu Yacouba, der, wenn er ging, so aussah wie jemand, der eine Schwellung an den Hoden hatte, eine riesige Schwellung. So viele, so unglaublich viele Beutel hatte er um die Hüfte und in seiner weiten Hose. Die Jäger haben ihm alles abgenommen, sie haben uns alles abgenommen.

Auf umzäuntem Gelände haben die Kamajoren uns, Soldaten, Kindersoldaten und sogar Frauen, eingepfercht. Wir waren viele, das ganze Bataillon der Hungerleider, die den Truppen der Stammeskriege hinterherlaufen, um ein Stück Maniok zu knabbern zu bekommen. Die Jäger pferchten uns auf einem umzäunten Gelände ein, wo sie uns nichts zu essen gaben. Wir haben gebrüllt vor Hunger. Yacouba hat viel Aufhebens von seinen Fähigkeiten als Grigrimann gemacht. Aber das reichte nicht, das hat nichts geholfen. Da wir immer hungriger wurden und wir immer lauter brüllten und sie nichts fanden, was sie uns zu essen geben könnten, haben sie uns nach kurzen Befragungen freigelassen. Wir waren frei, ohne das geringste Geld und ohne Waffen, mit denen wir die Leute hätten ausnehmen können.

Die traditionellen Jäger brauchten den Grigrimann Yacouba nicht; sie waren selbst alle Grigrimänner. Auch ich war frei; die professionellen und traditionellen Jäger, die Kamajoren, brauchten auch keine Kindersoldaten. Ihr Ehrenkodex untersagte es ihnen, Kinder im Krieg einzusetzen. Um an ihrer Seite am Krieg teilnehmen zu können, musste man als Jäger initiiert sein. So also wurden wir, Yacouba und ich, zum ersten Mal so richtig der Wirklichkeit ausgesetzt, der Unsicherheit des Stammeskriegs.

In dieser Lage konnte ich nur die Pfiffigkeit bewundern, mit der Yacouba sich in der allgemeinen Unsicherheit durchschlug. Wir verließen Mile-Thirty-Eight in Richtung Freetown. Dort bekam er drei Baumstämme und ein wenig Stroh in die Finger und baute daraus eine Hütte. Darin hat er sich als Fetischpriester niedergelassen, als Grigrimann, der sirrende Kugeln in Wasser verwandeln kann.

Am Anfang war es schwer. Ich spielte seinen Koadjutor. (Koadjutor bedeutet: Mitarbeiter eines Fetischpriesters.) Doch schließlich hatten wir unser Stück Maniok zu essen. Zwar war unsere Strohhütte nicht gerade ein Vier-Sterne-Hotel, doch wir hatten jeden Tag was zu beißen. Und dann passierte etwas, was noch einmal beweisen sollte, dass Allah niemals schläft, dass er über alles auf Erden wacht, auch über die Unglücklichen.

Das Wunder, das nun geschah, war, dass die Lage in Sierra Leone noch schlimmer wurde, als sie ohnehin schon war, so schlimm, dass man unsere Dienste wieder brauchte. Es begann damit, dass endlich ein Gleichgewicht gefunden wurde zwischen den Demokraten um Tejan Kabbah und den vier großen Straßenräubern, die Sierra Leone nach Strich und Faden ausplünderten. Diese vier Straßenräuber großen Stils waren der nigerianische General und Kommandant der ECOMOG-Truppen, der Befehlshaber der Truppen Sierra Leones, der Rebellenführer Foday Sankoh und der Oberbefehlshaber der Kamajoren, der traditionellen Jäger. Ja, zwischen diesen Kämpfern und Banden stellte sich ein Gleichgewicht ein, kaum dass der Internationale Währungsfonds seine Nase in Sierra Leone hineinzustecken begann. Das Gleichgewicht war gefunden worden für achthundert traditionelle Jäger, fünfzehntausend Soldaten, zwanzigtausend Guerilleros von Foday Sankoh und für eine geheime Anzahl von Soldaten der ECOMOG-Truppen. Die Soldaten der regulären Armee erhielten eine monatliche Zuteilung von vierzigtausend Sack Reis, die einen Teil ihres Solds ausmachte, sowie einen Dollar pro Truppenmitglied. Die traditionellen Jäger hatten eine monatliche Zuteilung von zwanzig Sack Reis. Der Internationale Währungsfonds meinte allerdings (Walahé! Die Banker haben kein Erbarmen, kein Herz!), die Militärs äßen zu viel Reis und kosteten die internationale Gemeinschaft zu viel Geld. Daher wollte er die Anzahl der Soldaten von fünfzehntausend auf siebentausend und die monatliche Zuteilung von vierzigtausend Sack Reis auf dreißigtausend reduzieren. Die Militärs schimpften und schworen bei all ihren Göttern, dass sie nicht zu viel äßen. Aber immer wenn sie gerade ihre magere Ration Reis herunterschlucken wollten, hätten ihre Familien und Freunde die verdammte Angewohnheit, sich genau dort einzufinden, wo sie gerade futterten. Im Geist des alten afrikanischen Gefühls der Zusammengehörigkeit teilten sie die Reisration unter einer unendlichen Anzahl von Essern auf. Diese Form afrikanischer Solidarität im kaputten Sierra Leone hatte der Internationale Währungsfonds bei seinen Anordnungen nicht bedacht. Die Militärs weigerten sich, die Truppenzahl zu verringern; und sie weigerten sich strikt, unter vierunddreißigtausend Sack Reis pro Monat zu gehen.

Um die zusätzlichen viertausend Sack Reis (die Differenz zwischen vierunddreißigtausend und dreißigtausend) aufzutreiben und verteilen zu können, war die arme demokratische Regierung des armen Tejan Kabbah gezwungen, den Benzinpreis im ganzen Land zu erhöhen. Aber die Erhöhung des Benzinpreises brachte nicht viel. Im ersten Monat ließen sich damit dreitausend Sack Reis bezahlen, im zweiten nur noch zweitausend, und im dritten Monat, im Monat Mai 1997, nur noch der Preis für fünfhundert Sack. Fünfhundert Sack. Als die Offiziere sich bedient hatten, blieb für die einfachen Soldaten, für die Rekruten, nichts übrig. Die Folgen wurden rasch spürbar: Am 25. Mai brach der Putsch aus. Es hatte schon lange Unmut darüber gegeben, dass Tejan Kabbah einen bestimmten Stamm klar begünstigte, den Stamm der Mende. Im Morgengrauen des 25. Mai begannen die Kämpfe zwischen den ECOMOG-Truppen und Teilen der regulären Armee. Ganz Freetown färbte sich rot. Der gewählte Präsident Tejan Kabbah sprang *djona-djona* in einen Hubschrauber der ECOMOG. Der Hubschrauber brachte ihn nach Conakry, der Hauptstadt von Guinea, zum Diktator Lassana Conté. Dort forderte er in aller Ruhe die Mitgliedsstaaten der CDEAO auf, ihm seine Macht zurückzugeben. Kabbah hatte gut daran getan, sich aus dem Staub zu machen. Denn kaum, dass er weg war, schoss in Freetown jeder auf jeden. Vom Meer aus nahmen die nigerianischen Schiffe der ECOMOG das Chaos unter Trommelfeuer. Das Bombardement dauerte zwei Tage und wurde der mörderischste der vielen Staatsstreiche, die das kaputte Sierra Leone schon erlebt hatte. An die hundert Tote. Nach zwei Tagen Gemetzel nahmen die Dinge Gestalt an. Die neue Junta (revolutionärer militärischer Rat) löste das Parlament auf, setzte die Verfassung außer Kraft, verbot politische Parteien und verhängte eine Ausgangssperre. Die Junta setzte die Regierung des Revolutionsrats der bewaffneten Truppen (AFRIC) ein.

Die Putschisten ernennen Johnny Koroma zu ihrem Anführer, zum Präsidenten. Sie befreien ihn aus dem Gefängnis, in dem er seit einem ersten Umsturzversuch eingesperrt war. Foday Sankoh ernennen sie zum Vizepräsidenten, und Foday Sankoh forderte aus seinem nigerianischen Gefängnis seine in Busch und Wald verstreuten Guerilleros auf, der Junta zu gehorchen.

Also so was, Foday Sankoh als Vizepräsident. Die internationale Gemeinschaft ist empört über einen Staatsstreich, der diesen Mann mit an die Macht bringt. Alle hatten die Nase voll von diesem verdammten Sierra Leone mit all seinem Unglück. Am 27. Mai «bedauert» der Sicherheitsrat nach Abschluss seiner Beratungen «zutiefst diesen Umsturzversuch und fordert, dass die konstitutionelle Ordnung sofort wieder hergestellt wird». Der Sicherheitsrat richtet «einen Appell an alle afrikanischen Länder und an die internationale Gemeinschaft, es zu unterlassen, das neue Regime anzuerkennen und die Urheber des Staatsstreichs auf irgendeine Weise zu unterstützen».

Der dreiunddreißigste Gipfel der Staatsoberhäupter und

des OAU-Rats (Organisation der afrikanischen Einheit) findet vom 2. bis zum 4. Juni 1997 in Harare, Zimbabwe, statt. Auch auf diesem Gipfel wird der Staatsstreich verurteilt, und die Staatsmänner fordern, die Krise solle im Rahmen der CDEAO beigelegt werden.

Und die CDEAO, das ist Nigeria. Nigeria, das bedeutet, der nigerianische Diktator, der verbrecherische Sani Abacha. Sani Abacha, der mehr als alle anderen auf dieser Welt die Nase voll hat von diesem Chaos in Sierra Leone. Sani Abacha, der von den Staatsoberhäuptern geächtet wurde nach dem Mord an den Repräsentanten des Ogoni-Volkes, der geächtete Sani Abacha, der das Bedürfnis hat, seine verlorene Unschuld zurückzugewinnen und einen guten Weg einzuschlagen, Sani Abacha, der verbrecherische Diktator Nigerias, Sani Abacha, der die Rolle des Polizisten von Westafrika spielen will. Aus all diesen Gründen hat Sani Abacha eine Menge Kriegsschiffe an die Küste von Sierra Leone geschickt. Und diese Schiffe bombardieren Freetown, die gepeinigte Hauptstadt dieses kaputten Landes.

Die ECOMOG und Nigeria hatten an einen Spaziergang geglaubt, hatten geglaubt, den AFRIC innerhalb von einer Woche, oder höchstens innerhalb von drei, in die Knie zu zwingen. Das war ein Irrtum. Johnny Koroma und die RUF, die sich zusammengeschlossen hatten, hielten stand, trotz der Schäden und massiven Zerstörungen, die die ECOMOG-Truppen anrichteten.

Im Juni wandte Johnny Koroma sich an die traditionellen Jäger, an die Kamajoren. Im Namen des Vaterlands Sierra Leone bat er sie, das Kriegsbeil zu begraben und gemeinsam mit dem AFRIC die nigerianischen Besatzungstruppen zu bekämpfen. Statt Johnny Koroma zu antworten, griffen die Jäger mit Raketenwerfern und Granaten an drei verschiedenen Stellen das 38. Bataillon der Stadt Koribundu an, zweihundert Kilometer südwestlich von Freetown. Die Heftigkeit der Attacke zwang die Junta, militärische Verstärkung von Bô und Moyamba nach Koribundu zu schicken. Wie in Koribundu waren alle Gebiete im Osten und im Süden in tödliche Kämpfe verwickelt, und das Land drohte in Anarchie zu versinken. Die internationale Gemeinschaft reagierte mit zwei Maßnahmen, mit Druck und mit Verhandlungen. Was die Verhandlungen angeht, so stimmten die Außenminister der CDEAO, die die Beschlüsse des Sicherheitsrats umsetzen wollten, für die Gründung eines Komitees, das sich aus Vertretern Nigerias, der Elfenbeinküste, Guineas und Ghanas zusammensetzen sollte. Dieses Vierer-Komitee hatte die Aufgabe, die Entwicklung der Situation in Sierra Leone zu verfolgen und Verhandlungen mit der Junta aufzunehmen, mit dem Ziel, die Verfassung und die Ordnung in Sierra Leone wieder herzustellen.

Was den Druck angeht, beschließt man die Verhängung und Verschärfung eines Embargos. Der Flughafen von Lunghi wird von nigerianischen Truppen besetzt. Er dient als Stützpunkt für eine starke Artillerie, die die Stadt unentwegt bombardiert. Die territorialen Gewässer von Sierra Leone werden von nigerianischen Schiffen strengstens überwacht. Diese nigerianischen Schiffe nehmen das Chaos unter Trommelfeuer. Sierra Leone leidet Mangel, es fehlt an allem, an Nahrung und an Medikamenten.

Das erste Ergebnis, zu dem die Zwangsmaßnahmen geführt haben, ist ein Zusammentreffen des Vierer-Komitees mit einer Delegation der Junta. Dieses Treffen findet am 17. und 18. Juli in der dreiundzwanzigsten Etage des Hotels Ivoire in Abidjan statt. Am Ende des Zusammentreffens lässt das Kommuniqué die Hoffnung aufkeimen, der gewählte

Präsident könne seinen Stuhl eines demokratisch gewählten Staatsoberhauptes wieder einnehmen. Der gute Wille der Vertreter von Johnny Koroma ist so groß, dass das Komitee einer Aussetzung der Druckmittel und der Bombardements zustimmt. Den Repräsentanten des AFRIC wird die Zeit eingeräumt, in ihr Land zurückzukehren und mit konkreten Vorschlägen wiederzukommen.

Die zweite Verhandlungsrunde von Abidjan tagt am 29. und 30. Juli 1997 wieder in der dreiundzwanzigsten Etage des Hotels Ivoire. Hier wollte man die Art und Weise festlegen, wie man die alte Ordnung in Sierra Leone wieder herstellen könnte. Doch es kommt anders. Die Junta macht jetzt Vorschläge, die nichts mehr mit denen gemeinsam haben, die im Laufe der ersten Runde am 17. Juli erarbeitet worden waren. Die Junta will bis ins Jahr 2001 an der Macht bleiben und so lange auch die alte Verfassung außer Kraft setzen. Das Komitee zeigt sich tief enttäuscht, lässt sich aber nicht verunsichern. Es bricht die Verhandlungen ab und fordert die Verschärfung des Embargos. Die internationale Gemeinschaft ächtet wieder die Junta.

Anfang August 1997 wird Sierra Leone von unaufhörlichen Kämpfen verwüstet. Es wird zerrieben zwischen den Bombardements der ECOMOG und dem Ansturm der Kamajoren. Die Isolation, in die die Staaten der CDEAO das Land getrieben haben, erschüttert es. Die Junta versucht, den Schraubstock zu lockern. Sie bittet Guinea um Hilfe, damit die am 29. Juli abgebrochenen Gespräche wieder in Gang kommen. Der unverbesserliche Diktator (unverbesserlich bedeutet: nicht bereit, auf eine als schlecht beurteilte Gewohnheit zu verzichten) Lassana Conté empfängt am 9. August im Petit Palais von Boulbinet eine Delegation aus Sierra Leone, die der Onkel des Majors Johnny Koroma anführt, der Expräsident Joseph Saïdou Momoh. Ergebnis der Gespräche ist, dass die Junta «gewillt ist, die Verhandlungen mit dem von der CDEAO bevollmächtigten Vierer-Komitee fortzusetzen, mit der Aussicht auf die Rückkehr des Friedens». Außerdem erklärt die Junta, man könne ja über den angekündigten Zeitpunkt für die Rückkehr zur Zivilregierung – November 2001 – nochmals verhandeln. Es gehe darum, einen Zeitplan für den Übergang aufzustellen.

Wenig später, am 27. und 28. August 1997, findet der zwanzigste Gipfel der CDEAO in Abuja (Nigeria) statt, wo über die Rolle der ECOMOG bei der Beilegung der Krise in Sierra Leone diskutiert wird. Der Gipfel fordert nur eins: die Verschärfung des Embargos. Immer wieder die Verschärfung des Embargos. Seit September 1997 gibt es in Sierra Leone kaum mehr Nahrungsmittel und Benzin. Die Wirtschaft kommt fast zum Stillstand. So wie das Embargo die Wirtschaft ruiniert, so ruiniert der Krieg das Gesundheitswesen. Die Granaten der nigerianischen Truppen, die den Flughafen von Lunghi besetzt haben, und die Bombardements der Hauptstadt lassen das Land weiter im Chaos versinken. Die strikte Kontrolle der territorialen Gewässer verhindert den Verkehr von Schiffen, Fischtrawlern und Pirogen.

Beamte, Lehrer, Ärzte und Studenten haben daher eine Aktion des zivilen Ungehorsams gestartet, die aber vor dem Hintergrund der Wirtschaftskrise nur den endgültigen Zusammenbruch der Verwaltung herbeiführt. Es mangelt an Medikamenten und Benzin, es mangelt an Lebensmitteln.

Die allgemeine Lage war katastrophal, sie konnte nicht schlechter sein, als sie war. Walahé! Also war sie gut für uns. Faforo! Wir, Yacouba, der humpelnde Bandit, der Fetischpriester und Geldscheinvervielfacher, und ich, Birahima, das

Straßenkind ohne Furcht und Tadel, der Kindersoldat. Gnamokodé! Wir wurden gerufen, und sofort nahmen wir unseren Dienst wieder auf.

Yacouba, der humpelnde Bandit, hüpfte auf einem Bein und rief: «Walahé!» Allah war mit uns. Wir wurden wieder gebraucht. Yacouba als Grigrimann und ich als Kindersoldat.

Die Kindersoldaten gingen ihrer gewohnten Aufgabe nach, dem Auskundschaften. Im Laufe einer Erkundungsaktion wurden drei Kindersoldaten von Jägern getötet. Unter den Toten befand sich auch Siponni die Viper. Für ihn werde ich eine Trauerrede halten, das soll mir eine Pflicht sein.

Siponnis Untergang begann mit dem Schuleschwänzen. Er war in der zweiten Klasse der Grundschule von Touléplеu, im Osten der Elfenbeinküste, an der Grenze zu Liberia. Er war soeben zum zweiten Mal sitzen geblieben, da er nur selten zum Unterricht erschien. Jetzt schwänzte er noch regelmäßiger die Schule, und eines Tages hatte er die Nase voll. Er hörte ganz auf und verkaufte alles: den Bleistift, das Heft, die Schiefertafel, ja, sogar die Schultasche. Von dem Geld hat er sich dann Bananen gekauft. So war das. Den Vormittag bekam er auf diese Weise ganz gut herum, doch abends stellte sich das Problem des Nachhausegehens. Wenn Siponni ohne seine Schultasche zu Hause auftauchte, würden seine Mutter und sein Stiefvater ihm eine Abreibung verpassen. Sie würden ihn misshandeln und ihm nichts zu essen geben. Nein, unmöglich konnte er nach Hause gehen. Also wohin? Er streifte umher und kam an einem Hotel vorbei, aus dem gerade ein dicker Libanese heraustrat. Er stellte sich dem Libanesen als Junge vor, der keine Mutter und keinen Vater habe und eine Stelle als kleiner Boy suche. «Keinen Vater, keine Mutter, den kann ich für mich arbeiten lassen, ohne ihn zu bezahlen», murmelte der Libanese vor sich hin und nahm ihn vom Fleck weg in seine Dienste.

Am Tag darauf verließ Siponni mit seinem neuen Dienstherrn Toulépleu und fuhr mit ihm in die Stadt Man. Nachdem er einige Wochen für Feras, so hieß der Libanese, gearbeitet hatte, fiel Siponni auf, dass sein Herr viel Geld verdiente und es in einem Schrank aufbewahrte, dessen Schlüssel er immer bei sich trug. Eines Abends hängte Feras, ehe er unter die Dusche ging, seine Hose auf – mit dem Schlüssel darin. Der Junge schnappte sich den Schlüssel, öffnete den Schrank und nahm den Aktenkoffer voller Geldscheine heraus. Er versteckte den Aktenkoffer im Garten, ehe er seinem Herrn auf Wiedersehen sagte.

Noch in der gleichen Nacht traf er mit dem Aktenkoffer voller Geldscheine einen Alten, der Tedjan Touré hieß und vorgab, der Bruder von Siponnis Mutter zu sein, also sein Onkel. Tedjan behielt den Aktenkoffer, und am frühen Morgen nahmen sie den Bus in die Stadt Danané, eine Grenzstadt weiter im Norden. Dort wurde Siponni bei einem von Tedjans Freunden untergebracht. Monate vergingen. Eines Tages tauchte Tedjan Touré mit vor Schmerz verzerrtem Gesicht bei dem Jungen auf. Nach langen verworrenen Erklärungen rückte er endlich mit seinem Kummer heraus: Der Aktenkoffer sei gestohlen worden. Ja, gestohlen. Trotz der zerknirschten Miene und der langen Erklärungen des Alten blieb Siponni misstrauisch. Er stellte Fragen, auf die Tedjan ihm ausweichende Antworten gab. Nein, Siponni glaubte dem Alten nicht und war nicht bereit, sich dieses falsche Spiel gefallen zu lassen. Ohne Zeit zu verlieren, ging er zum nächsten Kommissariat, stellte sich der Polizei und zeigte seinen Hehler an. (Ein Hehler ist jemand, der seines Vorteils wegen die Straftat eines anderen, durch die sich dieser fremde

Dinge angeeignet hat, verheimlicht, sich diese Dinge selbst aneignet und weiterverkauft.) Tedjan wurde aufgespürt, zur Polizei gebracht, wo er unter der Folter gestand. Beide wanderten ins Gefängnis: Tedjan ins Zentralgefängnis, Siponni ins Gefängnis für Kinder.

Im Kindergefängnis lernte er Jacques kennen. Jacques hatte von den Kindersoldaten in Liberia und Sierra Leone gehört und träumte nur davon, Kindersoldat zu werden. Er steckte Siponni mit seiner Begeisterung an. Beide beschlossen, so schnell wie möglich nach Liberia zu gehen. Sie warteten auf eine günstige Gelegenheit. Sie bot sich, als die Fußballmannschaft des Gefängnisses in einem Dorf, das einige Kilometer von Man entfernt lag, ein Match hatte. Siponni und Jacques nutzten das Durcheinander vor dem Spiel, um sich aus dem Staub zu machen. Sie liefen tief in den Wald. Nach langen Stunden des Wanderns haben sie Guerilleros getroffen. Die Guerilleros gaben ihnen Waffen und zeigten ihnen, wie man mit der Kalaschnikow umgeht. Jetzt waren sie Kindersoldaten. So also wurde Siponni Kindersoldat.
Wie kam er zu dem Spitznamen «die Viper»? Aus verschiedenen Gründen, vor allem aber wegen des Streichs, den er den Einwohnern des Dorfs Sobresso gespielt hatte. Die anderen Kindersoldaten griffen von vorne an. Siponni aber gelang es irgendwie, sich in den Rücken der Dorfbewohner zu schleichen und ihnen den Rückzug abzuschneiden. Sie kapitulierten. (Kapitulieren heißt: jeden Widerstand aufgeben, sich dem Feind ergeben.) Siponni hat sie überrascht wie eine Schlange, wie eine echte Viper.

Wir waren bestens eingegliedert in Johnny Koromas Armee. Johnny rekrutierte jede Menge Kindersoldaten. Denn die Dinge liefen immer schlechter, und Kindersoldaten sind gut, wenn alles schlecht läuft. Die Kindersoldaten wurden immer grausamer. Sie töteten ihre Eltern, bevor sie aufgenommen wurden. Auf diese Weise bewiesen sie, dass sie alles aufgegeben hatten, dass es für sie kein anderes Zuhause auf Erden gab als den Clan von Johnny Koroma. Die Gruppenführer von Johnnys Armee wurden immer grausamer, immer mehr *bele-bele* (laut *Verzeichnis der lexikalischen Besonderheiten*: tüchtiger). Sie bewiesen das, indem sie das Herz ihrer Opfer aßen, der Opfer, die sich, ehe sie starben, als tapfer erwiesen hatten. Man zeigte mit dem Finger auf den Menschenfresser, er wurde gefürchtet, und der Menschenfresser war stolz, als ein grausamer Mensch betrachtet zu werden, dem jede Unmenschlichkeit zuzutrauen war.

Wir gehörten zur Bande von Sourougou. (Bande bezeichnet entweder eine organisierte Gruppe von Verbrechern oder eine Gruppe gleich gesinnter Jugendlicher, die gemeinsam etwas unternehmen.) Sourougou war einer der Anführer von Johnny Koromas Armee. Mit ihm wanderten Yacouba und ich nach Westen, als wir, welch eine Überraschung!, Sekou trafen, unseren Freund im Unglück, der nach Osten zog. Er wurde von seinem Helfer, dem kleinen treuen Bakary, begleitet. Wir sind aus Reih und Glied getreten, um sie zu begrüßen. Was hatte Sekou hier, in diesem Land der *kasaya-kasaya*, verloren? (*Kasaya-kasaya* bedeutet: Verrückter.) Ich glaube, ich muss euch diesen verdammten Banditen, Yacoubas Freund, wieder ins Gedächtnis rufen: Sekou Doumbaya war der Marabut, der Yacouba in Abidjan die Geheimnisse eines Fetischpriesters und Geldscheinvervielfachers beigebracht hatte. Er war der Mann, der mir nichts, dir nichts ein gackerndes weißes Huhn aus dem Ärmel seines Boubous zog.

Yacouba wollte ihn nicht wiedersehen, erstens weil er ein Konkurrent war und zweitens weil er jedes Mal, wenn er ihn getroffen hatte, nur Schreckliches von ihm erfahren hatte. Sekou lief, als habe er eine Schwellung, eine riesige Schwellung an der Hüfte, so viele, so ungeheuer viele Beutel mit Gold und Diamanten trug er in seiner weiten Hose. Er sah aus wie Yacouba, bevor die Jäger ihn gefilzt hatten. Wie Yacouba hatte er alle seine Ersparnisse bei sich, an seinem Gürtel, in seiner weiten Hose. Faforo! Als ich ihn erblickte, war es vorbei mit meiner Selbstbeherrschung, und ich brach in lautes Gelächter aus. Das hat ihn wütend gemacht. Er hat uns nicht die kilometerlangen Begrüßungsformeln aufsagen lassen, die die Dioulas, die Mandingos (wie man auf Pidginenglisch sagt) normalerweise herunterrasseln, wenn sie sich treffen. Außerdem war er ganz aus dem Häuschen, dass wir westwärts zogen. «Alle Dioulas, Malinké, Mandingos aus Liberia und Sierra Leone ziehen nach Osten. Was wollt ihr im Westen?», hat er uns gefragt. Aber bevor einer von uns eine Antwort geben konnte, hat er uns gleich erzählt, was für außerordentliche Dinge sich in Liberia und in Sierra Leone zutrugen. Alle Afrikaner, alle schwarzen Ureinwohner dieser beiden Länder und die rassistischen schwarzen Amerikaner aus Liberia und die schwarzen Kreolen aus Sierra Leone hatten sich gegen die Malinké, die Mandingos, zusammengeschlossen, um sie aus Liberia und Sierra Leone hinauszuwerfen, egal woher sie kamen: aus Guinea, von der Elfenbeinküste oder aus Liberia. Ein Kriegsführer, der ein Malinké war, genannt El Hadji Koroma aus Liberia (nicht zu verwechseln mit Johnny Koroma aus Sierra Leone) hatte beschlossen, die Malinké zu retten. Er zog sie in den östlich gelegenen Dörfern zusammen. Aus diesem Grund wanderten alle Malinké nach Osten.

Yacouba erwiderte, in der Armee von Johnny Koroma habe er nie von einer solchen Sache gehört. Er, Yacouba, fühle sich als oberster muslimischer Grigrimann in dieser Armee sehr wohl, und er werde von allen gefürchtet und geachtet. Er habe nicht die geringste Bedrohung gespürt und werde seinen Marsch nach Westen mit der Sourougou-Bande fortsetzen. Er glaube Sekous Worten nicht. Sekou hat geantwortet, wenn Yacouba ihm nicht glaube, sei das seine Sache. Aber die Tante glaube an die Bedrohung der schwarzafrikanischen Ureinwohner ganz Liberias und Sierra Leones. Sie sei in Begleitung einer Gruppe von Malinké nach Osten in die Enklave von El Hadji Koroma gezogen. (Enklave ist ein vom eigenen Staatsgebiet eingeschlossener Teil eines fremden Staatsgebiets.) Sie war es, die Sekou treffen wollte.

Wir sind aus allen Wolken gefallen. Tante Mahan war also im Osten, in El Hadji Koromas Enklave. Wir mussten sie unbedingt retten. Wir mussten sofort heimlich die Armee, Johnny Koromas Bande, verlassen. Wir ließen Sekou und seinen Helfer auf ihrer Straße der Verdammten nach Osten weiterziehen. Wir würden sie später treffen.

Zwei Tage später haben wir eine Rast der Truppe genutzt, um uns abzusetzen und den Weg nach Osten einzuschlagen, zur Grenze der Elfenbeinküste. Die Kalaschnikows haben wir unter unseren Boubous versteckt. Der Stammeskrieg will das so. Um deutlich zu zeigen, dass er ein Fetischpriester, ein großer muslimischer Grigrimann war, hat Yacouba sich lauter Grigris um den Hals gehängt. Die vielen Talismane an den Armen schlugen ihm bis an die Waden. Auch ich war mit Amuletten behangen, und in der Hand hielt ich einen halb aufgeschlagenen Koran. Wir müssen mächtig nach was ausgesehen haben, denn alle schwarzen Eingeborenen Liberias, die uns begegneten, machten aus Angst *djona-djona* die Straße frei, blieben am Rand stehen und ließen uns vorbeigehen.

Drei Tage sind wir so marschiert. Am vierten Tag standen

wir in einer Straßenbiegung Auge in Auge meinem Cousin Saydou Touré gegenüber. Der Cousin war wirklich sagenhaft bewaffnet. Er hatte nicht weniger als sechs Kalaschnikows, zwei hingen um seinen Hals und zwei an jeder Schulter. Und um die Hüfte trug er mehrere Patronengürtel. Und über den Patronengürteln Fetischketten. Sein Bart und seine Haare waren struppig. Trotz seines abstoßenden Äußeren habe ich mich ihm an den Hals geworfen. Ich war so glücklich, ihn zu treffen.

Nach der Umarmung habe ich den Cousin von oben nach unten und von unten bis oben gemustert. Er hat mir gerade in die Augen gesehen und mit einem Lachen gesagt: «In einem Land voller *kasaya-kasaya* wie Liberia braucht man mindestens sechs Kalaschnikows, um die andern abzuschrecken!»

Mein Cousin Saydou Touré war der größte Raufbold, der größte Lügner, der größte Säufer im ganzen Norden der Elfenbeinküste. Er trank so viel, er raufte so viel, dass er immer einen Prozess am Laufen hatte und mit einem Bein im Gefängnis war; innerhalb eines halben Jahres war er nie länger als einen Monat auf freiem Fuß. Mein anderer Cousin, der Doktor Mamadou Doumbia, hatte eine dieser seltenen Phasen, wo Saydou auf freiem Fuß war, gleich genutzt, um ihn mit einer gefährlichen Aufgabe zu betrauen. In völliger Verzweiflung hatte er ihn gebeten, in diesem verdammten Liberia nach seiner Mutter, der Tante Mahan, zu suchen. Er versprach ihm eine Million Francs Belohnung, wenn er sie finde. Saydou hat sofort eingewilligt. Tante Mahan war die Unglückliche, die wir suchten, wir auch, seit mehr als drei Jahren in diesem Liberia des Stammeskriegs. Wir konnten von Glück sagen, den Cousin Saydou getroffen zu haben, und beschlossen, gemeinsam weiterzugehen.

Der Cousin Saydou Touré war ein großer Fabulierer (das sind Menschen, die Erlebtes durch Phantasieerlebnisse ersetzen) und Spaßvogel. Er liebte den Doktor Mamadou Doumbia, der ihm oft Geld ins Gefängnis geschickt hatte, und sprach von ihm mit tiefer Zuneigung und Freundschaft.

Im Alter von sieben Jahren war der kleine Mamadou Doumbia in Begleitung einer alten freigelassenen Sklavin und eines Mädchens hundertachtzig Kilometer gelaufen. Damals waren die schwarzafrikanischen Ureinwohner noch sehr naiv gewesen und hatten rein gar nichts begriffen: Sie gaben allen Fremden, die ins Dorf kamen, zu essen und boten ihnen eine Unterkunft. Mamadou und seine beiden Begleiterinnen wurden in den zehn Tagen, die ihre Reise dauerte, immer gut untergebracht und bekamen überall zu essen, ohne etwas dafür zu bezahlen.

Eines Abends erreichten sie Boundiali, im Norden der Elfenbeinküste, und die beiden Begleiterinnen setzten sich und erklärten, warum sie unterwegs waren. Allah habe dem gewalttätigen Jäger Morifing im Dorf eine große, große Kinderschar geschenkt. Der gewalttätige Jäger sei der jüngere Bruder des Patriarchen Touré. Der gewalttätige Jäger habe beschlossen, seinem großen Bruder einen Teil seiner Kinderschar zu schenken, den einem Patriarchen gebührenden Teil an Sprösslingen. Dieser Teil bestehe aus ihm, dem kleinen Mamadou. Sie, die freigelassene Sklavin und das Mädchen, hätten also den Auftrag, ihn dem Patriarchen Touré zu übergeben. Der Onkel Touré habe das Recht, über Leben und Tod des kleinen Mamadou zu entscheiden. Er, der kleine Mamadou müsse von jetzt an ohne zu murren überall dort schlafen, wo der Onkel es wolle. Der Onkel Touré, der Patriarch, dankte den beiden Frauen, nahm den kleinen Mamadou an die Hand, rief seine erste Frau herbei und übergab ihr den Sohn seines Bruders. Ihr sollte der Junge gehören. Die erste Frau des Patriarchen hieß Tania, und Tania war Saydous Mutter.

Das neue Schuljahr hatte bereits begonnen. Der Patriarch brachte seinen Neffen zum weißen kolonialen, kolonialistischen Kommandanten *toubab*. Der Kommandant genehmigte, dass der kleine Mamadou die Schule von Boundiali besuchen durfte.

Saydou und der kleine Mamadou gingen zusammen zur Schule. Saydou war genauso alt wie Mamadou, und Saydou war eifersüchtig. Er wollte nicht, dass seine Mutter sich mit so großer Freude und Zärtlichkeit um den Neuankömmling kümmerte. Er raufte sich oft mit dem kleinen Mamadou. Saydous Mutter trennte die beiden und war immer auf Mamadous Seite.

Die beiden Jungen schliefen auf einer Matte zu Füßen von Mutter Tanias Bett. Und der kleine Mamadou machte immer Pipi ins Bett. Er war nicht sauber; das war ekelig, und unter der Matte wimmelte es von dicken Maden. Saydou hatte eine Idee, wie er den kleinen Mamadou los würde. Eines Nachts machte er einen großen Kackahaufen auf die Matte zu Füßen des Betts, und am Morgen behauptete er steif und fest, das wäre der kleine Mamadou gewesen. Da der kleine Mamadou ein Angsthase, ein schüchternes Kerlchen, war, konnte er sich nicht verteidigen. Er setzte sich hin und weinte; das war der Beweis, dass er den Haufen gemacht hatte. Tania, Saydous Mutter, wurde wütend. Um den kleinen Mamadou zu bestrafen, wurde er zum Schlafen in die Hütte der Boys (der Diener) geschickt. Die Boys gaben ihm einen Platz hinten in der Hütte, abseits. Er machte weiter Pipi ins Bett, lebte weiter inmitten des Madengewimmels, das sich unter der Matte eines unsauberen Kindes bildet.

Saydou und Mamadou gingen weiterhin gemeinsam zur Schule. Mamadou war begabt, fleißig, Saydou hingegen ein Faulpelz. Er sprach schlecht und schrieb Fliegenbeine. Als er zehn Jahre alt war, wusste sich der Lehrer keinen anderen Rat, als ihn von der Schule zu verweisen.

Während der vier Jahre, die der letzte Krieg dauerte, ging der kleine Mamadou allein zur Schule. Doch es gab keinen Lehrer mehr. Als der Krieg endlich vorbei war, war Mamadou zu groß, zu alt, für die zweite Klasse. Auch er wurde von der Schule geschickt. Doch ein Dorflehrer half ihm, sich auf den Grundschulabschluss vorzubereiten, den er auch schaffte. Dies wurde als ungewöhnliche Leistung eines schwarzafrikanischen Eingeborenen angesehen. Eine Glanzleistung, die der Kommandant und der Direktor des weißen Sektors unterstützen wollten. Sie änderten die Geburtsurkunde des kleinen Mamadou. Der kleine Mamadou wurde fünf Jahre jünger und erfüllte alle Aufnahmebedingungen für die École primaire supérieure in Bingerville. Er besuchte diese Schule, dann die École normale in Gorée und schließlich die Medizinische Hochschule in Dakar.

Während Mamadou erfolgreich studierte, nahm Saydou das Leben eines Verdammten auf. Rauferei folgte auf Rauferei, Gefängnishaft auf Gefängnishaft, und man könnte kaum mitzählen, wie oft er aus dem Gefängnis ausgebrochen war. Er war kreuz und quer durch die Elfenbeinküste und Westafrika geflohen. Seine Abenteuer hatten ihn in die nigerianische und libysche Sahara verschlagen und nach Tibesti, dem Gebirge in der Zentral-Sahara. Er war ins Dorf zurückgekehrt, hatte wieder im Gefängnis gesessen, bis Mamadou ihn nach der letzten Freilassung gebeten hatte, in den liberianischen Wald zu gehen und nach seiner Mutter zu suchen.

Saydou erzählte sein Leben eines Verdammten und das des Doktors Mamadou Doumbia, während wir durch das Liberia des Stammeskriegs zogen. Drei Tage und drei Nächte lang. Am vierten Tag erreichten wir das Dorf Worosso, nicht weit von der Grenze zur Elfenbeinküste. Wir, das heißt, Yacouba, der Geldscheinvervielfacher, der muslimische Fetischpriester, Saydou, der Bandit mit dem Auftrag des Doktors Mamadou, die Tante zu finden, und ich, das Straßenkind ohne Furcht und Tadel, der Kindersoldat. In Worosso befand sich das Lager von El Hadji Koroma. Die Grenzen des Lagers waren mit Totenschädeln, die auf Pfählen steckten, markiert, wie bei allen Lagern des Stammeskriegs in Liberia und Sierra Leone. Walahé (im Namen des Allmächtigen)! Der Stammeskrieg will das so. Wir sind näher herangegangen an das, was man das Eingangstor nennen könnte, angedeutet durch zwei Schädel auf Stäben, zwischen denen zwei bewaffnete Kindersoldaten standen. Wir wollten gerade auf Malinké grüßen, als wir plötzlich von etwa zehn bis an die Zähne bewaffneten Guerilleros eingekreist waren. Sie hatten flach auf dem Boden gelegen und waren fix aufgestanden. Wir grüßten sie freundlich. Aber das interessierte sie nicht, sie befahlen uns mit lauter Stimme: «Hände hoch!» Ohne zu zögern, haben wir die Hände erhoben. Sie entwaffneten uns und filzten uns bis auf die Unterhose. Der Stammeskrieg fordert einen solchen Empfang. Unsere Grüße erwiderten sie immer noch nicht, stattdessen verlangten sie von uns, jeder solle sich vorstellen.

Saydou machte den Anfang. Er hat die unwahrscheinlichsten Geschichten über seine Heldentaten erzählt. Zuerst wäre er Colonel bei der ULIMO (United Liberian Movement) gewesen. Das war falsch: Er kam geradewegs aus dem Gefängnis von Boundiali. Weil er Colonel gewesen sei, sagte er, besäße er sechs Kalaschnikows. Auch das war falsch. Als der Doktor Mamadou ihm den Auftrag erteilt hatte, seine Mama zu suchen, wollte Saydou Waffen haben. Der Doktor Mamadou Doumbia ist mit ihm nach Man an der liberianischen Grenze gefahren, wo man Kalaschnikows zu Spottpreisen kriegen kann. Der Doktor wollte ihm eine kaufen, doch Saydou wollte gleich sechs. Er hat ihm sechs gekauft mit dem Gedanken, sie könnten ihm als Tauschware, als Wegzehrung bei seinen Abenteuern dienen. Und mit diesen sechs Kalaschnikows ist er in den liberianischen Wald des Stammeskriegs gegangen. Saydou hat noch mehr Phantasiegeschichten zum Besten gegeben. Er behauptete, sehr froh gewesen zu sein, als er gehört habe, dass El Hadji sich mit allen Malinké zurückgezogen habe und sich für den Schutz des Malinké-Stamms einsetze. Er wäre darüber so froh gewesen, dass er sich entschieden habe, die ULIMO zu verlassen. Wegen seines militärischen Rangs und seiner Tapferkeit habe man ihn aber nicht gehen lassen wollen. Die Anführer hätten ihn gebeten, doch bei ihnen zu bleiben. Er hätte das abgelehnt und seine Anführer öffentlich angeklagt, viele Malinké getötet zu haben. Die Leute von der ULIMO hätten dies nicht sehr geschätzt, ihn, Saydou, verhaftet, entwaffnet, in Ketten gelegt und ins Gefängnis geworfen. Saydou war in Fahrt und erzählte weiter seine Abenteuer. Die Anführer der ULIMO hätten nicht gewusst, dass niemand auf Erden ihn im Gefängnis festhalten könne, ihn, Saydou. Er hätte die Gefängnismauern gesprengt und sich mit baumelnden Armen, ohne jede Kette, vor sie hingestellt. Da hätten die Anführer und die Soldaten der ULIMO, alle zusammen auf ihn geschossen. Ohne Erfolg. Die Kugeln hätten sich in Wasser verwandelt und wären an seinem Körper abgetropft. Die Anführer, die Soldaten und Kindersoldaten wären in Panik geraten. Sie hätten alle Reißaus genommen und wären ohne ihre Waffen weggelaufen. Saydou hätte sechs davon aufgehoben, die er nun El Hadji Koroma bringe.

Nach Saydou war Yacouba an der Reihe, sich vorzustellen. Auch Yacouba begann zu fabulieren. Er hätte bei Johnny Koroma in Sierra Leone den Rang eines Oberstleutnants, eines Oberstleutnant-Grigrimanns bekleidet. Das war eine glatte Lüge. Man hätte ihn zum Oberstleutnant ernannt, weil er außerordentliche Dinge zuwege gebracht habe. Er hätte die Bombardements, die von den Schiffen und Flugzeugen der ECOMOG ausgingen, wirkungslos gemacht. Alles, was die Flugzeuge, die verschiedenen Schiffe vor der Küste und die zahlreichen Kanonen, die am Flughafen standen, alles, was sie auf Sierra Leone abschossen, hätte sich in Wasser verwandelt. Die Militärs der ECOMOG hätten Granaten auf die Bevölkerung von Sierra Leone geworfen, für nichts und wieder nichts; die Granaten wären niemals explodiert. Ihm, Yacouba, wäre es gelungen, eine ganze Armee samt ihrer Flugkörper zu verhexen. Aber das war noch längst nicht alles. Es wäre ihm gelungen, alle Guerilleros, alle Kindersoldaten von Johnny für die Besatzer der ECOMOG unsichtbar zu machen. Die Besatzer hätten ins Leere geschossen. Yacouba, der Fetischpriester, wurde beiseite geschoben. Jetzt war ich an der Reihe.

Als ich gehört hatte, dass die Erwachsenen wie die Hühnerdiebe logen, gab ich mir große Mühe, auch meine Leistungen ins rechte Licht zu rücken. Ich habe gesagt, ich hätte bei den Kindersoldaten von Johnny Koroma den Rang eines Kommandanten gehabt. Ich wäre ein Meisterspion, der sich bis in den Führungsstab der ECOMOG geschlichen habe. Ich hätte all ihre Landkarten geklaut, so dass die Vermittlungstruppen nur aufs Geratewohl bombardieren konnten. Ich hätte ein Abführmittel in den Whisky des Generalstabschefs gemischt, so dass er Durchfall bekommen habe und nicht mehr an seinem Platz bleiben konnte. Von einer Piroge aus wäre ich in den territorialen Gewässern an Bord der Schiffe gegangen, die Bomben abschossen. Ich wäre an Bord der Schiffe gegangen und hätte die Lebensmittel der Matrosen vergiftet, die wie die Fliegen gestorben wären. Sie hätten an eine Epidemie geglaubt. Die Matrosen wären von den Schiffen desertiert. Darum hätten die Bombardements bald ein Ende gehabt.

Nachdem wir unsere Werke und Taten dargestellt hatten, erwiderten die Guerilleros endlich auf Malinké unseren Gruß und hießen uns herzlich willkommen. Als sie uns reden gehört hätten, so sagten sie, sei ihnen bewusst geworden, dass wir wahre Malinké seien, keine Gyos oder Krahns, die spionieren wollten. Nun seien wir also zu Hause, in Worosso, im Lager von El Hadji Koroma, wo wir herzlich willkommen seien. Wir seien Patrioten. Wir würden in El Hadji Koromas Armee mit demselben Rang aufgenommen, den wir bei unserer ursprünglichen Truppe gehabt hätten. Die große vaterländische Armee des Generalissimus El Hadji Koroma brauche Offiziere unseres Kalibers.

So fanden wir uns als höhere Offiziere in El Hadji Koromas Armee wieder, wo wir uns kein Bein ausreißen mussten; wir hatten alle drei Anrecht auf einen Offiziersburschen und vor allem auf eine doppelte Essensration.

Doch das Essen bei El Hadji Koroma war schlecht. Auf einem Tellereckchen gab es ein Händchen voll Reis, das einer schwächlichen kranken Großmutter, die hinten in der Hütte langsam dahinsiecht, nicht gereicht hätte. Es gab nicht genügend Reis. Nein, bei weitem nicht.

El Hadji Koroma lebte davon, dass er die Flüchtlinge ausbeutete und dass er die ONG (die *Organisations non-gouvernementales*, also die regierungsunabhängigen Hilfsorganisationen) betrog. Mit Gewalt hielten wir, die Truppe, die Malinké-Flüchtlinge fest, die die Hilfsorganisationen mit Nahrung versorgen sollten. Und wir forderten von den ONG, dass alles, was den Flüchtlingen zugute kommen sollte, durch unsere Hände ging. Wir bedienten uns reichlich, ehe wir an die eigentlichen Adressaten dachten. Jedes Mal wenn die Hilfsorganisationen mit Reis und Medikamenten kamen, stellten sich die armen eingesperrten Flüchtlinge am Eingangstor hin und gaben immer dieselben Erklärungen ab. «Warum wollt ihr unseren Brüdern nicht vertrauen, den Männern von El Hadji Koroma, die uns das Leben gerettet haben? Die geben uns alles, was ihr ihnen anvertraut. Sie sind unsere Brüder. … Wir können nicht heraus, um eure Gaben entgegenzunehmen, und ihr könnt nicht ins Lager hinein. Wir, die Flüchtlinge im Lager von Worosso, wir lehnen es ab, Gaben anzunehmen, die nicht durch die Hände unserer Brüder gegangen sind.»

Da sie das Elend, die Not der Flüchtlinge sahen und ihre Hartnäckigkeit spürten, gaben die Hilfsorganisationen nach. Und wir langten ordentlich zu, bevor wir an die Flüchtlinge dachten. Diese Übung haben wir Tag für Tag fortgesetzt, drei Monate lang. Dennoch haben wir die Tante nicht vergessen. Nein. Wir suchten immer noch nach ihr, aber heimlich. Wir, das heißt, der Colonel Saydou, der Fabulierer, der Oberstleutnant-Grigrimann Yacouba, der humpelnde Bandit, und ich, der Kommandant Birahima, das Straßenkind ohne Furcht und Tadel. Wir suchten heimlich, denn, wäre man dahinter gekommen, dass wir hier waren, um meine Tante zu suchen, hätten wir unsere Tressen verloren.

Eines Tages hat uns Saydou etwas Unglaubliches erzählt. Yacouba und ich haben zuerst gedacht, es wäre eine seiner unzähligen Phantasiegeschichten. Doch Saydou hat mich am Arm genommen und zum Haus des Generalissimus gezerrt. Es stimmte, es stimmte tatsächlich, der Doktor Mamadou Doumbia war tatsächlich in El Hadji Koromas Lager in Worosso. Er war hier. Der Doktor hatte sich direkt an El Hadji Koroma gewandt. Daraufhin hatte der Generalissimus Befehle erteilt. Nachforschungen waren angestellt worden. Man hatte die Spur der Tante Mahan ausfindig machen können. Sie war krank ins Lager gekommen. Wahrscheinlich hatte sie Malaria und hohes Fieber, so dass sie auf der Strohmatte liegen bleiben musste. Zu der Zeit boykottierten (freiwillig alle Beziehungen zu einer Organisation abbrechen) alle Malinké im Lager die ONG. Sie wollten nicht mit den Hilfsorganisationen zusammenarbeiten, da diese El Hadji Koroma, ihrem Retter, misstrauten. Die Krankenpfleger der ONG kamen ins Lager, um die Kranken in ein Gesundheitszentrum zu evakuieren. Tante Mahan weigerte sich mitzugehen. Sie hat sich strikt geweigert, weil sie mit all den Flüchtlingen im Lager solidarisch sein wollte. Sie blieb drei Tage liegen, am vierten Tag krepierte sie wie ein Hund. Allah sei ihr gnädig.

Mit dem Burschen des Generalissimus, der uns den Weg gezeigt hat, sind wir in die Baracke gegangen, in der Tante Mahan gelebt hatte. Ihre letzten Worte hätten mir gegolten. Sie habe sich große Sorgen um mein Schicksal gemacht, hat ein Flüchtling aus Togobala erzählt, der ihr in ihren letzten Minuten beistand. Ich habe heiße Tränen vergossen, und der Colonel Saydou ist zusammengebrochen. Yacouba hat gebetet und gesagt, Allah habe nicht gewollt, dass ich meine Tante wiedersehe; möge Allahs Wille im Himmel und auf Erden geschehen. Als ich Saydou zusammenbrechen und mit beiden Fäusten auf den Boden schlagen sah, war ich angewidert und habe meine Tränen abgewischt. Denn der weinende Saydou sagte: «Der Tod der Tante tut mir weh, sehr weh. Ich kann sie nun nicht mehr zum Doktor Mamadou bringen. Und der Doktor muss mir nun nicht die Million geben.» Um das Geld trauerte Saydou, nicht um die Tante.

Der Flüchtling aus Togobala, der Tante Mahan in ihren letzten Minuten beigestanden hatte, hieß Sidiki. Sidiki hat dem Doktor Mamadou das Tuch und das zerlöcherte Hemd gegeben, das die Tante zuletzt am Leib hatte. Der Doktor hat die beiden Dinge geküsst. Faforo (Hintern meines Vaters)! Das rührte mich.

Sidiki gehörten auch die Habseligkeiten eines anderen Flüchtlings aus Togobala, der gestorben war, weil auch er dem Boykottaufruf folgen wollte. Er war Übersetzer gewesen. Er hieß Varrassouba Diabaté. Er war ein Malinké, und wenn bei den Malinké jemand Diabaté heißt, gehört er zu der Kaste der Magier und Sänger (Kaste: in sich geschlossene gesellschaftliche Klasse; das heißt, dass der Sohn wie der Vater Sänger und Magier ist und er nicht das Recht hat, jemanden zu heiraten, der nicht zu dieser Kaste gehört). Varrassouba Diabaté war intelligent wie alle Leute seiner Kaste. Er verstand und sprach mehrere Sprachen: Französisch, Englisch, Pidgin, die Sprache der Krahns, der Gyos und andere Sprachen schwarzafrikanischer Ureinwohner dieses kaputten Liberias. Daher war er als Übersetzer beim Hochkommissariat für Flüchtlingsfragen (HCR) angestellt. Varrassouba besaß viele Wörterbücher: den *Harrap's*, den *Larousse*, einen *Petit Robert*, das *Verzeichnis der lexikalischen Besonderheiten des Französischen in Schwarzafrika* und andere Wörterbücher für die verschiedenen Sprachen der schwarzen Ureinwohner Liberias. Immer wenn ein hohes Tier des HCR durch Liberia reisen wollte, bekam Varrassouba Diabaté den Auftrag, ihn zu begleiten. Einmal begleitete Varrassouba ein hohes Tier nach Sanniquellie, ins Goldland, wo er die Chefs der Goldgräber beobachtete. Er merkte, dass diese Chefs eine Menge Geld verdienten. Varrassouba ließ den Mann, den er begleiten sollte, im Stich und blieb als Goldgräberchef in Sanniquellie. Er begann gerade viel Geld zu verdienen, als die Krahns nach Sanniquellie kamen. Sie duldeten keine Malinké als Goldgräberchefs. Varrassouba sah zu, dass er *djona-djona (dare-dare)* das Weite suchte. Mit seinen Wörterbüchern floh er in El Hadji Koromas Lager, wo so viele Malinké Schutz suchten. Er hatte die Absicht, nach Abidjan zurückzukehren, um dort wieder seinem einträglichen Beruf als Übersetzer nachzugehen. Leider ist er sehr krank im Lager angekommen. Wegen des Boykotts konnte er nicht geheilt werden. Er starb und wurde ins Massengrab geworfen.

Sidiki wusste nicht, was er mit den Wörterbüchern anfangen sollte. Er hat sie alle mir geschenkt. Ich habe den *Larousse* und den *Petit Robert* für das Französische behalten, das *Verzeichnis der lexikalischen Besonderheiten des Französischen in Schwarzafrika* und den *Harrap's* fürs Pidgin. Das sind die Wörterbücher, die ich für mein Blabla benutze.

Der Bursche des Generallissimus hat uns wieder zu dem Sammelgrab geführt, in das man meine Tante geworfen hatte. Wir haben uns um das Grab herum gehockt, um zu beten. Yacouba betete laut vor. Doch er hatte noch nicht die ersten Worte «Allah kourabou, Allah kourabou» ausgesprochen, als wir Sekou kommen sahen, keiner weiß woher. Und er hat sich andächtig hingehockt. Sekou ist Yacoubas Freund, der Freund, der mir nichts, dir nichts ein weißes Huhn aus dem Ärmel ziehen konnte. Sekou war wie Yacouba ein Geldscheinvervielfacher und ein Grigrimann. Yacouba sprach die Gebete mit so deutlicher und reiner Stimme, dass sie direkt in den Himmel aufgestiegen sind. Doch vielleicht sind sie nicht erhört worden, denn unter den sieben Personen, die um das Massengrab, in dem die Tante lag, herum hockten, waren drei Banditen. Die sieben Personen waren: der Doktor Mamadou, der Bursche des Generalissimus, Yacouba, Sekou, Saydou, Sekous Helfer und ich, Birahima, das Straßenkind ohne Furcht und Tadel. Die drei Straßenräuber ohne Glaube und Moral, derentwegen Allah die Gebete nicht erhören konnte, waren Saydou, Yacouba und Sekou. Darum werden wir für die Seelenruhe der Tante viele andere Gebete sprechen müssen, mit anderen Imamen.

Die Straße von Abidjan nach Man verlief ein Stück gerade. Wir saßen zu fünft in Doktor Mamadous Wagen: der Doktor selbst, sein Fahrer, Yacouba, Sekou und ich. Saydou war nicht mitgefahren. In letzter Minute hatte er seinen Mut zusammengerissen und den Doktor gefragt:

«Mahan war eine meiner Tanten, also hätte ich sie ohne Belohnung suchen müssen. Aber du hast mir nun einmal eine Million versprochen. Und ich hatte mich in Gedanken schon an das Geld gewöhnt, die ganze Zeit über habe ich mich schon als Millionär gesehen. Jetzt, wo die Tante tot ist, sag mir ganz offen, ob du mir etwas von der Million geben wirst.»

«Nichts, gar nichts, denn ich muss die Trauerzeremonien meiner Mama organisieren», hatte der Doktor geantwortet.

Daraufhin hatte sich Saydou umgedreht und gesagt:

«Ich werde hier in Worosso bleiben und meinen Rang als Colonel auskosten.»

Ich saß hinten im Wagen, eingeklemmt zwischen Yacouba und Sekou. Die Straße verlief gerade. Die beiden Straßenräuber waren sehr zufrieden. Ihre weiten Hosen waren schwer von Beuteln voll Gold und Diamanten, und der Doktor hatte ihnen versprochen, in Boundiali für sie vorzusprechen, damit sie neue Geburtsurkunden erhielten. Sie könnten sich neue Pässe machen lassen und vor aller Augen ihrem Banditenberuf als Geldscheinvervielfacher in Abidjan nachgehen. Walahé (im Namen des Allmächtigen)!

Ich blätterte in den vier Wörterbüchern, die ich soeben geerbt hatte. Das waren der *Larousse* und der *Petit Robert*, das *Verzeichnis der lexikalischen Besonderheiten des Französischen in Schwarzafrika* und der *Harrap's*. Da entstand in meinem Kopf der wunderbare Gedanke, meine Abenteuer zu erzählen. Sie von A bis Z zu erzählen, einfach alles: das Geschwür meiner Mutter, ihre Scheinehe mit dem Heiler Balla, meinem Stiefvater, meine Erlebnisse bei dem Colonel Papa le Bon, der in der einen Hand die Kalaschnikow hatte und in der anderen den päpstlichen Hirtenstab und der mich zum Hauptmann ernannte, zum Nachfolger des unglücklichen Kid; meine Abenteuer bei der ULIMO in Liberia, wo Rita Baclay mich bekochte und mich mehr liebte als erlaubt war, und bei Prince Johnson, der uns in Monrovia das religiöse Zentrum der Heiligen Marie-Béatrice angreifen ließ und der die große amerikanische Kautschukgesellschaft so wirksam vor Entführungen schützte. Und unsere Abenteuer in Mile-Thirty-Eight, Sierra Leone, wo Gabrielle Aminata ihre Mädchensoldaten vor der Lüsternheit der Kamajoren schützte. Das alles könnte ich mit den gelehrten Wörtern der *toubabs*, der kolonialen, kolonialistischen und rassistischen Franzosen, erzählen, mit den Schimpfwörtern der schwarzafrikanischen Ureinwohner und den Wörtern des schwarzen

Pidgin. Auch für meine Trauerreden könnte ich diese Wörterbücher nutzen, für meine Trauerreden auf Sarah, auf Hauptmann Kik den Pfiffigen, der auf eine Mine trat, auf Ouedraogo den Schrecklichen, der kein Schulgeld auftreiben konnte, auf Sosso den Vatermörder, auf Johnny den Blitz, auf Siponni.

Diesen Augenblick, als ich in den Wörterbüchern blätterte, hat sich mein Cousin, der Doktor Mamadou, der auf so vielen Schulen und Universitäten gewesen ist, ausgesucht, um mich aufzufordern:

«Kleiner Birahima, erzähl mir alles, alles was du erlebt und gemacht hast. Erzähl mir, wie all das geschehen ist.»

Ich habe mich gemütlich hingefläzt und habe angefangen: Ich weiß jetzt, wie der endgültige und vollständige Titel meines Blablas lauten wird: *Allah muss nicht gerecht sein in allen Dingen hier auf Erden*. Mehrere Tage lang habe ich Mamadou, der viel über die Geschichte der Länder, in denen ich war, und über die Staatsstreiche dort weiß, mein verdammtes Leben erzählt.

Zuerst einmal ... und erstens ... ich heiße Birahima. Bin ein kleiner Neger. Nicht weil ich schwarz und ein Kind bin. Nein! Und so weiter.

Und zweitens ... in der Schule habe ich es nicht weit gebracht; nach der zweiten Grundschulklasse habe ich aufgehört. Ich bin einfach nicht mehr hingegangen, weil alle ...

Faforo (beim Schwanz meines Vaters)! Gnamokodé! (Bei meiner verdammten Mutter)!